運命に抗え

早川千尋　Chihiro Hayakawa

αのフェロモンを嗅ぐことで、そのαの運命の番を探し出す能力を持つΩ。恋人を運命の番によって奪われた過去を持つため、運命の番を嫌悪している。

レオ・デレンス　Leo Dellence

優秀な軍人で、Ωのフェロモンが効かないという耐性を持つため千尋の護衛となった。αだが仕事の特性上、番を作ることを禁じられている。

world view

α、β、Ωと呼ばれる第二の性がある世界。
多くの人間はβであるが、
ごく一部がαまたはΩという特殊な性を持つ。

α【アルファ】

Ωに子供を産ませることのできる性。Ωを惹きつけるフェロモンを出す。
一般的に身体および頭脳の先天的能力が高いと言われている。

Ω【オメガ】

αの子供を産める性。アルファを誘うフェロモンを持つ。
一般的に優れた容姿を持つ代わりに
身体および頭脳の先天的能力が低いとされている。

番う【つがう】

発情時のΩの項をαが噛む行為。噛まれたΩは、以降、
噛んだα以外のαに惹かれなくなる。
※この世界では、番った後もαは別のΩを惹きつけるフェロモンを出せる。

運命の番【うんめいのつがい】

運命によって決まった、αとΩの一対。本能的に強く惹かれ、
運命の番と番った後は、ΩもαもフェロモンΩが互いのみを惹きつけるものに
変化し、別の人間に惹かれることはない。
運命の番は世界でただ一つの奇跡だと言われているが——!?

Defy the fate

追憶

バース性がΩ《オメガ》だと判明してから少しして、α《アルファ》の彼氏ができた。

千尋《ちひろ》はそれが嬉しくて舞い上がっていた。初めてできた彼氏だ、そうならないほうがおかしい。

まだ学生である千尋達はお金をあまりかけないように日々デートを重ねていたが、ある時急に少し離れた場所にあるテーマパークに千尋は行きたくなった。

ちょうど夏休みが始まる前で、二人で楽しく計画を立てる。夏休みだし折角《せっかく》なら泊まりにしようと言ったのは彼だ。

きっとそういうことなのだろうと千尋は思った。彼の目には恥じらいの中にも、雄《おす》の欲望がチラついていたからだ。

幸せの最高潮はそこだったに違いない。

テーマパークに着き、絡めながら歩く手は互いに高揚感で汗ばんでいた。飲み物を買ってくると離れた彼を千尋は目で追い、この後のことを考える。

お互いに初めてだ。多少の怖さはある。

ネットで色々調べて手順も覚えた。

思い合いながらお互いに初めてを捧《ささ》げ合《あ》うなんてロマンチックだ。将来は、番《つがい》になってほしいなど考えてしまう。

千尋が物思いに耽《ふけ》っていると、少し先のほうからどよめきが起こる。

何だ何だと人々はその中心に足を向けた。千尋も周りの人に倣《なら》って歩き、その先で信じられない光景を目《ま》の当《あ》たりにする。

「見つけた！　俺の運命の番《つがい》!!」

大きな声で響いたその言葉に、周りの人達は一斉に祝福ムードになった。

歓声と割れんばかりの拍手が、人々の中心にいる彼らに送られている。着ぐるみのキャラクター達まで祝福していた。

そこにいたのは、先程まで千尋の隣にいた彼だ。

千尋に向けていたよりもずっと極上な笑みを浮かべ、相手も似たように幸せそうな顔で彼を見ていた。

暫《しばら》くすると彼らはお互いに寄り添いその場を離れる。取り囲んでいた人達も、あんな場面に遭遇するなんてラッキーだったなどと口にしながら散り散りになっていった。

ただ一人、千尋だけは事態が呑み込めず、唖然《あぜん》としてその場に佇《たたず》んでいた。

ふと気が付いた時には辺りは既《すで》に薄暗く、閉園の放送が流れていた。フラつく足を叱咤《しった》しながら、千尋はなんとかテーマパークを後にする。エントランスのキラキラと輝く光が、眩《まぶ》しく突き刺さった。

スマホを見ても彼からの連絡はない。

虚《むな》しさが心を占めるなか、滞在予定だったホテルに着いて部屋に入る。途端にむせ返るほどの濃厚なフェロモンと、淫《みだ》らな喘《あえ》ぎ声が聞こえてきた。

扉の前から一歩も動けないまま、耳だけが聞きたくもない声を拾う。

きっとあの後、彼らはここに来たに違いない。心がどんどん冷めていくのが分かった。

荷物を取りに奥まで行くのは躊躇《ためら》われ、千尋はすぐに部屋から出た。

胃の辺りが冷たくなる感覚と共に、胃液が迫《せ》り上《あ》がる。口元を手で覆《おお》い必死に吐き気をやりすごす。

日中に夢見ていたことを恋人が自分以外の誰かとしているのだと思うと、悲しさと同時に腹立たしさが溢れる。

——何が運命の番《つがい》だ。

憧れたことはある。誰だって一度は憧れる。実際にその相手がいるα《アルファ》やΩ《オメガ》に生まれたならばなおさらだ。

お互いだけの唯一、それに出会う人は幸運だ。

運命の番《つがい》に出会う確率は都市伝説並に低い。それはそうだろう。この世界には沢山《たくさん》の人間がいて、その中からたった一人に出会うというのだから。

なんて素敵で、残酷なことか。

置き捨てられた側はたまったものではない。

暗い気持ちを抱えながら、千尋は駅までの道をフラフラと歩く。両親には泊まりだと伝えている。こんな時間から帰ったら何を言われるか。

混乱する頭で考えていると、不意に誰かに腕を掴まれた。

「ねぇ君さ、そんな匂いさせながらこんな街中歩いて……もしかして誘ってる？」

「匂い？」

「混ざってるみたいだけど、フェロモンの匂いが凄《すご》いよ？」

きっとあの部屋に入ったせいに違いない。あの部屋には濃厚すぎるほどのフェロモンが充満していたのだから。

自分では気が付かなかった。そんな余裕などなかった、と言ったほうが正しいのだが。

「そんなことよりさ、これから俺とどう？」

あからさまな誘いだ。この誘いに乗ればどうなるかなんて分かりきっている。

しかし、今から家に帰って両親や兄に口煩《くちうるさ》く言われたくない。どこかに泊まろうと考えていたのも事実。

――だったら、この男の誘いに乗っても良いのではないだろうか。

普段なら絶対に考えないことだったが、この時の千尋は普通ではなかった。

「いいよ」

夢は終わって、現実を見る時間だ。今すぐにでもあの出来事を多少なりとも忘れられるのならば何だって良かった。

その日、千尋は知らない男と体を重ねた。それはずっと思い描いていたものとは程遠い、とても苦しく辛《つら》いものだった。

特殊な能力

——はっと目が覚める。アイスコーヒーが入ったグラスは、一口も飲まれることなく、水滴でテーブルに水たまりを作っていた。

都内にあるアンティーク調の家具で統一された落ち着いた雰囲気のカフェで、千尋は今日の仕事相手である相馬《そうま》和康《かずやす》と待ち合わせをしていた。うっかりうたた寝をしてしまったが、相馬はまだ来ていないらしく、少しほっとする。

それにしても、少しの時間でよくもまぁ嫌な記憶の夢を見たものである。

初めての彼氏を運命の番《つがい》であるΩ《オメガ》に取られてからというもの、千尋はある能力を覚醒《かくせい》させ散々な目にあってきた。

初めの頃は気付かなかったのだが、付き合った、または親しくなったα《アルファ》と行った先で彼らの運命の番《つがい》と出会うことが頻繁《ひんぱん》にあったのだ。

運命の番《つがい》と出会う確率を思わず調べたほど、偶然にしては出来すぎていた。

しかもおかしなことに、運命の番《つがい》と出会うのは決まって千尋が唐突に「行きたい」と思った場所だ。

偶然とは呼べないソレに気付いてから、千尋はα《アルファ》の知人や友人の数を増やし検証した。

その結果、「α《アルファ》のフェロモンを嗅《か》ぐと、そのα《アルファ》の運命の番《つがい》の居場所が分かる」という特殊な力があるのが分かった。

その能力は次第にα《アルファ》達に知られ、界隈《かいわい》で千尋を「運命の女神」と呼び始める。

運命の番《つがい》を得たα《アルファ》が噂を広め新たなα《アルファ》を呼び、今では国内外問わずセレブや要人達から「運命の番《つがい》探し」の要請があるほどになった。

運命の番《つがい》を得たα《アルファ》は皆感謝し、謝礼として金銭を渡したりパトロンを名乗り出たりする。

当初戸惑っていた千尋だが、上流社会にいるα《アルファ》達の助言により、今ではその能力を「α《アルファ》の番斡旋《つがいあっせん》」というビジネスにしている。

そしてもう一つ。

能力を自覚し始めた辺りから、千尋は自身のフェロモンを完全に制御できるようになった。

一ミリとてΩ《オメガ》のフェロモンを出さないことで神秘性が増したようで、α《アルファ》達の千尋への「女神信仰」に拍車がかかっている。

α《アルファ》達が山ほどいるパーティーに番《つがい》がいないにもかかわらず頻繁《ひんぱん》に出席できる彼にとって、番斡旋《つがいあっせん》ビジネスはまさに天職だ。

運命の番《つがい》をよく思わない千尋には、なんとも皮肉なことなのだが。

Ω《オメガ》の就職率はいいとは言えず、貧困層が多い。

それを考えるとかなり恵まれていると思う。千尋のパトロンになりたい人は沢山《たくさん》いるし、ビジネスのおかげで使い切れないほどお金がある。

α《アルファ》達との社交も仕事の一つである千尋は、ランチやディナーを一人で食べることはあまりないし、度々プレゼントを貰うので、大きな金額の買い物はしなくて良い。

今住んでいる都内のマンションも、パトロンのα《アルファ》が購入して千尋に与えたものだ。

自身の能力でここまで成り上がりはしたが、千尋は常に虚《むな》しさを抱えていた。

何故《なぜ》ならこの能力を得た代償なのか、α《アルファ》に恋愛感情を持てなくなったからだ。

恋人になったα《アルファ》のフェロモンを嗅《か》ぐと否応《いやおう》なくその人の運命の番《つがい》の場所を知ってしまう。

何度か捨て置かれた経験がある千尋は、そんなことに耐え続けるなどできなかった。

だから諦めたのだ。

それなのに、運命の番《つがい》と結婚したα《アルファ》達は皆、千尋を運命の女神として結婚式に呼ぶし、会食やパーティー等では彼らの番《つがい》と共に会ったりするわけで。

目の前で自身が得られない幸せが繰り広げられるのだ。虚《むな》しさ以外に何があろうか。

けれどこのビジネスは今更止められないし、辞める気もない。

それはお金のことが勿論《もちろん》あるが、運命に抗えるα《アルファ》がいるのならば、見てみたいと思うからだ。

もしもそんな人物がいるならば、かつて捨て置かれた自分が多少なりとも救われる気がした。

もっとも未だにそんな人物には出会っていないのだが……

「――千尋君？　大丈夫かい？」

思考の海に潜《もぐ》っていると、不意に話しかけられた。相馬がいつの間にか到着していたらしい。

「仕事のしすぎで疲れてるのかな？　すまないね、呼び出したのに待たせてしまって。色々な人から怒られそうだ」

眉を少し下げ申し訳なさそうに苦笑しながら言う相馬が向かい側に座り、手早く自身と千尋のコーヒーを注文した。

余程急いできたのか、少し汗ばむ首に目が行く。上品なスーツを身につけ落ち着いた大人の色気を纏《まと》う相馬に、周りの客や店員達がチラチラと視線を投げていた。

「相馬さんはお忙しいじゃないですか、誰も怒りませんよ」

「僕が言えたことではないけれど、君のパトロンは皆、過保護だからね。知られたら、きっと僕のスマホにお小言の電話とメールがひっきりなしに来てしまうよ」

その様子がありありと想像でき、千尋は苦笑するしかない。

彼のパトロン達は相馬も含め全員、上級のα《アルファ》である。普通ならば番《つがい》でもないΩ《オメガ》の千尋など気に掛けはしない。

だが、運命の相手を見つけ出してくれたことに加え、Ω《オメガ》である故《ゆえ》の儚《はかな》げ《げ》な美貌《びぼう》もあいまって、庇《ひ》護欲《ごよく》がそそられるようなのだ。

海外では仕事相手やパーティーの主催者、またはその国にいるパトロンから必ず護衛をつけられる。

某国の王族との仕事の際は、彼らより千尋の警護のほうが厳重で、呆れを通り越してドン引きしたくらいだ。

国内にいる時だけは護衛は要《い》らないと突っぱねているので比較的自由だが、パトロン達からは護衛をつけろと日々せっつかれている。

「では二人の秘密ということにしましょう？」

悪戯《いたずら》っぽく笑いながら人差し指を口に当てしーっとポーズを取ると、相馬も心得たとばかりに同じポーズを返した。その様子に周りから息を呑む音が聞こえる。

運ばれてきた新しいコーヒーを飲み終え、二人はカフェを出て相馬の車に乗り込んだ。

その車内で、千尋は相馬から仕事の内容を聞く。

今回は大人のα《アルファ》ではなく生まれたばかりの赤ん坊のバース性の確認だ。

思春期になるまでバース性は分からないというのが、常識である。だが千尋はその能力のおかげか、赤ん坊だとしてもα《アルファ》であればその運命の番《つがい》の場所が分かるのだ。

それに気が付いたのは、以前、運命の相手との子供ができた夫婦のお祝いパーティーに行った際だった。抱かせてもらった赤ん坊から不意に運命の番《つがい》の場所を知り、その赤ん坊がα《アルファ》であることを知った。

その時の周りの反応は凄《すさ》まじく、お祝いパーティーは新たなα《アルファ》誕生祝いになり、まだバース検査を受けられない子を持つ人達から「是非《ぜひ》うちの子に会ってα《アルファ》かどうか確かめてくれ」と声が掛かって大変なことになったのだ。

それからは運命の番《つがい》探しと共に、子供のバース判定も仕事の一つになった。

それはともかく、相馬の遠縁に当たるその夫婦はβ《ベータ》同士であるらしい。通常、生まれてくる子供は殆《ほとん》どβ《ベータ》であるのだが、父親の曽祖父がα《アルファ》であり、多少なりともα《アルファ》である可能性があるため、本家である相馬家からバース性の確認を申し出たという経緯なのだとか。

いきなりの話に夫婦は渋ったらしいが、本家からの要請を断われず、最後は渋々受け入れたようだ。

夫婦の家に着くと、そこには夫婦以外に彼らの両親も来ていた。皆一様に困惑した表情だ。α《アルファ》然とした相馬がいるせいで緊張もしている。

新築の匂いが微《かす》かに残るリビングに通され、ソファに相馬と二人で座った。α《アルファ》である相馬が千尋に恭《うやうや》しく接する様子に、不思議そうな顔をされる。

そんなことには慣れているので、千尋はサラリと流す。

「初めまして早川《はやかわ》千尋です」

挨拶《あいさつ》を交わし、数枚名刺を手渡された。だが生憎《あいにく》、千尋は名刺を持っていない。仕事は完全紹介制になっていて、無闇に名刺など渡せないのだ。

それは過保護なパトロン達から課せられた制約の一つでもある。

「生まれたばかりの子のバース性が分かると伺ったんですが、本当でしょうか？」

緊張しておずおずと話しかけてくる母親に、千尋は努めて柔らかく笑んだ。

「α《アルファ》限定ではありますが分かりますよ」

「病院とかで検査をするんですか？　あの、まだ生まれたばかりだから、この子に負担がかかるようなことはしたくないのですが……」

「負担がかかることは一切いたしません。お子様を抱かせていただくだけで終わりますので」

不審な者を見る素振りをする夫婦に、それはそうだろうと千尋は思う。

千尋の名は上流階級のα界隈《アルファかいわい》と、ごく一部の権力者の中でしか知られていない。

何も知らない一般人からすれば怪しい宗教のように感じるに違いない。実際に、α《アルファ》に執着する人達を食いものにする悪徳宗教も存在するのだから、千尋を警戒して然るべきだ。

特に生まれたばかりの子を持つ母親の警戒心は強い。本家の相馬からの話でなければ家に上がることすらできないはずだ。

なかなか動かない夫婦に、相馬がピリッとした空気を纏《まと》う。

「ダメですよ、相馬さん。母親が警戒するのは当然なんですから」

「それはそうだが」

「お母様、少しだけですのでお子様を宜《よろ》しいですか？」

相馬を窘《たしな》め、警戒心を解かせるように笑いかけながら言うと、母親は「少しだけなら」と赤ん坊を差し出した。

「ふふっすごく軽いですね。あぁ目元はお母様に似てますね、そっくりだ」

ふにゃふにゃとした赤ん坊は、千尋に抱かれてキャッキャと嬉しそうにはしゃぎだす。

ぎゅっと赤ん坊を抱きしめ首筋の匂いを手早く嗅《か》ぐ。赤ん坊特有の甘いミルクの香りと共に微《かす》かにα《アルファ》のフェロモンを感じ、運命の番《つがい》の場所が頭に浮かぶ。

「どうかな千尋君」

不安そうにこちらを見る母親に赤ん坊を返すと、千尋は再び相馬の隣に腰を下ろす。

「α《アルファ》で間違いありません。赤ん坊なので、どの程度の強さのα《アルファ》かはまだ分かりませんが。一歳くらいなら確実に分かるんですけど……もしその辺りの判定もするなら、その時にまた呼んでいただければ」

「だそうだ。α《アルファ》であることが確定したので、相馬家からこの子にかかる教育費をある程度援助させてもらおう」

突然の申し出とバース性の確定に慌て出す面々に、相馬が鞄《かばん》から書類を出してこれからのことを説明していく。夫婦とその両親達は目を白黒させながらその説明を聞いていた。

これは所謂《いわゆる》α《アルファ》の青田買いのようなものだ。同じ家系からα《アルファ》が出たら早めに囲い込み、将来の手駒の数を増やす。

α《アルファ》同士、または片方がα《アルファ》である夫婦ならば金銭的に余裕があるが、β《ベータ》同士となると多くは普通の中流家庭か、それ以下だ。

そんな両親の子に生まれたα《アルファ》は必要最低限の教育しか受けられず、大体はβ《ベータ》の両親と同程度の経済状況になる。

それでも別に問題はないのに、優秀な手駒が欲しいα《アルファ》達は、こうして援助という恩を売って優秀な者を作り出そうとする。

援助する側は将来優秀な手駒を増やすための先行投資となり、親は子に掛かる金銭が援助され経済的に楽になるのだ。

子供は将来をほぼ決められてしまうが、ある程度の自由はあるのでｗｉｎ－ｗｉｎな取引だ。

そんなα《アルファ》の青田買いは、今まで検査でバース性が確定してからのものだった。

それが千尋のおかげで早まったというわけだ。

話が纏《まと》まった。まだ現実感が湧かないらしい夫婦達を他所《よそ》に、α《アルファ》の赤ん坊は母親の腕の中ですよすよと寝息を立てている。

自身には訪れそうにない幸せな家庭を羨《うらや》ましく思いながら、千尋は静かに微笑《ほほえ》んだ。


再び都内に戻って来た千尋は、家まで送るという相馬の誘いを断った。この後は別のα《アルファ》である桐《きり》ケ谷《がや》とディナーの予定が入っている。

一人にするのは心配だと言う相馬を、待ち合わせは一時間後だから大丈夫だと説得した。もういい歳だし、そこまで過保護になる必要はないのに、周りはそう思ってくれない。

運命の番《つがい》を見つけられる貴重な存在だからというのは理解できるが、ここは日本だ。滅多な事《こと》は起こらない。街を歩いてもすれ違い様に見られることはあるけれど、声を掛けてくる人などいなかった。

海外では流石《さすが》に護衛も受け入れるし、一人でふらふら出歩くこともしない。

だから安全な国にいる間は、千尋は自由でいたかった。

千尋ははやる心を窘《たしな》めつつ、書店へ足を伸ばす。小説から始まり、興味を惹《ひ》かれた専門書などを吟味《ぎんみ》しながら選んでいった。

この後を考えるとあまり冊数を買えないことにがっかりしつつ、気になった本をスマホにメモする。結局あまり分厚くない三冊をその場で購入した。

気が付けば、待ち合わせの時間の三十分前になっている。どうやらディナー相手は少し遅れるらしく、迎えの車を寄越すと連絡がきていた。

別の本屋に移動し、軽く時間を潰してから迎えの車が来る駅に向かう。キョロキョロと辺りを探すと、黒塗りの高級車が路肩に停まるのが見えた。

男達が車から降りて辺りを見回し、千尋を見つけて綺麗なお辞儀をする。

その車に向かおうと千尋が足を一歩踏み出した瞬間、ドンッと背中に強い衝撃を受けた。千尋はそのまま前に倒れる。

途端に周りから悲鳴が上がった。

後ろを振り返ると、目を血走らせ拳《こぶし》を強く握り締めて怒りに体を震わせた女性が立っている。

「アンタのせいよ!!　アンタがいなければ……何がΩ《オメガ》よ、何が運命の番《つがい》よ!!」

ぼろぼろと涙を流し髪を振り乱しながら怒声を浴びせる女性に、あぁと千尋は納得した。

「早川様!!」

男達が事態に気が付き、バタバタ走ってくる。辺りは騒然とし、周りにいた人々は千尋と女性から距離を取った。

未だに喚《わめ》き散《ち》らす女性を運転手が取り押さえ、すぐさま警察に連絡を入れる。

「早川様、すぐに救急車が参ります。痛いでしょうが、もう暫《しばら》く我慢してください」

「……私の体はどうなってますか？」

その問いに、一瞬躊躇《ためら》いを見せた運転手が答える。

「あまり深くはありませんが、背中を刺されてます。出血も多いですね、内臓に傷がついてないといいんですが」

「痛みがないので分からないんですが……刺されてるんですか？　運がいいのか悪いのか……桐ヶ谷先生に迷惑掛けちゃいますね」

遠くからけたたましいサイレンの音が聞こえてきた。

あっという間に警官があふれ、ブルーシートで周りから目隠しをする。取り押さえられていた女性は警官達に引き渡され、パトカーの後ろに押し込められた。

救急車に乗せられた千尋は、徐々に手足が冷たくなっていくのを感じる。

血が流れすぎたのか、はたまたやっと脳みそが状況を理解したのか。微《かす》かに痛みが出始め、額《ひたい》に脂汗《あぶらあせ》が浮かぶ。

「桐ヶ谷先生に、ディナーごめんなさいって伝えてくれますか？」

運転手にそれだけ伝えると、ふっと意識が遠のいていった。

救急隊員が呼びかけてくるが、どうやっても重い瞼《まぶた》を開ける気にならない。千尋はそのまま意識を手放した。

『アンタのせいよ!!　アンタがいなければ……何がΩ《オメガ》よ、何が運命の番《つがい》よ!!』

直前にはっきりと聞こえたのは救急隊員の声ではなく、自分を刺した女性の悲痛な叫びだった。

◇　◇　◇

ふと意識が上昇する。目を開けると、千尋は広々とした室内のベッドの上にいた。

目だけで辺りを見回すと、体にベッドサイドモニターと点滴が付けられていた。

あれからどれくらい時間が経ったのか。体が鉛《なまり》のように重く、目覚めたばかりだからか、頭もよく回らない。

目覚めたことを知らせなくてはとナースコールを押して暫《しばら》く、外が騒がしくなる。

「目が覚めて良かったよ、千尋～!!」

ガラッと扉を開けて入ってきた白衣の壮年の男は、桐ケ谷総一郎《そういちろう》であった。千尋がディナーに行く約束をしていた相手だ。古くからの千尋のパトロンの一人であり、今入院している桐ケ谷総合病院の病院長でもある。

「気分はどうだい？　傷は痛むかな？　痛むならすぐに痛み止めを出そうね」

医師というよりも祖父みたいな様子でオロオロと診察する桐ケ谷に、千尋は思わず笑ってしまう。

「少し痛いです。あと起きたばかりなので、まだ頭がフラつく感じがしますね」

「ごめんよ、私がもっと早めに迎えに行かせたら、こんなことにはならなかったんだ。幸い内臓は傷ついてなかった。出血も思ったより少なかったしね。傷口も絶対に跡が残らないように縫合が上手《うま》いのにやらせたからね。君の綺麗な体に傷が残ってしまったら、後悔しても仕切れないよ」

申し訳なさそうに話す彼に、千尋も少しばかり後悔の念が募《つの》る。

「……桐ヶ谷先生、あの後どうなりましたか？」

「事件については、後から刑事さん達が来るからその時に聞きなさい。今は目覚めたばかりだから、千尋は休むことに専念しなさいね」

孫に接するように優しく言って頭を撫《な》でてくる桐ヶ谷に、なんとも擽《くすぐ》ったい気持ちになった。むず痒《がゆ》さに耐えている千尋に、すっと桐ヶ谷がスマホを渡す。

「それと、無理がない範囲で皆に連絡してあげてね。でないと、ここに押し掛けてきて大変なんだよ。一応面会謝絶にしているのに、分かるだろ？　君のパトロンや周りの連中は聞く耳を持たないんだ」

彼は苦笑いをしているが、その顔には疲労の色が見える。ずっと対応に追われていたのだろう。

千尋のパトロン達は皆、雲の上の人ばかりだ。

下手な人間に対応を任せられる人々ではなく、間違えれば首が飛ぶどころか、この病院がなくなる恐れすらある。

千尋は確かにα《アルファ》達の女神ではあるが、それと同時に爆弾みたいなもの。α《アルファ》達は互いに互いを見極めながら千尋に接しなければならない。

千尋に粗相《そそう》をしたら、パトロン達が全力をかけてその人間を潰すからだ。

千尋は手元のスマホに視線を落とす。

日付を見ると、刺された日から三日が経っていた。ディスプレイに表示されている恐ろしい数のメッセージの通知に一瞬眩暈《めまい》がする。

三日も寝ていたのだから、そうなっていても仕方ない。

気の重さに溜息《ためいき》を吐《つ》き、お腹《なか》が減っていることに漸《ようや》く気が付く。

「桐ヶ谷先生、ご飯って食べられますか？　流石《さすが》に腹ぺこなんですが……」

「いいよ、病院食は美味《おい》しくないから、ホテルからデリバリーさせるよ。何がいい？　肉かな？　魚かな？　和洋中は？」

矢継ぎ早に聞かれて千尋は困惑する。

「え？　入院しているんですから、病院食で良いですよ」

「ふふふ、っていうのは冗談だけどね。今日は胃がびっくりしちゃうんで病院食で我慢してもらわないとなんだけど、様子を見て明日からは千尋のためにデリバリーを頼むね。リクエストがあったら看護師とかに言っといて？」

無邪気に笑う桐ヶ谷に釣られて、千尋もニコニコした。

「入院中は私と朝昼晩ご飯を食べてね？　ほら、事件のおかげでディナーができなかっただろ？　それに千尋のために色々頑張ったからね！　暫《しばら》く千尋を独占しても問題ないはずさ！　ふふふ、皆悔しがるだろうねぇ」

「分かりました、でも自慢しすぎちゃダメですよ？　後で大変なことになるのは桐ヶ谷先生なんですから」

くすくすとお互い笑い合った後、桐ヶ谷が病室をあとにする。

一人残った千尋はもう一度深い溜息《ためいき》を吐《つ》くと、気合を入れてメッセージを返していった。

◆ ◆ ◆

煩《わずら》わしいアラームの音で目が覚めたレオ・デレンスは、一伸びしてベッドから降りると濃いめのコーヒーを飲み干し、まだ夜が明けきらぬ中、ルーティンであるランニングに向かった。

長期任務が終わり久々の纏《まと》まった休日ではあるが、職業柄、体を鈍《なま》らせるわけにはいかない。

太陽が完全に辺りを照らし始めた頃にランニングを終え、バスルームで汗を流す。途端、軍用のスマホが着信音を鳴らした。

「あと十分でそちらに着く。出る準備をしておけ」

ブツッと切れた電話を放り出し、レオは慌ただしく衣服を身につけ、必要なものが全て詰《つ》まっている鞄《かばん》を肩に引っ掛けた。

遠くからバラバラとプロペラのけたたましい音が聞こえてきたのを確認し、玄関の外に出る。

ホバリングするヘリコプターから目の前にロープが下ろされ、それに片足を引っ掛けるとすぐさま上に引き上げられた。開いたドアから素早く乗り込むのと同時にヘリコプターは機体を上昇させ、来た道を引き返す。

「緊急事態ですか？」

「俺は何も聞かされていない。着いたら国防長官から話を聞け」

「了解しました」

それ以上の言葉を交わすことなく、暫《しばら》くして目的地である基地に着く。太陽はすっかり昇り、頭上で輝いていた。

ヘリコプターから降り、基地の中を上官の後について歩く。

一体何が起きているのかと、レオはアレやコレやと考えを巡らせた。

自分が呼ばれるということは、極秘かつ特殊な任務ということだ。少し前に終わったばかりの仕事も、国を狙うテロ組織を秘密裏に解体するというものだった。

短い休暇だったなと遠い目をしたくなるが、仕事自体は嫌いじゃない。

分厚いドアをくぐり抜けると、円卓の一番奥にこの国の大統領ブライアン・ミラーが椅子に深く腰を掛けてコーヒーを飲んでいた。

その横には国防長官と、何故《なぜ》か下院議長までいて、その二人もブライアン同様ゆったりとコーヒーを飲んでいる。

緊急事態にしてはこの緊張感のなさはなんだ？

そう思いながらも、レオは踵《かかと》を揃えて敬礼する。

「おはようレオ、いい朝だな」

「おはようございます大統領。緊急の呼び出しのようですが、次の作戦でしょうか？」

「その通りだ。これは極めて重大かつ世界的にとても大事な案件だよ」

緊張を孕《はら》むブライアンの言葉にレオはごくりと息を呑む。

よく見れば彼らの顔は一様に疲労の色を滲《にじ》ませている。呑気に休日の心配をしている場合ではなかったのだ。

ブライアンが深く息を吐き、レオを見つめて口を開いた。

「千尋が刺されたんだ」

「は？」

レオはブライアン達の深刻さが理解できず、気の抜けた返事をする。

誰が刺されたって？　千尋とは一体誰だ？　確かに人が刺されるということは小さなことではないが、それが世界を揺るがすほどのことなのだろうか。予想から大きく外れた話を、脳が上手《うま》く処理できない。

普段どんなことにも動揺しないレオが返答に困っていると、国防長官がブライアンに言う。

「ちょっと待って、ブライアン。彼に千尋と言っても分からないのではないの？」

「あれ？　レオは千尋のこと知らなかったっけ？」

「申し訳ございません、千尋？　というお名前を伺ったことがありません」

大袈裟《おおげさ》に天を仰《あお》いだブライアンに、レオは居《い》た堪《たま》れなくなった。

「情報規制しているから、それもそうか……」

ショックから立ち直ったブライアンは、国防長官に指示を出し資料を出させる。パッとモニターに映し出されたのは、α《アルファ》ともΩ《オメガ》とも判別しづらい、色の白い肌に黒の髪がとても映《は》える美しい男性だった。

「彼が早川千尋だよ。この国、ひいてはこの世界の至宝。我々α《アルファ》の女神さ」

ブライアンの言葉に、思わずレオは目を見開く。下院議長と国防長官もその通りだとばかりに頷《うなず》いていた。言い知れぬ気味の悪さがレオの肌をゾワゾワとなぞる。

千尋というその人物はΩ《オメガ》でありながら、十年ほど前から各国のトップクラスのα《アルファ》達を相手に一人で仕事をしているらしい。

その仕事というのが「α《アルファ》の運命の番《つがい》」を見つけるというものだった。

あまりに荒唐無稽《こうとうむけい》な話だと、レオは感じずにはいられなかった。

運命の番《つがい》は都市伝説みたいなものだ。それこそその存在が見つかれば、世間を騒がすニュースになる。決して生業《なりわい》にできるようなものではない。

全人類の半分はβ《ベータ》と呼ばれる人々で、α《アルファ》とΩ《オメガ》の割合は残りの人口の二分の一ずつである。

α《アルファ》というバース性は知能や芸術性に優れ、ありとあらゆる面で突出した能力を持つ。各国のトップや、上流階級にα《アルファ》が多いのはこのためだ。

もっとも個体値はそれぞれ違うため、各バース性の中でも、上級、中級、下級と階級分けがある。下級のα《アルファ》と上級のβ《ベータ》との能力差は然程《さほど》存在しない。

また、Ω《オメガ》という存在は総じて能力が低いとされている。それはΩ《オメガ》というバース性が、ヒートと呼ばれる発情期があるなど、子を孕《はら》むことに特化しているが故《ゆえ》だ。

各国のトップクラスにいるα《アルファ》達が怪しい仕事をしているΩ《オメガ》を特別視しているということが、レオには信じがたかった。

しかし目の前にいる三人は皆それを信じている様子であり、千尋という人物について語る口調は崇拝に近い。

怪しいカルトの教祖を語る信者に似ていると、レオは感じた。それが顔に出ていたのだろう。ブライアンが苦笑する。

「君が信じられないのも無理はない。私も彼らも最初は眉唾《まゆつば》な話だと思っていたんだ。しかし彼の能力は本物だよ。私がこの地位に就《つ》く前に運命の番《つがい》に出会ったのは知っているだろう？　妻と巡り合わせてくれたのは他でもない千尋だし、公《おおやけ》にしていないが彼らの妻を見つけたのも千尋だ」

レオはうんうんと嬉しそうに頷《うなず》く彼らに、なんとも言えない表情を返すことしかできなかった。

そんなことが本当にあり得るのだろうか。疑問と不信感が湧き上がる。

国によってはΩ《オメガ》のフェロモンを軍事利用しようと研究していて、ハニートラップには昔からΩ《オメガ》が使われている。

千尋というのはそのような怪しい人間ではないのか。だが、目の前にいるこの国のトップ三人は千尋という人物を信用しきっているようだ。

その上、それはこの国だけに限らないらしく、千尋を囲い込むべく国同士の争いが起きてもおかしくないほど「運命の女神」信仰は浸透しているらしい。

運命の番《つがい》と出会ったα《アルファ》はその能力に拍車が掛かる、という噂も本当なのだという。

それ故《ゆえ》に千尋の気を引こうと誰もが必死になっているし、下手に彼に手を出せば他が黙っていないのだとか。

しかしその均衡がどうやらβ《ベータ》の女性に刺されたことで崩れたようだ。力が弱い女性のβ《ベータ》が刺しただけなので致命傷には至らなかったが、パトロン達の怒りは相当なもので、やはり専属の護衛を付けるべきだと結論付けられた。

その日の内に時差や国家間のいざこざなど関係なく、国際会議が開かれたそうだ。

ただ一人の人間のためだけにそんな国際会議が開かれてたまるかと思わずにはいられない。

会議では各国の腕利きの軍人や護衛が列挙されたが、最終的に選ばれたのはレオ・デレンスだった。

決め手となったのは彼がα《アルファ》のフェロモンを自在に操れる上に、特殊任務に就《つ》くための訓練で身につけた「Ω《オメガ》のフェロモンが一切効かない」という能力が高く評価されたためだった。

普通、どんなα《アルファ》もΩ《オメガ》のフェロモンには抗えない。

だから最適な人選なのだとブライアンがパトロン達にごり押しし、最終的に全員一致でレオに決まったという。

「君は今日付けでこの国の所属ではなくなって、千尋という人間の所属になるよ。後ろ盾としてこの国がつくことになるから、必要な時は連絡してくれ。因《ちな》みに任務は今からだ。このまま日本に飛んでもらう」

会議室を出て国防長官と共に飛行場に辿《たど》り着《つ》くと、乗るように指示されたのは大統領専用機だった。

一軍人でしかないレオが大統領不在の専用機に一人で乗るなど、どんな待遇だと思わず頭を抱える。そんなことにはかまわず、国防長官が「これが一番早くて確実だよ。暫《しば》しの大統領気分を味わって！」と言って、レオを機内に押し込めた。

静まり返った機内で革張りのシートに腰を下ろしたレオは軽く頭を振り、千尋に関しての資料をタブレットで開く。

レオは千尋の出自は高貴な家なのだろうと予想していたがそんなことはなく、ごく普通の家庭の出身であった。

そんな千尋はとんでもない人々との関わりを持っている。

関係者リストには驚く人物ばかりが連《つら》なっていた。表の住人も裏の住人も、力と金を持つ様々な人間が列挙されている。

しかも、このリストが全てではない可能性があるとして、詳しくは千尋から聞くようにとメモ書きがあった。

こんな劇薬のような人間の護衛をするのかと思うと、どんな要人を警護するより気分が重くなる。対応を間違えればレオの命など数時間後にはなくなるだろう。最悪、国際問題、そして戦争になりかねない。

そんな人間に四六時中張り付くのだから、憂鬱《ゆううつ》な気持ちになるのも仕方がない。せめて良好な関係を築けるようにとレオは願ったのだった。

◇　◇　◇

千尋はスマホを手に延々と各所に連絡をしていた。一番古いものから順に返信していくが、その間にも通知がどんどん増えていく。

唸《うな》りながら前半は全て同じ文章を貼り付け、最後に一言添える。それだけでも量が多いので一苦労だ。

休み休みぽちぽちと返信しているところに、突然着信音が鳴る。発信者を確認すると、ブライアンからだった。

『やぁ千尋、目覚めはどうかな？　千尋の意識が戻ったらしいと連絡が来てね、すぐに電話したんだ。早急に君に伝えなければならないことがあったからね』

「早急にですか？　何でしょうか」

『今まで日本では護衛をつけてなかっただろう？　しかし、今回のことでそうは言っていられなくなったのさ。分かるだろう？　だから我々が選んだ護衛をそちらに向かわせたよ。もうそろそろ着くはずだから、院長に繋いでもらえないかな？』

「え、えぇ……分かりました。電話はこのままで……はい、ちょっと待ってくださいね」

千尋は慌ててナースコールを押し、至急、桐ヶ谷を呼んでくれと伝える。

数分後、桐ヶ谷が足早に現れた。

「すみません、ブライアン……大統領が桐ヶ谷先生にお話があるみたいです」

へにょりと眉を下げて桐ヶ谷を見た千尋は、電話をスピーカーに切り替える。ブライアンは桐ヶ谷から千尋の傷の具合を聞くと、すぐに本題に入った。

『先程、千尋にも言ったことだけど、今日から千尋には二十四時間三百六十五日護衛であるレオ・デレンスという男がつくよ。これは我々が決定したことで、今回ばかりは千尋の意見は聞かないからね！　まぁ千尋には護衛というよりは護衛も兼任する友人とでも思って接してほしいかな。というわけだからＤｒ．桐ヶ谷、彼の個室にレオが一緒にいられるようにしてくれ。詳細は彼から聞いてね、よろしく頼むよ！』

ブツッと切れたスマホを前に二人で唖然《あぜん》としている内に、桐ヶ谷の院内用の携帯に「千尋に面会に来ている人がいるがどうするか？」と連絡が入る。

なんて絶妙なタイミングだろうか。桐ヶ谷はロビーへレオという男を迎えに行った。

一人残された千尋は部屋の中で溜息《ためいき》を吐《つ》く。目覚めてからはいずれこうなるだろうと予想していたが、まさかブライアンが動くとまでは考えていなかった。

これからその護衛に四六時中張り付かれると思うと些《いささ》か気が重い。月の半分は海外にいるため、護衛が数人つくという状態に慣れてはいるが、まさか自国にいる時までそうなろうとは。

己の迂闊《うかつ》さに頭が痛くなるが、こうなってしまっては仕方がない。

暫《しばら》くすると桐ヶ谷が、背が高く体格のがっしりとした男性を連れて戻ってきた。

側頭部が短く刈り込まれたツーブロックのこげ茶色の髪に、グレーの瞳が眼光鋭く光り、歴戦の猛者《もさ》のような佇《たたず》まい。

これはただの護衛じゃないと直感したが、そもそもブライアン達が送り込んでくる人間なのだから只者《ただもの》じゃないのは当たり前だ。

「初めまして、レオ・デレンスです。本日より早川様の護衛をさせていただきます、よろしくお願いいたします」

ネイティブかと思うほど流暢《りゅうちょう》に日本語を操りビシッとキレ良く敬礼をしたレオに、なるほど護衛職に従事する者ではなく軍人を寄越したのだと千尋は理解した。

「丁度ブライアンから連絡を貰ったところだったんですよ。こちらこそ宜《よろ》しくお願いします」

にこりと千尋が微笑《ほほえ》むと、レオも鋭い眼光を緩めて笑む。

「早速で悪いんだが、彼と二人だけにしてもらえないだろうか。護衛の件で話がしたいのだが、流石《さすが》に他人に聞かれるのはまずい」

桐ケ谷が退室し、レオはベッドの横に椅子を移動させた。そこに座ると、鞄《かばん》からタブレットを出して何やら操作する。

千尋は初めて会ったレオの鋭い雰囲気と沈黙が重苦しくて、話しかけた。

「日本語、上手なんですね。びっくりしました」

「職務上、主要な国の言葉は話せる。君もそうだろう？　資料に書いてあった」

向けられたタブレットに視線を向けると、そこにはサッと目を通しただけでも分かるくらい、詳細すぎる千尋自身の情報が書かれていた。その内容の詳しさに呆れる。直後、レオの視線が突き刺さり、千尋はタブレットから視線を上げた。

「普段、私は要人警護はしない。特殊任務専門の軍人だからだ。しかし今日から無期限で君の護衛となった。千尋、君は一体何者なんだ？」

一体何者だと問われても、答えに困る。

しかし、レオが聞きたいことは大体分かった。千尋のパトロンを名乗る人々も、かつて千尋に問うてきたことだからだ。

「君の能力は聞いたし資料にも目を通したが、正直言って信じがたい。だから、私が君の護衛に選ばれたのが不思議でならないんだ」

「そうでしょうね、皆さん最初は貴方と同じ反応ですよ。……私のことを不気味に思うのでしょう？」

苦笑しつつ問うと、レオは躊躇《ためら》いながらも頷《うなず》いた。

「誰だってそうだと思います。その反応は正しいです。もし私が貴方や他のα《アルファ》で、私のような者が現れたら頭のおかしい変人か如何《いかが》わしい宗教かと考えます」

「気を悪くしないでもらいたいんだが、君はその類《たぐい》ではないんだな？　誰かに指示されているということもない、と？」

「ありませんね、私はただ自分の能力を使って仕事をしているにすぎません。すぐにでも証明しましょうか？　レオさんはフェロモンを感じませんけどα《アルファ》なのでしょう？　私と同様にフェロモン制御ができる人に初めてお会いました。匂いを嗅《か》がせていただければ貴方の運命の番《つがい》を探せますけど」

すると、苦笑したレオは首を横に振った。

「残念なことに私は職務上、番《つがい》を持てないことになっているので、その必要はない。君の仕事を見れば自《おの》ずと分かるのだろうとは思っているが……」

「職務上、番《つがい》を持てないなんて私と一緒ですね……まぁα《アルファ》と恋愛をすることもないんですけど」

千尋の柔らかな返事にレオは目を見開く。

千尋はビジネス上、番《つがい》を持つことが叶わない。頸《うなじ》を噛まれると、α《アルファ》のフェロモンを感じられなくなるΩ《オメガ》は八割に及ぶ。パトロン達はその八割に千尋が入るのを恐れているのだ。そして千尋の番《つがい》となったα《アルファ》が権力を持つことも警戒している。

誰だって運命の番《つがい》——己の半身に出会いたいに決まっている。それを確実に見つけられる千尋を手放したくはないのは当たり前のことだ。

そして千尋は恋人すら持つつもりがないため、全て納得済みである。

だが、パトロン達は運命の女神として千尋を縛り付けることに申し訳なさを感じているらしい。過保護ぶりや過度のプレゼントは償《つぐな》いでもあるのだ。

「君はそれでいいのか？」

そんなことを聞かれたのは、この数年まったくない。千尋はキョトンとする。

「辛《つら》くはないのか？」

真剣に問うてくる目の前の男に、千尋は好感を持つ。どうやら本気で心配してくれているらしい。

「今はもう辛《つら》くはありませんよ。Ω《オメガ》であるのに、私はこの能力で今や世界一高いヒエラルキーにいるでしょう。Ω《オメガ》は番《つがい》がいなければ一人で生きていくのが難しいですが、私はそうじゃない。貴方のような護衛は付きますけど、他のΩ《オメガ》達のような窮屈さはなく自由ですしね。とても恵まれてると思いますよ。その代償が番《つがい》を持てないことだとしても仕方がないと思いますし、私自身は運命の番《つがい》というものが心底嫌いなんです」

運命の女神と呼ばれる千尋がサラリと運命の番《つがい》を嫌いだと発言したことで、レオは困惑を極めた表情になる。

それはそうだろう。

千尋が過去、初めてできた彼氏やその後の彼氏達を目の前で運命の番《つがい》に奪われてきたことは、パトロン達には話していない。

誰も千尋が運命の番《つがい》という存在に嫌悪感を抱いていることなど知らないし、気が付いてもいないのだ。

番《つがい》になった者達に罪はないし、誰しも魂《たましい》から求め合う本能には抗えない。千尋自身が受け入れられないというだけで、他者にまでそれを押し付けようとは考えていなかった。

手に入ったはずの光景を見て虚《むな》しくなりはするが、どうしたって嫌悪感を拭《ぬぐ》えない。仕事で関わってきたα《アルファ》達を祝福する心はある。だが自身には当てはまらない、それだけだ。

仕事は仕事であり、千尋個人の感情はそこに必要ない。

虚《むな》しくても番《つがい》を求めることはない。千尋の冷めきり凍てつく心は溶けはしないのだ。

「私が運命の番《つがい》を嫌いと言ったことは、内緒にしてくださいね？」

口元に人差し指を当て小首を傾《かし》げてポーズを取ると、サラリと千尋の髪の毛が流れ、窓から差し込む光に当たり、ブルーブラックに美しく輝いた。

「あ、あぁ。私は千尋に属しているからどこかに報告する義務はないし、個人的な感情を誰かに漏らす悪趣味は持ち合わせない。だが初対面の私に話しても良かったのか？」

「貴方とは長いお付き合いになりそうですし、傍《そば》で私を見ていれば、いずれ不審に思うことがあるでしょう。それに私を心から心配してくれたのが分かったので、信用しても大丈夫かなと」

そうか、と呟《つぶや》いたレオはすっと右手を差し出す。改めて宜《よろ》しく頼むと言うので、千尋もその大きくゴツゴツとした手を握り返し、こちらこそと優しく微笑《ほほえ》む。

それが特殊な二人の特殊な関係が始まった瞬間だった。

レオが護衛に付いた次の日。千尋の病室に、事件の担当刑事が事情聴取に来た。

本来であれば最低限二人はいなければならないのだが、事情が事情なので、古くから付き合いのある千尋の能力を知っている者が一人である。

刑事はレオがいることに驚いたが、パトロンからの指示でついた護衛だと説明すると、心底安心したように肩の力を抜いた。

彼もまた日本にいる時も護衛が必要だと常に主張してきたからだ。

刑事は護衛としてどの程度の実績があるのか聞きたがったが、レオは職務規定に反するので教えられないと突っぱねた。

それはともかく、街中で起きた流血事件はニュースになりはしたが、大きく報道されることはなかった。別のトクダネを流し世間の関心を逸《そ》らすことで、千尋のことを徹底的に隠したそうだ。

「彼女はどうなりましたか？」

千尋が問うと、刑事は机に一枚の紙を出した。それを受け取り、目を通す。

千尋を刺したβ《ベータ》の女性は、仕事を請《う》け負《お》ったα《アルファ》の交際相手だった。

番《つがい》と出会った男は、千尋に仕事を依頼する時に交わされる契約の一つである、アフターフォローを一切せず彼女を切り捨てた。男を心底愛していた女性は許せるはずもない上、その男はあろうことか千尋の存在をその女性に話してしまった。まさに契約違反のオンパレードだ。

千尋の仕事は、相手の運命を導き変えることだ。だから仕事をする時、相手の恋人の有無は必ず確認する。

かつて自身が経験したように、捨てられる側の絶望は計り知れない。

結婚した相手や恋人が既《すで》にいる場合は、アフターフォローをできる人物からしか依頼を受けなかった。

それもこれも今回のような出来事を未然に防ぐためだ。

しかし依頼主であった瀬川《せがわ》という男は、下準備も後処理も何もしていなかった。ただただ自身が運命の番《つがい》を手に入れた幸せを謳歌《おうか》しただけ。捨てられた女性を顧《かえり》みることなどなかった。

怒りを募《つの》らせた女性は愛した男にそれをぶつけられず、かといって瀬川の番《つがい》を害することもできず、最終的に辿《たど》り着《つ》いたのが、千尋だったというわけだ。

千尋は意識を失う前に聞こえた女性の悲痛な叫びを思い出す。

自分がいなければあの女性は自然な別れが来るその時まで、瀬川という男と幸せに過ごせただろう。

それを壊したのは千尋だ。

いつもなら割り切れること。仕事相手は皆優秀で、今まで後処理を綺麗にしてくれた。それがあるからこそ、千尋の罪悪感は鳴りを潜《ひそ》めていたのだが。

今回のようなお粗末なことをされると、後味が悪く罪悪感もひとしおだ。

眉間《みけん》にいつの間にか深く皺《しわ》が寄る。難しい顔をした千尋の前に、コトリと湯気がたつティーカップが置かれた。

「気が滅入る話だ、飲んで気分を落ち着かせるといい」

レオの促《うなが》すままにティーカップに口を付ける。それは、はちみつの甘みが仄《ほの》かに広がるミルクティーだった。千尋がリラックスする時に好んで飲むものだ。きっと資料に書かれていたのだろう。

昨日会ったばかりだというのに絶妙なタイミングで出てきたそれに感心し、千尋の表情は緩んだ。

それを見た刑事が話を続ける。

「君を刺した女性は勾留中だ。今は大分落ち着いたが、最初は錯乱状態が酷《ひど》くてね。罪はできるだけ軽くなるよう取り計らうそうだよ。アフターフォローは依頼主である瀬川ではなく本家の里中《さとなか》が行うそうだから、彼女はきっと立ち直れる」

それを聞き千尋は少しほっとする。

「依頼主だった瀬川は、運命の番《つがい》であるΩ《オメガ》と離されて実家に戻されている。本家で再教育され監視もついて一生飼い殺しが確定した。幸いΩ《オメガ》のヒート前でまだ番《つが》ってなかったようでね、離されてもΩ《オメガ》側のダメージは少ないだろう。本家の里中も他家からの監視と飼い殺しが確定だ。あそこの会社はデカいから潰れると問題があるらしい。ペナルティとしては軽すぎるくらいだ。その内どっかが乗っ取るかもしれないけどな」

「番《つがい》になる前で良かったです。私はパワーゲームに興味がないので皆がしたいように制裁すれば良いかと。……ただ私は結果的に彼女を苦しめてしまった自分自身を許せません」

ぎりっと強く握り込んだ千尋の手は赤く、震えていた。

「君は仕事をしただけだ。契約違反を起こしたのは瀬川で、君に落ち度はない。だから気に病《や》むことはないんだよ」

刑事は優しくそう言うが、千尋は素直に受け取れず、曖昧《あいまい》に微笑《ほほえ》む。

瀬川は罰せられるが、千尋には誰も罰を与えない。自身の業がまた一つ、圧《の》しかかった。

事情聴取から一週間後。漸《ようや》く千尋に退院許可が降りた。

傷がまだ完全に塞《ふさ》がっていないため動きは制限されるが、一か月は仕事を休めと各所から言われているので、ゆっくりと養生ができそうだ。

レオを伴い、久しぶりに自宅に戻る。

一人暮らしには広すぎる自宅の使っていなかった部屋を、レオの部屋として宛《あて》がった。

住み始めてからある程度の年月が経っているのに、自宅に人を招き入れたのは彼で二人目だ。

「いい家だな」

大きい窓のカーテンを開けると、都内を一望できる。

都心でセキュリティがしっかりしたタワーマンションのほぼ最上階に位置するこの部屋をポンとパトロンから与えられた当初は、金額を想像するだけで足がすくんだが、それも慣れてしまった。

「夜はもっと綺麗ですよ。夏は花火も見えますしね」

レオが自宅にいることに不快感はない。大分この男に慣れたなと、千尋はふと思う。

資料に書かれていたのか、千尋のことを把握しているので一から説明しなくて済む。レオの性格もあるのだろうが、配慮が行き届き、踏み込む領域も的確だ。

制約が課せられた軍人でなければ、今頃はパートナーくらい持っているに違いないほど優秀で、当然ながらα《アルファ》特有の格好良さだ。さぞやモテることだろう。

ブライアンの人選は完璧だなと思わずにはいられなかった。

四六時中行動を共にする人物との相性が合わないことほど最悪なことはない。その点、千尋もレオも早々に慣れ、色々言い合える関係になっている。それを有難いことだと認識していた。

ほぼ身一つで千尋のもとへ来たレオのために買い込んだ大量の荷物をリビングで広げ、二人で袋から出していく。

だがタグを切ろうとして、千尋はこの家にはハサミが一つもないことを思い出した。

「ハサミがないのを失念してました。今からコンビニに買いに行くしかないですね」

「ハサミならあるぞ、ちょっと待っててくれ」

レオはそう言うと、自身の部屋から唯一の持ちものである大きな鞄《かばん》を持ってくる。その中からツールボックスを取り出し、ハサミを千尋に渡す。

レオのほうはどうするのかと見ていると、鞄《かばん》のポケット部分からツールナイフを取り出し、それを使って服に付いたタグを切り始めた。

「その鞄《かばん》、他には何が入っているんですか？」

「この中か？　万が一のための数日分の食料と着替え、野営に備《そな》えての装備と、あとは武器だな」

「武器？」

千尋の問いに、レオはしまったとばかりに口元に手を当てる。

「すまない千尋、この国には大統領専用機に乗せられて来たんだが、セキュリティチェックがなくてだな……失念していた。この国では銃の所持は違法だったな？」

「……まさかあるんですか？」

レオはこくりと頷《うなず》き、鞄《かばん》の中から黒いケースを出す。その中にはまずこの国では拝めない黒い鉄の塊《かたまり》があった。

「軍に預けるべきだが、やはり持っておくに越したことはない。できれば許可を取りたいが……」

顎《あご》に手を当てながら少しばかり考えた千尋は、チラリと時計を見て自身のスマホを取り出し、目当ての人物の番号を躊躇《ためら》いなく押した。

『やぁ千尋！　どうしたんだい？　レオに何か問題があった？』

「こんにちはブライアン、今スピーカーにしたいんですが大丈夫ですか？」

『勿論《もちろん》だとも』

まさかの電話相手にレオがギョッとしている間に、電話をスピーカーモードにし、千尋とレオの間に置く。千尋はレオに話すように視線で促《うなが》した。

「レオ・デレンスです。こちらに来る時に銃を一丁持ってきてしまいまして、銃の登録はそちらですのでどうしたら良いものかと」

『銃？　あぁ！　そっちは所持すら法律違反だったね、失念していたよ。しかし千尋を守るにはその国にいようとも必要だろう？　むしろ一丁で足りるのかい？　どうせ緊急用のハンドガンなんだろ？　国防長官に連絡して、いつでも銃火器を使用できるようにそっちの各基地に連絡を回すから、当面必要なものをピックアップするといい』

「分かりました。こちらでの許可はどうすればよいでしょうか？」

『あーこちらから一応書面を回すけど、そっちの国は処理がいまいち遅いからなぁ……千尋、直通で首相に連絡してくれる？　その時に許可に必要な人物を聞いて千尋が直接話を通してほしい』

「分かりました。私の護衛のことですし連絡して許可取りますね。……あらゆる銃火器の使用と携帯の許可でいいですか？」

『それでお願いするよ、正式な書面は後日送るって言っておいて。他には何かあるかな？』

レオを見ると首を横に振るので、そのまま伝えて早々とブライアンとの通話を切った。

そのまま次の相手へ電話しようとスマホを手に取る。けれど、レオがジッとこちらを見ていることに気が付き、千尋は首を傾《かし》げた。

「まさか大統領に電話するとは……」

「下の人の連絡先は知らないので。それに許可なんて上の人から取ったほうが手っ取り早いでしょう？　ブライアンのプライベート用の番号も仕事用の番号も知っていますしね」

にっこりと笑い、千尋は次々と各所に電話をして許可を取っていく。

「終わりましたよ、初めて知ったんですけど海外ＳＰ用の銃の携帯許可証があるらしいんです。それを私の友人である成瀬《なるせ》が明日には届けてくれるみたいなので、常に身につけておくように言われました」

「成瀬？」

「成瀬晃《あきら》、私の大切な人ですよ」

目元を優しく緩め、ふんわりと千尋は微笑《ほほえ》む。レオは訝《いぶか》しむように千尋を見た。

「まさか恋人か？　しかし資料には書かれていなかったし、作るつもりがないと言っていなかったか？」

「安心してください、愛だの恋だのは私達の間にはありませんよ。彼は私の業の一つです」

そう言った千尋の顔は先程とは打って変わって、底冷えするような笑みを湛《たた》えていた。

◆
◆
◆

翌日の昼過ぎ。千尋のスマホへ連絡が入り、きっちりとスーツを着込んだ好青年然とした男が大量の荷物と共にやってきた。

「なる君その荷物どうしたの？　取《と》り敢《あ》えず早く入って！」

誰に対しても敬語を使っていた千尋がそれを崩しているのにレオは驚く。そしてその表情にも違和感を覚えた。

千尋は出会って以来いつも笑みを浮かべてはいるが、それとは違う類《たぐい》の表情だ。

どうやら成瀬はこの家に来たことがあるらしく、勝手知ったる様子で千尋と共にスタスタとリビングへ進む。

「改めて、初めまして成瀬晃です。所属等は職務上言えないんだ、すまないね」

「千尋の護衛を任されたレオ・デレンスだ。秘匿事項は仕方のないことだ、気にしない」

リビングに着き、荷物を下ろした成瀬がすっと手を差し出す。レオはその手を握り挨拶《あいさつ》をした。

その瞬間、ビリッとした殺気のようなものを感じる。

成瀬は笑みを浮かべたままだが、目の奥に燻《くすぶ》る何かが見えた。

恋人ではないと千尋は言っていたが、果たして本当だろうか？　千尋の容姿や価値を考えれば恋人だろうが遊び相手であろうが、そういった者がいないのは不思議だ。

この殺気は嫉妬《しっと》からくるものだが、殺意まではない。

千尋の態度も相まって、疑念が深まる。

誰かに話す気はないが、千尋の護衛という立場上、恋人や遊び相手の有無は確認しておきたいと、レオは静かに二人を見る。

ソファに座った千尋の横に、当然のように成瀬が腰を下ろした。その近すぎる距離に、レオは気付かれないように眉を顰《ひそ》める。

「こっちは父さんからで、こっちが母さん、兄さんは後から何か送るって言ってたから来たら受け取って？　で、俺からはこれとこれ、こっちは前に千尋が気に入ってたお菓子が入ってるから……今食べる？」

「ここのお菓子、中々買いに行けないから嬉しいな。流石《さすが》、なる君。おじ様達にも後でお礼言わなきゃ。休み中に会えるかな？　皆、忙しい？」

お菓子の箱から一つ取り出し包装を開け、成瀬はそれを千尋に渡す。千尋もそれを当然のように受け取り食べる。その流れにお互いが慣れているようだ。

「千尋のためなら皆、時間を空けるに決まってるだろ？」

微笑《ほほえ》みながら頭を撫《な》でる成瀬にされるがままの千尋。それを見ていると、やっと本来の目的を思い出したのか、千尋が成瀬に目配せをした。

千尋が居住まいを正し、成瀬もそれに倣《なら》ってレオに向き直る。

「久々の再会なもので失礼を、本日はこちらを貴方に渡すように上司から言付かりました」

成瀬から差し出されたのは一枚のカードだ。

「それは海外から要人警護で同行した護衛等に発行される特別な許可証です。本来であれば一時的なもので所属の国が全責任を負いますが、貴方は千尋個人の所属になるようですし、一時的でもないのでしょう？　記入事項に常識外れなことが書いてあると見た者が信用しないと思いますので、その部分には貴方自身の後ろ盾である国名と、一番長い期限を記入してあります。携帯する銃火器類は都度届けていただいて、データとカードの項目を合わせて変更します。そのほうが良いですよね？」

「あぁそのほうがいいな、明日辺りに選びに行く予定だったんだ。今手元にあるのはこれだけだから心許《こころもと》なくてな」

レオが腰のホルスターから銃を取り出して置くと、成瀬は目を細めてそれを見た。

「分かりました。ではこちらの書類にその銃の正式名称と貴方のサインを書いてください。あとこれと同じ書類を数枚お渡ししますので、明日新しく選んだものはそちらに記入してこちらに送ってください。くれぐれも紛失はしないようにお願いしますね。我が国では銃一丁であっても過剰防衛どころではないですし、使用しないでほしいのですが、千尋の安全のためですから仕方ありませんしね。……あぁ本当にあのクソが！」

囁《ささや》くように零れた成瀬の悪態に、レオは書類から顔を上げる。先程までの笑みはどこへやら、苛《いら》立《だ》ちを隠そうともせず成瀬はギリギリと歯を食いしばっていた。

「レオ、なる君が限界なので一端話を中断しますね」

そう言った千尋の雰囲気がガラリと変わっていて、レオは思わず目を見開く。

「なる君おいで？」

そう言って柔らかく微笑《ほほえ》んだ千尋が両手を広げると、隣に座っていた成瀬は息を呑んだ後、勢い良く抱き着いた。

「っつ!!　……ひろっ……！　ちひろ!!」

千尋の首筋に顔を埋《うず》め、ぐりぐりと頭を擦《こす》り付《つ》ける成瀬の体は震えていて、千尋を抱きしめた手は血の気が引いて真っ青だ。

そんな成瀬を千尋は優しく抱きしめ、背に回した手で落ち着かせるように優しく撫《な》でている。

「なる君寝られなかったの？　隈《くま》が凄《すご》いよ？　もしかしてご飯も食べられなかった？」

千尋の問いにコクコクと頷《うなず》く成瀬だが、いつの間にか泣き始め呼吸が乱れる。

「千尋……千尋は生きてるか？　なぁ千尋っ!!」

「僕は生きてるよ。ちゃんと確かめて、なる君」

ふわっと嗅《か》いだことのない匂いが微《かす》かにレオの鼻をくすぐった。それが千尋のフェロモンだと分かり、ギョッとする。

明らかに精神状態がおかしいα《アルファ》相手に何をやっているのだと口を開きかけたが、千尋に目線で制され、レオは黙って成り行きを見ているしかなかった。

「俺を置いていかないでくれ千尋、お前までいなくなったら俺は……俺は……!!」

「置いていかないよ、約束したでしょ？　だからほら、僕はちゃんと生きてるよ。茜《あかね》さんみたいになる君を置いていかないから」

千尋が更に強くさせた匂いを嗅《か》いだ成瀬は、少しずつ落ち着きを取り戻していく。それでもうわ言のように、千尋に何度も問うていた。成瀬の頭を撫《な》でる千尋の表情は、愛《いと》おしいと言わんばかりに慈愛に満ち溢れている。

暫《しばら》くすると成瀬の息遣いが規則正しくなり、深い眠りに落ちたことを確認した千尋は、漸《ようや》くレオに意識を向けた。

「いきなりでビックリしましたよね？」

「成瀬のその状態は何だ？　精神がかなり不安定だし、そんな状態でフェロモンを出すなんてどうかしている。私は君の護衛だ。何かあったらそいつを拘束しなければならないし、最悪始末する対象だぞ？　運良く寝てしまったが、本来だったら確実に襲われるだろう。それとも昨日は否定していたが、やはり恋人なのか？」

眉を下げ視線を成瀬に落とした千尋は首を左右に振り、レオの言葉を否定した。

「簡潔に言えば、なる君とは共依存なんですよ。お互いがいなければ生きていけない。兄弟としての親愛の情はありますけど、恋愛としては愛も情もありません。私達の間にあるのはそんな綺麗なものじゃないんです」

過去の記憶を辿《たど》るように遠くを見る千尋に、レオは全て話せと視線で促《うなが》す。

護衛対象のプライベートに必要以上に立ち入るなど、本来ならば問題があるが、この場合は例外だ。

複数人で持ち回る通常の護衛とは違い、レオは一人で千尋を守らなければならない。

プライベートなど最初からお互いにないのだから、資料に書かれていないことがあるなら、早々に把握しておかなければならなかった。

◇　◇　◇

――話は千尋のバース性がまだ判明していなかった頃に遡《さかのぼ》る。

千尋の両親は大多数を占めるβ《ベータ》同士の夫婦で、兄の千景《ちかげ》もβ《ベータ》だった。

そんな中で千尋だけは幼い頃より容姿が整い、頭も良く、家族は千尋をα《アルファ》ではないかと考えていたのだ。

また、千尋は中学校で二つ上の先輩にあたる成瀬と出会い、意気投合。本当の兄弟のように仲良くなる。

成瀬はずっと弟が欲しかったため、懐く千尋を本当の弟のように可愛がり、千尋は千尋で実の兄の千景から嫌われていたため、成瀬を本当の兄のように慕った。

そしてその関係は、千尋のバース性が判明した後も変わらなかった。お互いに居心地のいい関係を変えるつもりがなかったのだ。

だが、兄である千景は、千尋に殊更辛《ことさらつら》く当たるようになる。

β《ベータ》にしては優秀だった千景はα《アルファ》に対して異様なコンプレックスを抱いていた。α《アルファ》かもしれない千尋に向けられる視線にはいつも妬《ねた》みが込められる。しかし千尋のバース性はΩ《オメガ》。

そのため、千景の劣等感は更に煽《あお》られた。

千尋は兄に辛《つら》く当たられるのが苦しくなっていた。その頃には初めての恋人もいたが、彼には相談できず、成瀬に縋《すが》る。

そんなある日の夏。忘れもしないあの出来事が起こる。

幸せに溺《おぼ》れるはずだった時間は、恋人に運命の番《つがい》が現れたことにより消え去った。

自暴自棄になり行きずりの相手と一夜を明かした翌朝。自身の浅はかな行動に恐怖した千尋が頼ったのは当然のように成瀬だった。

早朝にもかかわらず泣きながら電話をすると、彼は自身の父親を伴いすぐに千尋を迎えに来てくれた。帰る道すがら事情を聞かれることもなく、成瀬家に招かれる。

千尋は成瀬の部屋で二人きりになって初めて、一連の出来事をぽつりぽつりと話した。

成瀬家の面々は千尋の家庭環境を知っている。傷ついた千尋が家に戻ってもいいことはないだろうと、夏休み中、千尋を預かることに決めた。

一連の出来事は千尋のトラウマとなり、夜中に悪夢に魘《うな》されては飛び起きるということを繰り返す。その度に成瀬は千尋に優しく寄り添った。

そうして、夏休みが明ける頃には千尋も漸《ようや》く落ち着きを取り戻す。同じ学校であった元恋人は、成瀬の牽制《けんせい》もあって近づいてこなかったし、千尋も近づこうとはしなかった。

一連の出来事に千尋が折り合いをつけられたのは一年たった頃だ。

少しでも前に進まなければと千尋は新たな恋人を作ったが、その恋人も運命の番《つがい》と出会い千尋を置いていってしまう。

その後も千尋は恋人を作ったが、結局彼も千尋の目の前で運命の番《つがい》に出会った。その時はもう、またか、と思うだけで、悲しみに暮れることはなかった。

代わりに千尋の中で、確信めいたものが生まれる。その確信をより明確なものにするために、千尋は成瀬の協力を取り付けα《アルファ》達と積極的に関わるようにした。

成瀬は大企業の創業者一族の一人だ。α《アルファ》の知り合いには事欠《ことか》かない。

千尋と行動すると運命の番《つがい》同士の出会いを度々目撃することに、彼は疑問を抱いていたようだが、何も聞かなかった。

一方、千尋は自身の能力に自信を持ち始めるのと同時に、自分のフェロモンを自在に操れるようになる。

そこに至って漸《ようや》く千尋は、自分にはα《アルファ》の運命の番《つがい》を見つける能力があるのだと、成瀬に打ち明けたのだ。

今までの不可解な現象に納得した成瀬は、その能力を仕事として使うことを提案し、それに千尋も乗った。

千景から、そして両親からの当たりが強くなっていたため、千尋は早く独り立ちがしたかったのだ。千尋の強い意思を成瀬も成瀬の家族も全面的に支持し、協力を惜《お》しまなかった。

α《アルファ》であれば、誰もが大なり小なり運命の番《つがい》に憧れを持っている。それが確実に手に入るのだ。

千尋が始めたビジネスは瞬《また》く間に軌道に乗った。

だが時折り、千尋は虚《むな》しさに襲われる。そのことに気が付いた成瀬が少しでも励まそうと、ずっと千尋と一緒にいると約束してくれた。

そんな千尋の状況を面白く思わないのは兄の千景だ。ある時、金に困った千景がチンピラのようなα《アルファ》達を引き連れ、ヒート中の千尋の家に押し入った。

千尋のヒートは特殊で、錯乱したり我を忘れたりはしない。抑制剤さえ呑めば、いつもと変わらない。

変化があるとすれば、ヒート期間だけは完璧なフェロモンの制御ができなくなり、常にフェロモンが香ってしまうようになるところだろう。

千尋のフェロモンは慣れていない者には刺激が強く、α《アルファ》が少しでも嗅《か》げば強制的にラット状態になる。

千景の連れてきたα《アルファ》達はその香りに当てられ、千尋に襲いかかった。

千尋は必死に抵抗し、パトロンに渡されていた警察直通の緊急アラートを鳴らしてスマホで成瀬に助けを求めた。間一髪のところで駆けつけた警官達によりα《アルファ》達は取り押さえられたが、千尋には恐怖が植え付けられる。

駆け付けた成瀬を見た千尋は安堵《あんど》で止めどなく涙を流し、検査のための病院でも成瀬を離さなかった。

実の兄の仕打ちに耐えられず縋《すが》る千尋を、成瀬も決して突き放さない。

千尋は何度も成瀬に問うた。

「家族は、兄だと思うのは、なる君しかいない。だからずっと一緒にいてほしい」

成瀬自身、千尋を手放す気は毛頭なく、裏切る気など欠片《かけら》さえなかっただろう。だからいつも通りに言ったのだ。

「千尋は可愛い弟だから、ずっと一緒にいる。そう約束したじゃないか」

そして精神状態が落ち着くまではと、事件の日から千尋は個室に入院した。

成瀬は当然のように泊まり込みで千尋に付き合ったし、成瀬の家族も心配して頻繁《ひんぱん》に様子を見に訪れる。本来の家族である兄は主犯として捕まり、両親はΩ《オメガ》である千尋が全て悪いのだと見舞いにすら来なかった。

千尋はそれを淀《よど》んだ気持ちで淡々と受け入れる。実の家族には心底愛想が尽きた。

成瀬がいればそれで良い……

「ねぇ、なる君知ってた？　看護師さんに聞いたんだけど、別の病棟の売店って小さい本屋さんがあるんだって。行ってみたいんだ。一緒に行ってくれる？」

病室から出ようとしなかった千尋が珍しく強請《ねだ》ったことで、成瀬は二つ返事で了承する。

千尋の能力を知っていたにもかかわらず、だ。

別館にある売店へあと少しというところで、成瀬は辺りをキョロキョロと見回し始める。

千尋など初めからいなかったように足を速め、一つの部屋の前で立ち止まった。

鼓動が痛いほど速まり、身体中から汗が噴き出し、この部屋の中にいる人物に早く会わねばと本能が告げていたそうだ。

成瀬が汗で湿る手で扉を開けると、中から言い知れぬ香りが全身を包み、脳が焼ききれんばかりに熱くなる。

成瀬はこの時出会ってしまったのだ。運命の番《つがい》である斎藤茜《さいとう》という女性に。

成瀬は千尋の手を振り解いて室内に踏み入り、ベッドに横たわってこちらに手を伸ばす茜を抱きしめた。

「うそつき」

千尋はその光景を見ながら呟《つぶや》く。

悲痛なその声は、当然ながら運命の番《つがい》を前にした成瀬には届かない。

慣れたと思っていたはずの千尋の心は悲鳴を上げ、静かに涙を流した。

◆　◆　◆

すっかり冷めてしまったコーヒーを啜《すす》りながら、千尋は微笑《ほほえ》みを絶やすことなく成瀬の頭を撫《な》でていた。

「成瀬にとっても千尋にとっても、お互いが大事であることは分かったが、成瀬には番《つがい》がいるのだろう？　他のΩ《オメガ》のフェロモンの匂いなんてさせていたら揉《も》めるんじゃないのか？」

ましてや恋人としか思えないこんな様子では、尚更、成瀬の番《つがい》は面白くないだろうとレオは思う。

α《アルファ》は番《つがい》ができたとしても、Ω《オメガ》のように他の相手を受け付けなくなるという制約はない。

運命の番《つがい》である場合のみα《アルファ》は相手に執着し、他には目もくれなくなるらしい。

今の成瀬の状況は、いかに共依存であろうとも不可解極まりなかった。

「なる君に番《つがい》はいないんですよ」

そう言った千尋は目を細め、ゾッとするような笑みを浮かべレオを見る。

「私の能力は、α《アルファ》のフェロモンからその運命の番《つがい》を見つけることです。それを仕事にしているほどに私の能力は正確なんです。レオは運命の番《つがい》と出会える確率をご存知ですか？」

「約七十七億分の一だな」

「その通り。数多くの論文で運命の番《つがい》はただ一人とされていて、それ故《ゆえ》に尊ばれる……私が仕事を請《う》け負《お》った回数は資料に書いてあったでしょう？　その決して少なくない人数分、全てに運命の番《つがい》を見つけて引き合わせている、不思議に……いえ、おかしいと思いませんか？」

「何が言いたい」

話の行き先が分からず、レオは思わず千尋を鋭く見つめる。そんな視線にも臆《おく》する様子を見せず、千尋はにこりと微笑《ほほえ》んだ。

「この世界には七十七億人もの人間がいるんですよ？　その中の一人が、そんなに毎回近くにいるなんておかしいでしょう？」

クスクス笑いながら千尋は更に話していく。

「運命の番《つがい》は必ず、複数人存在するんですよ」

その言葉にレオは驚愕《きょうがく》した。

「私はα《アルファ》のフェロモンからその運命の番《つがい》の場所と人数が全て分かります。仕事の時はいい印象を感じ、尚且《なおか》つ依頼主から然程《さほど》離れていない場所にいる運命の番《つがい》を教えています……当然悪い印象を抱く場所もあるんですよ。なる君の運命の番《つがい》はその場所にいたんです」

そこでレオはハッとする。成瀬と運命の番《つがい》が出会った場所はどこだと言っていたか。

「お前、まさか……」

「私は……なる君を手放さないために、引き止めるために、試すために。死にかけている運命の番《つがい》のもとへ連れていったんですよ」

実の兄に裏切られ両親にも見捨てられた千尋には、頼り縋《すが》れる人が、場所が、成瀬しか残っていなかった。

成瀬はずっと一緒にいてくれると言うが、家族でもましてや恋人でもない千尋にはその約束が酷《ひど》く脆《もろ》いものだと分かっていたのだ。

お互いを大事にしてはいるが、いつかは壊れるその約束を、千尋は確かなものにしたかった。

だから成瀬を試したのだ。

運命の番《つがい》を前にしても千尋を選ぶかどうかを。

千尋は運命の番《つがい》を見つけ、それに抗えた者を見たことがない。だから保険を掛けた。

成瀬が抗えれば文句はない。もし抗えなくても番《つがい》が早くにこの世からいなくなれば、成瀬は千尋に堕《お》ちるだろう。

どちらに転んでも、千尋は成瀬を手に入れることができる。

幸いなことに、最悪な印象を受ける成瀬の運命の番《つがい》は近すぎるほど近くにいた。

「なる君の運命の番《つがい》である茜さんは末期癌で、生きている時間も残りわずかでした。そんな体でヒートは起こせない。番《つがい》になれないまま一か月後には茜さんは旅立ちました。その一か月間私を裏切ってしまった罪悪感と、番《つがい》の死をただ待つだけだったことで、なる君は心が壊れてしまって。茜さんがいなくなってからのなる君はずっとこんな状態なんですよ。普段は大丈夫なんですけど、私に何かあったり暫《しばら》く会えない期間が続くと立ち直るのに時間がかかるんです」

そう語る千尋の目は仄暗《ほのぐら》く澱《よど》んでいる。常に運命の女神と呼ばれるに相応《ふさわ》しい容姿と立ち居振る舞いをする千尋だが、これが本来の姿に違いない。

ここ数日間の、神聖な雰囲気を纏《まと》う千尋とはまったくの別物。

蠱惑的《こわくてき》であり、また悍《おぞ》ましさも感じさせるその姿にレオは……魅《み》せられてしまった。

大概のα《アルファ》にとって、Ω《オメガ》は性欲処理や子供を産ませるための道具だ。

故《ゆえ》にΩ《オメガ》の地位が上がることはなく、扱いがよくなることもあまりない。

レオはブライアン達から任務の概要を伝えられた時、正直訳が分からなかった。如何《いか》に付加価値があろうとも、女神然としていようとも、レオの心は動かない。いつもと同じ任務の一つでしかなかった。

——たった今、目の前の千尋を見るまでは。

女神の名の通り神聖な雰囲気の時よりもずっと好ましい。千尋のドロドロに煮詰《につ》まったその感情と歪《ゆが》みは、実に人間臭かった。

そのギャップは凄《すさ》まじい。この姿を千尋の信奉者達に見せることはないのだろう。

千尋に関わる人に会ったのはまだ僅《わず》かだが、皆、彼を神聖視していた。

つまり、この状態を見せても良いと思う程度には千尋の信頼を得られたということだ。

であれば、これほど嬉しいことはない。

込み上げてくるこの感情は何なのだろうか。愛ではないことは確実だ。

千尋という人間はそんなものを欲しているわけではないのだろうと、成瀬を横目で見ながらレオは思考を巡らせる。

いや、そんなものを捧《ささ》げる気はそもそも起きない。

この日レオは初めて心から膝を折り忠誠を誓い、従属したい気持ちに駆られていた。

◇　◇　◇

「――本来の私は皆が言うような女神ではないんですよ。がっかりしましたか？」

目を見開いたまま固まったレオを見て、千尋は流石《さすが》に引かれたかと考えながら、成瀬が起きないのをいいことに髪の毛をいじる。

自国にいる間護衛を付けたくなかった理由の一つが、成瀬だった。

こんな状態のα《アルファ》を見たら、どのような報告をされるか分かったものではない。下手をしたら仕事に支障が出る。

だがレオはどこにも所属しない護衛だ。経歴からして口は固いだろうし、どこにも報告義務がない。

成瀬のこの状態を見ても然程《さほど》動揺せず質問してくる辺り流石《さすが》だ。

ブライアンが選んだだけあって相性がいいのは分かっていたが、それはあくまで千尋が表の顔をしている時に限る。

内側まで曝《さら》け出《だ》した今の状態を受け入れることが、果たしてレオにできるのだろうか。

千尋は過去と能力のせいでα《アルファ》を心から好きにはなれない。

成瀬だけは特別だが、それはこの能力が分かる前からの関係があるおかげだ。能力が確かになって以来、千尋は他人に心を開けなくなっていた。

自衛は大事だ。運命の番《つがい》に振り回され、ズタズタに精神を引き裂かれるのはもう嫌なのだ。

運命の女神という呼称は、本来の千尋の隠《かく》れ蓑《みの》に最適だった。皆が望むように振る舞えばいいだけだ。本来の千尋は歪《ゆが》んでしまい、純粋さも神聖さもない。

あるのは、ただただ酷《ひど》く醜《みにく》く汚いもの。

運命とα《アルファ》を羨《うらや》み妬《ねた》み、しかしそれを欲してしまう自身の浅ましさを嫌悪する。それを永遠に繰り返して煮詰《につ》まったヘドロのような感情。

それを知っているのは今の今まで成瀬だけだった。

けれどレオと接したこの数日間で、もしかしたらこちらに墜《お》ちてくれるのではないか、という感覚を持ったのだ。

何故《なぜ》そう感じたのか千尋自身も分からないが、レオは他のα《アルファ》とは違う気がする。

さてどうなるかとレオを見ると、それまで微動だにしなかった彼がすっとソファから立ち上がった。まるで誘蛾灯《ゆうがとう》に惹《ひ》きつけられるかの如《ごと》く目元を赤らめ微《かす》かに震えながら、ふらりと千尋の前で床に膝をついたのだ。

「嫌悪だなんてとんでもない、私は今の千尋のほうがよっぽど好ましい」

視線がバチリと合わさる。レオの目に歓喜の色が見て取れた。そんなレオの状態に千尋は満足して微笑《ほほえ》んだ。

◆◆◆

早朝。レオは言い知れぬ興奮と共に目を覚ました。

軍人として上官達や国に何度となく忠誠を誓ってきたが、昨日のような奥底から湧き上がる気持ちになったことはない。

千尋の深淵に触れたあの時、ザワザワと血が騒《ざわ》めきたち熱が身体中を駆け巡ったのだ。こんな感情は知らない。知るはずもなかったものが突如目の前に現れ、膝を折り首《こうべ》を垂れるのが当たり前であるかのように体が動いた。

Ω《オメガ》としての千尋に惹《ひ》かれたわけではない。あの底なしの感情の中に飛び込み、捕まりたいと願ったのだった。

千尋に搦《から》め捕《と》られ、浸《ひた》り切った成瀬がどうしようもなく羨《うらや》ましい。

α《アルファ》であるレオがΩ《オメガ》に従属したいと思うなど、本来ならあり得ないことだ。だがそれは、沼に自ら足を突っ込んだレオには些細《ささい》なこと。

今から考えねばならないのは、どうすれば千尋の信頼を勝ち取れるか、ということだけだ。

リビングへ行くと、カーテンが開いていた。そこには、ベランダにある椅子に腰掛け、ぼんやりと遠くを見ながら煙草を吹かす成瀬がいる。

「早いんだな」

虚《うつろ》な目をした彼は、レオを捉《とら》えて咥《くわ》えた煙草を離しニヤリと笑いかけてきた。

「なんだお前、堕《お》とされたのか」

「……分かるのか？」

「そりゃぁ分かるよ、目が違う」

違うと言われるほど自身の見た目が変わったとは思わないが、千尋に堕《お》とされた者同士、何か感じるものがあるのかも知れない。

「ふぅん？　俺が寝ている間に千尋から何か聞いたのかな？」

「貴方と千尋のことを」

「それを聞いて墜《お》ちたのか？　おかしな奴だね、変な性癖でもあるのかい？」

「そういう目で見ているわけではないんだがな」

「だろうね。もしそうだったら俺がお前を殺すよ。護衛がそんな奴だなんて、千尋に良くないからね」

濁《にご》った目のまま煙を燻《くゆ》らせて笑う成瀬は、昨日の好青年然とした皮を脱ぎ捨てており、不気味な雰囲気を纏《まと》っていた。

これが番《つがい》をなくし墜《お》ち切《き》った姿なのかと思うと、ゾッとする。

「千尋を裏切るなよ、レオ・デレンス。墜《お》ちるなら最下層まで墜《お》ちてくるんだね」

「裏切るなんてとんでもないし、言われずともそのつもりだ」

「……今の千尋は一度掴んだら離さないからね。そこが可愛いのだけど。何度も試されるだろうけど頑張ってくれ」

「君は墜《お》ち切《き》ったんだろう？」

「当たり前じゃないか、可愛い弟のためだからね。寧《むし》ろ絆《きずな》が深まって良かったとさえ今では思うよ。抗えなかったことと番《つがい》をなくす経験は辛《つら》かったけれどね。この状況に後悔なんてまったくないのに、今じゃこのザマだよ」

テーブルの隅に置いてあった錠剤のシートからパキパキと薬を何錠か取り出し、成瀬はそれを呑み下す。

精神状態が悪い時期は安定剤を呑まなければ日常生活に支障をきたし、夜は睡眠薬がなければ寝付けず、酷《ひど》い時はそれすらも効かない。千尋が傍《そば》でフェロモンを出していれば精神が安定して薬がいらなくなるらしいが、常に一緒にいられるわけもなく、薬に頼る日々だと成瀬は言う。

「千尋が刺されただろう？　すぐに駆けつけたかったのに、最悪なことに地方に出張中でね。下手に状況が分かればタガが外れて仕事どころじゃなくなるんで連絡もできないし……はぁ、生きた心地がしなかったよ」

肺いっぱいに煙を吸い込み、次の煙草に火をつけた成瀬に「吸うか？」と問われたが、レオはそれを断った。

「お前がいれば、あんなことは起こらない。そうだろう？」

「あぁ、いざとなれば別の奴を盾にして逃げるさ」

「へぇ、分かってるじゃないか。自分の命を賭《と》して守るなんて言われたら、どうしようかと思ったよ」

その調子で頑張れと言い残し、成瀬は部屋に戻っていった。

もし目の前に運命の番《つがい》が現れたとして、果たしてレオは抗えるだろうか？

成瀬の背を見ながら考える。

特殊な訓練で耐性を付けているレオにΩ《オメガ》のフェロモンは効かない。だが、運命の番《つがい》のフェロモンが普通のそれと違うのだとすれば。

抗える保証などどこにもない。

そんなレオを見た千尋はどうなってしまうだろうか……

それから数日間。成瀬は千尋の自宅に留まり、落ち着いてから自分の家に帰った。

成瀬がいなくなり、二人きりでの生活が改めて始まる。少しして、レオは千尋のヒート周期を聞いていなかったことを思い出した。

「千尋、ヒート周期はどうなっている？　千尋が他のΩ《オメガ》のように錯乱することはないと言っていたが、α《アルファ》側は千尋のフェロモンでラット状態になると話していただろう？　何かあった時のシミュレーションをしておきたいんだが」

千尋はすっかり失念していたらしく、慌てて自身のスマホを操作してスケジュールを見る。今までヒートの時期は仕事を入れず自宅で過ごしていたそうで、ヒート時に人が常に同じ空間にいるということに考えが及んでいなかったようだ。

「次は一か月後ですね。特にズレることはなく、三か月周期で来ます。抑制剤さえあればフェロモン以外は普段通りですけど……レオはフェロモンに耐性があるのでしょう？　私のフェロモンも効かないんじゃないですか？」

「確かにΩ《オメガ》のフェロモンは効かないが、それが千尋にも当てはまるか分からない。万が一ということがあるからな。軍用の強力なα《アルファ》用抑制剤は常時携帯しているが、その特殊なフェロモンに効くかどうかも分からないだろう」

レオの言葉に、それもそうかと千尋は顎《あご》に手を添え何やら考え始めた。

千尋のフェロモンに慣れさえすればラット状態には陥《おちい》らないというが、どの程度で慣れたと判断すればいいのかは未知だ。

成瀬とはそれこそ付き合いが長いため、千尋がヒートだろうが問題がない。そもそも兄弟としての感情が強く、フェロモンを浴びようとも、性的な痴態を晒《さら》されようとも、千尋にだけは一切反応しないのだとか。

「レオのフェロモン耐性はどうやって身につけたんですか？　生まれつきの能力ではないのでしょう？」

そう聞かれて、レオは自身がまだ十代だった頃を思い出し渋面を作った。

「どこの軍でもやっていることだ……特殊任務に従事する軍人や階級が上の者は、ハニートラップを仕掛けられやすい。だから耐性をつけなくてはいけないんだが……」

Ω《オメガ》のフェロモンへの耐性を一からつけるため、まずは擬似的に作り出されたあらゆるΩ《オメガ》のフェロモンを嗅《か》ぐ。

慣れれば次は、それをより濃くしたものを。それを何度となく繰り返し、Ω《オメガ》達の生のフェロモンに慣れ、次にヒート中のΩ《オメガ》のフェロモンに徐々に慣れる。

それで大概の者は、ヒート中のフェロモンを嗅《か》いでも軽いα《アルファ》用抑制剤を呑めば余裕で耐えられる程度の耐性を付ける。

しかしレオは途中から抑制剤を呑まなくても、Ω《オメガ》のフェロモンに耐えられるようになった。その特殊性でモルモットにされたレオは、完全な密室の中で頑丈な椅子にガッチリと固定された上で、ヒートを起こしたΩ《オメガ》と一緒の部屋に閉じ込められたのだ。

どこまで耐えられるのかと、最終的に十人のΩ《オメガ》達と共に密室で過ごすことになり、今の能力を獲得したのだが……それはレオにとって決していい記憶とは言えなかった。

ガチガチに固定され一切の身動きができないまま、目の前で繰り広げられる自慰から目を逸《そ》らし耳を塞《ふさ》ぐこともできず、ネットリと絡み付くフェロモンを吸い込まないように鼻を塞《ふさ》ぐこともできない。

抑制剤を呑まない状態でΩ《オメガ》の群れに身体をあちらこちらと弄《いじ》られ刺激されようとも、ひたすら耐えるしかないのだ。

まさに地獄であり拷問。

まだ十代で性欲も人並みにある若者にとってこれほどの苦しみが他にあるだろうか。

脳の神経が焼き切れそうになっても、レオの意識はずっと正常だった。どんなに目が充血し血走ろうが、下半身が情けない状態になろうが、意識だけは正常を保っていたのだ。

他の同僚達のように意識を飛ばせれば、もしくは我を忘れてしまえれば、どんなに楽だろうか。

しかし一向にそんな気配はなかった。頭と下半身は沸騰《ふっとう》したように熱くなり、鼻から血が流れ出る。それでも、レオが望むような状態には陥《おちい》らなかった。

強制的にラット状態になる薬まで使われたが、レオは耐えた。強靭《きょうじん》な精神力のせいなのか、はたまた元々の素質なのか定かではない。

レオと同じような実験をされた他のα《アルファ》達は発狂し、耐性を獲得できたのは現在もレオただ一人だ。

抑制剤なしで完全に本能を抑え付けた結果、手に入れた耐性が仕事上大いに役立ったことは言うまでもない。フェロモンアタックや媚薬などを使われた時でも、本能より理性が上回った。

レオの話を聞きながら何やら思案している様子だった千尋は、意地の悪い笑みを浮かべ、予想だにしないことを言う。

「レオ、軍で行った訓練を私とやりましょうか」

またもやレオの体内の血が騒《ざわ》めいた。これから試されるのかと思うと、言い知れぬ高揚感が湧き上がる。

それと同時に、千尋のフェロモンに果たして勝てるのか不安が過《よぎ》る。

ここで耐えられなければどうなるのだろうか。特殊任務であるため、護衛の任を解かれることはないが、千尋の信頼は得られなくなる。

成瀬のように堕《お》ちたいと願うレオは、この難題を何としても乗り越えるしかなかった。

◇　◇　◇

千尋は普段着けているネックガードを外すと、自室から持ってきた箱を開けた。

過保護なパトロン達が、最新技術が詰《つ》め込《こ》まれたネックガードを度々送ってくるのだ。

それは市場に出回ることのない代物《しろもの》ばかりで、千尋のためだけに作られた謂《い》わば枷《かせ》でもあった。

今日着けるのは、そんな中でも一番シンプルなものだ。

チタン合金を薄くのばして作られたそれは、頸《うなじ》部分を噛もうとした相手を一瞬で気絶させる強さの電気ショックを与える。

市販されているものの中にも似たようなものはあるが、これはそれの強化版だった。

千尋が準備をする傍《かたわ》ら、レオもまた準備に取り掛かる。彼は鞄《かばん》から抑制剤を取り出していた。見たことがない薬に千尋が興味を惹《ひ》かれていると、病院で処方されるものよりも更に強力な軍用の抑制剤だと説明してくれた。

「分かりましたけど、これは？」

薬と一緒に鞄《かばん》から出てきた謎のものに更に興味を惹《ひ》かれる。

「ハンドカフ——拘束用の結束バンドだ。流石《さすが》にどうなるか分からないのに、拘束なしで試すなど無謀すぎる。これで俺を拘束して転がしておいてほしいんだ。抑制剤があるとはいえ、何が起きるか予想できないからな」

紙にサラサラと拘束部位を描いて指示するレオに、そこまで考えが到らなかった千尋は感心した。

椅子に座ったレオは足を片方ずつ椅子の脚に結束バンドで固定し、両腕を背後に回して千尋に結束バンドを渡す。千尋は普段ならあり得ない状況に僅《わず》かに高揚感を覚えながら、レオの支持通りに両手首を固定した後、両親指も別のバンドで縛った。

「さぁ千尋、俺が君のフェロモンに耐えられるか試してくれ」

にやりと笑ったレオに応《こた》えるように、千尋は自身のフェロモンを少しずつ出していく。

成瀬が来ていた時に常に纏《まと》わせていたフェロモンは許容範囲だったようで、レオは抑制剤を呑むことはなかった。

ならば今日はそれより上の状態から始めても良いかもしれない。千尋はフェロモンの量を増やす。

テレビに映るバラエティを気もそぞろに眺めながら、千尋は椅子に固定されたレオをチラリと横目で見る。今のところ、特に変化は見られない。

「まだ大丈夫ですか？」

「これくらいは何とも。もっと強くても大丈夫そうだ」

「そうですか」

千尋はコーヒーを淹《い》れるため立ち上がると、キッチンに向かいながらフェロモンの量を増やした。開始から既《すで》に二時間。すれ違いざま反応を見てみたが、やはりレオは涼しい顔をしている。今、出しているフェロモン量をレオ以外の人間が嗅《か》げば、既《すで》に興奮状態に陥《おちい》っている。にもかかわらず、未だにレオは理性が上回っていた。

——面白くない。

そう千尋は思ってしまう。

早々にレオが痴態を晒《さら》せば、それはそれで面白くなかっただろうが。

要は千尋の我《わ》が儘《まま》なのだ。

果たしてレオは、成瀬みたいに千尋の全てを受け止められるようになるだろうか。

◆　◆　◆

マグカップを手に戻ってきた千尋のフェロモンが一気に膨れ上がり、油断していたレオはそれを思いっきり吸い込んだ。

千尋のフェロモンは他のどのΩ《オメガ》とも異なり、嫌悪感を抱かせない。ねっとりと絡み付くような重たさも、鼻の奥を刺激しすぎることも、甘さで胸焼けしそうになることも一切なかった。

万人がスンナリと受け入れ、いつの間にか取《と》り憑《つ》かれたように求めてしまう、そんな蠱惑的《こわくてき》な香りだ。

一気に襲ってきた濃厚なフェロモンは、軽く香っていた時とはガラリと変わっている。その特殊なフェロモンはまさに千尋に相応《ふさわ》しい。

少しずつ息が上がり始めたレオの耳元で千尋が囁《ささや》く。

「――どこまでいけるか試しましょうね、レオ」

千尋が新しく再生した映画が一本終わる頃には、レオの呼吸はあからさまに乱れ、顔が赤くなっていた。

「どうですかレオ」

「こんな状態になるのは訓練以来だが……まだ……余裕はあるな」

レオは千尋を挑発するように口の端を上げる。そんなレオの様子に、どうやら千尋は加虐心をくすぐられたようだ。

レオの開いた足の間に片膝を乗せると、首に腕を回してグッと顔を近づけ、一番濃いであろうフェロモンを当ててきた。

途端にレオはぐっと息を詰《つ》める。それに構うことなく、千尋はレオの頭皮に手を這《は》わせ緩やかに撫《な》でる。レオの全身は粟立《あわだ》ち、心臓が痛いほどに脈打った。

――もっと触れてほしい。手を伸ばして千尋に触れたいという欲が湧き上がる。

しかし、これは訓練という名の試験だ。

その証拠に千尋は笑みを浮かべてはいるが、目の奥は冷たく、レオの反応をずっと窺《うかが》っている。

ここで間違えれば、その先に堕《お》とされることはない。

神経が焼き切れるほどの熱で、炎天下の外を走ったかのようにレオのシャツがぐっしょりと濡れて貼り付き、一層不快感が増す。

首筋を千尋の手が滑り、その手がシャツのボタンをプチプチと外していく。その間も、理性を飛ばしてしまえとレオの本能が甘やかに語りかけてくる。

それを振り切るために、レオは拘束された手に爪を食い込ませた。爪は容易《たやす》く皮膚を貫通し、床にぽたぽたと血を落とす。

上気したレオの地肌を冷たい千尋の手が緩慢な動きで滑り、心地良さと共にゾクゾクとする快楽を運んできた。

更に下へ進む千尋の手に否応《いやおう》なく反応する。そんなレオの下半身の手前で、千尋はピタリと手を止めた。

チラリと窺《うかが》うと、片眉を上げ意地の悪い笑みを浮かべている。

「少しでも理性を崩せているみたいで良かった。流石《さすが》に無反応だったら私も落ち込みます」

ズボンの上から指先でついと触れられ、一気に熱が集中し、レオのそれは硬度を増した。

既《すで》にゆとりがなくなっていた場所で更に大きくなり、窮屈すぎて痛みが走る。だが、体を拘束され身動きが取れないレオはどうすることもできない。

千尋は鍛え上げられた体に手を這《は》わせ、その凹凸《おうとつ》を楽しみながらレオを観察しているようだ。

手が動く度にピクリと反応し、必死に耐える様子はさぞや見物だろう。屈強な軍人であるα《アルファ》が非力なΩ《オメガ》に翻弄《ほんろう》される様《さま》など、そうそうないのだから。

粟立《あわだ》ちざらつく首筋に舌を這《は》わされ、レオはくぐもった声をもらしギリッと歯を食いしばった。

レオのズボンを寛《くつろ》げた千尋がパンツにも手をかけ、すっかり硬くなった中身を取り出す。

「千尋っ、待て。どこまでやるつもりだ！」

「さぁどこまででしょう？」

一際大きくビクついたレオになどおかまいなしに、千尋は立ち上がったものを撫《な》で上《あ》げる。

「ぐっ……」

「訓練でも触られたのでしょう？　では、同じようにしなければ意味がないと思いませんか？」

「……ははっ……なら、千尋もあのΩ《オメガ》達のように俺の目の前で乱れてくれるのか？」

思わずレオが挑発すると、ぴたりと動きを止め、酷《ひど》く冷え切った声音で尋ねてきた。

「私をその辺のΩ《オメガ》と同列に見るんですか？　……この私を？」

そう言うなりさっとレオのもとを離れてしまった千尋は、ソファに座って新しい映画を流し始め、本格的に腰を落ち着かせる。

蕩《とろ》け痺《しび》れるようなフェロモンはそのままだ。先程まで触られていた感覚が一向に抜けないどころか、波紋が広がるように全身に広がっていく。

失言だったと気が付いたが、レオは聞かずにはいられなかった。

軍での記憶が掘り起こされ、この男はどんなふうに乱れるのだろうかと考えてしまったのだ。

一向に解放されない熱はぐるぐるとレオの身体中を巡り、思考に段々と霞《かすみ》がかかってボンヤリとしてくる。テレビの音は大きいはずなのに、最早その音さえ聞こえなかった。

荒い深呼吸を繰り返しながら歯を食いしばり、なんとか耐える。

興奮しすぎて鼻からも血が流れ出した。理性を痛みで呼び戻そうと、噛んだ口内では大量に分泌された唾液と血が混ざり合い、口の端からダラダラと流れ落ちていく。

千尋を見ないようにとレオが頭を下に向けると、痛々しいほどに猛《たけ》ったものの先端から、透明な液体が溢れテラテラと光っているのが見えた。

これはいつまで続くのだろうか。

なけなしの理性はまだかろうじてレオの中にある。

不意に顔を掴み上げられたレオは、その僅《わず》かな刺激に一瞬理性を飛ばしかけた。

いつの間にか二本目の映画も終わっていたらしい。目の前に千尋が来ていたことにレオは気が付きもしなかった。

彼は観察するようにレオの体に触れていく。突然与えられる微《かす》かな刺激に、レオの理性は散り散りになり始めた。

「はな……せ、ちひろ……これ以上は……」

「こんな状態でまだ理性が残ってるんですか、流石《さすが》ですね」

「……ぎりぎりだ」

「では最後の仕上げをしましょうか」

「何を……！」

千尋がぺろりとレオの唇を舐《な》め上《あ》げる。その瞬間、レオの全身を稲妻が走るような快楽が襲ったのだった。

◇　◇　◇

全身を真っ赤に染め上げたレオの姿はとても扇情的《せんじょうてき》だった。

顔は血と唾液で汚れているが、千尋が触れる度にビクついて眉間《みけん》に皺《しわ》を寄せ、充血した目には薄く涙も見える。屈強な元軍人である彼が初めて見せた痴態に、満足感を覚えた。

先程はレオに他のΩ《オメガ》と同列に見られてカッとなり放置したが、どうやらそれで正解だったらしい。あのまま事《こと》を進めていれば、レオに余裕が残ったままこの行為が終わり、今のような姿は見られなかっただろう。

千尋にだって運命の女神としてのプライドがあるのだ。他のα《アルファ》に縋《すが》りながら生きている弱いΩ《オメガ》と一緒にされては腹が立つ。

レオの足を跨《また》ぐように乗り上げ、汗で顔に張り付いた髪の毛を整えてやりながら、赤黒く染まったレオの昂《たかぶ》りに手を伸ばす。

興奮状態のα《アルファ》相手に危ないことをしている自覚はあるが、細く千切れそうな理性を保ちながらどれだけレオが従順に身を委《ゆだ》ねてくるのか試さずにはいられなかった。

「堕《お》ちたいと願うなら、頑張れますよね？」

そう耳元で囁《ささや》くと、レオは目を見開く。散り散りになっていた理性が再び戻ってきたようだ。虚《うつ》ろになり始めた目に光が戻ったのを確認した千尋は、手を上下にゆっくりと動かす。

溢れ出た液体を使いゆるゆると根元から先端まで扱《しご》き上《あ》げると、レオはビクビクと体を跳ねさせ息を詰《つ》めた。

しかし刺激が足りないのか、息が上がっていく。更なる刺激を求めて眉を下げ、哀願するように見るレオに、千尋の気分は高揚した。

レオの望み通りに手に力を加えて上下させる。待ち望んでいた刺激にレオの体が素直に反応し、勢い良く白濁を吐き出した。

大量の液体はレオの腹筋の上に飛び散り、艶《なまめ》かしく濡らす。

しかし一回出しただけでは当然昂《たかぶ》りが治まるはずもなく、まだ反《そ》り返《かえ》り主張するものを千尋は再度扱《しご》いた。

漸《ようや》く与えられた刺激に、レオは理性を飛ばしかけたようだ。

上がり切ったレオの体温より低い千尋の指が竿《さお》に絡みつき、袋をやわやわと揉《も》み込む。欲望と理性の鬩《せめ》ぎ合《あ》いが新たな快楽を連れてきてレオを惑わせているらしい。

千尋はにこりと微笑《ほほえ》みかける。

「はっぁ……いつまで……いつまで続けるつもりだ？」

「当然、私が満足するまでですよ」

「俺の理性が飛んだら……」

「飛ばさないでしょう？」

クスクス笑う千尋の唇は、レオの唇と深く重なり合う。

更に強い刺激を与えようと口内で舌を絡め合わせた。

◆　◆　◆

――どれほど時間が経ったのか、外は既《すで》に暗くなっており、千尋のフェロモンはもう出ていなかった。

おかげでレオの高まった熱は波が引くように静かになっている。

長時間の攻防で疲れたのだろう。千尋はレオの膝の上に跨《また が》ったまま体を預け、いつの間にか眠っていた。

「はぁ……」

やっと終わりを迎えた試練にレオは頭を上げ、深い溜息《ためいき》を吐《つ》く。

熱を散々放出した身体は気怠《けだる》さしかなく、動くのが億劫《おっくう》だ。しかし、すやすや眠る千尋と、自身の体、床に散らばる液体をどうにかしなければならない。

「まったく無茶をする……」

軍の施設のような頑丈な設備ではないため、拘束を解くなどレオには簡単なことだ。現に、背後で拘束されていた手は、放置後には既《すで》に解除している。

まさか千尋がここまでするとは思わず、念のためにと拘束していたのだが、一瞬で崩壊した理性の前には、ハンドカフでの拘束など生ぬるすぎた。

あの場面で理性を取り戻せて良かったと、レオは真っ赤に染まった自身の手の平を見て思う。そうでなければ、千尋など容易《たやす》く食い散らかしていたに違いない。

それと同時に、レオは千尋の精神力の強さにも驚いている。あんな場面になっても千尋は自身の着衣を一切乱さずレオを攻めていた。興奮に彩《いろど》られてはいたようだが、あれは性的なものではなく、ただの好奇心だろう。

千尋は常に冷静さを失わず、些細《ささい》な変化を見逃すまいとレオをずっと観察していた。やはり千尋は他のどのΩ《オメガ》とも次元が違うのだ。

千尋を落とさないように支えながら、レオは足の拘束を取って立ち上がる。あまり力が入らない自身の足腰に活を入れ、抱えた千尋をソファに下ろした。

レオと密着していたせいで千尋もかなり汚れている。清めなければならないが、流石《さすが》に風呂に入れるのは許されないように思えた。

シャツで手早く自身の汚れを拭《ぬぐ》ったレオは、寝巻きと濡らしたタオルを持ってくる。そして、千尋の体をできる限り綺麗にしてから着替えさせた。

汚れた床を掃除しレオ自身もシャワーを浴びた後、ソファで寝かせていた千尋を抱き上げて寝室に運ぶ。

部屋は壁一面の本棚に本がぎっしり詰《つ》まり、机にも読みかけの本が積まれていた。レオは更に奥へ進み、その先にあるベッドに千尋を下ろす。

布団を掛けて離れようとすると、無意識なのだろう、千尋が服の端を掴む。そのまま離れるのを躊躇《ためら》い、レオはベッドに潜《もぐ》り込み一緒に寝ることにした。

鉛《なまり》のように重かった体がベッドに沈むと、千尋が擦り寄ってくる。

困った主人だと思いながら、疲労の限界を超えたレオは意識を手放した。


クスクスと笑う声に意識がゆっくり浮上していく。レオが薄く目を開けると、部屋にはカーテンの隙間から溢れた日の光が差していた。

「レオ、流石《さすが》にくすぐったいので起きてください」

微睡《まどろみ》から意識を浮上させる。どうやら千尋を抱き込み首元に鼻を埋《うず》めて寝ていたようで、慌てて離れた。

「すまないっ！」

「余韻でフェロモンを無意識に探していたのでしょうね、なる君もよくやるので気にしませんよ。でもあまりコレを着けている時に擦り寄るのはオススメしませんね。仕掛けが作動したら困るのはレオですよ？」

千尋が特殊なネックガードを外しながらベッドから下りた。彼に倣《なら》いレオも起き上がろうと上半身を起こすが、一晩寝ても体の怠《だる》さが抜け切っておらず、動くのが酷《ひど》く億劫《おっくう》だ。

軍での訓練時は丸一日起き上がれなかったので、その時よりは幾分かマシなのだが、まったくの無傷とはいかず、頭がガンガンと痛み体も軋《きし》んで痛い。オマケに酷《ひど》い空腹感にも襲われている。

「体調はどうです？」

「良いとは言えない。千尋はやりすぎだ」

苦言を呈すると、千尋はニンマリと笑って、するりとレオの赤く傷ついた手首に手を這《は》わせる。

「途中で外していても耐えていたでしょう？　だから平気かと思いまして」

「気付いていたのか」

はぁ、と肺の中の空気を思いっきり吐き出し、レオはベッドの上に再び上半身を倒す。

「まったくタチが悪すぎる」

「そうですか？」

「そうだとも、おかげであちこち痛い」

「これが私ですから慣れてください。薬箱持ってきますね。ほかに何か要《い》りますか？」

「いや、起きよう。このまま寝たら体が鈍《にぶ》りそうだ」

「真面目ですね、休めばいいのに」

「如何《いか》なる時も、動けない兵士は死ぬからな」

レオの発言にここは戦場じゃないですよとコロコロと笑う千尋と共に部屋を出る。

まるで昨日の出来事などなかったかのように、けれどもその前よりも近くなった雰囲気に包まれて、二人は少し遅めの朝食をとった。

休暇明けの仕事へ

訓練という名のお遊びから早くも一週間が経ち、一か月の休暇は残すところ一週間となっていた。

翌週からはまた海外へ仕事に赴《おもむ》かなければならない。

千尋とレオは朝から大きめのスーツケースを取り出し、必要な荷物を詰《つ》める作業をしていた。

レオにとっては、これが初めての千尋の仕事見学となる。皆が女神だと讃《たた》えるその仕事ぶりは一体どういったものなのかと、楽しみにしているようだ。

今回の依頼は、世界に数多くのホテルを有する、所謂《いわゆる》ホテル王のジョエル・マックイートという男からだった。

彼の末の息子であるロニー・マックイートは典型的な金持ちの放蕩《ほうとう》息子で、依頼主であるジョエルは、ロニーにも運命の番《つがい》が現れれば少しは更生してくれるのではないかと考え、千尋に依頼した……というのが今回の経緯だ。

本来であれば一か月前に終わっていた仕事だが、ジョエルは休暇明けまで待っていてくれた。

通常、依頼主と会い運命の番《つがい》を見つけて終わりなのだが、この依頼は特殊な部類に入る。

まずは家に帰ってこないロニーを捕まえ、父親の差し金と分からぬように話を聞いてから、運命の番《つがい》のもとへ誘導しなければならない。

千尋の仕事は単純なものだけではないのだ。

「どうやって接触するんだ？」

「向こうの知り合いにパーティーを組んでもらうんですよ。そこで接触する予定なんですけど、まぁ若者向けのものなので。現地に着いたら、あちらの若者が好む服を買いに行きましょう」

「千尋はいいだろうが、私が若者に溶け込むのは無理じゃないか？」

どこからどう見ても若者には見えないレオが、若者が着るような格好をしている姿を思い浮かべ、あまりの似合わなさに千尋は笑ってしまう。

「んふふっレオはそうですね、スーツは硬すぎるでしょうから、ラフなジャケットスタイル辺りで大丈夫ですよ。パーティーと言っても、お金持ちの若者のパーティーですから。護衛はともかく従者はいても問題ないんです。ですので、ロニーと会っている時は護衛兼従者ということにしておいてください」

変にツボに入ってなかなか笑いを止められず、千尋は暫《しばら》くレオを困らせたのだった。


出発当日。時間に余裕を持って家から出た二人は、空港の専用ラウンジでのんびりと時間を潰していた。

レオは専用ラウンジを使用したことがないらしく、初めて踏み入れたというその場所に驚いた。

飛行機に乗る時は大概基地から基地へ、基地から任務地へといった具合で、普通の飛行機に乗るのは数年振りだそうだ。

二人はゆったりとジャズが流れる空間で、上質なソファに座り軽食をとる。

「千尋は本当に別世界にいるんだな。私はもう何に驚いたらいいのか分からないぞ？」

「私といるんですから、今はもうレオもその世界の住人ですよ」

「言われてみればその通りだな。いつか護衛から外された時に元の生活に戻れる気がしない」

「へぇ、私から離れるつもりですか？」

「まさか、譬《たと》えだ」

レオが肩をすくめて苦笑する。

一度でも生活レベルが上がると、元のレベルに落とすのもそれ以下にすることも苦痛を伴うものだ。

「私もこんな生活が長くなっていますから、万が一があっても元に戻るのは無理でしょうね。そもそも私は月の半分は仕事で海外にいますけど、依頼主が手配するので飛行機のチケットもホテルの手配の仕方も知らないんですよ。生まれは一般家庭なのに、家事も全て外注するのでできませんし」

「コップ一つ洗うのすら機械任せだからな、千尋は」

初めて千尋の家に来た時を思い出したのか、レオがくつくつと笑う。

食器を洗うためのスポンジも洗剤もシンクになかったのだ。あるのは大きな最新の食洗機で、千尋はコップ一つを洗うにもそれを使っている。

生活環境のあまりの違いに、レオが驚いたのは言うまでもない。

「レオは一通りできるでしょう？　それは軍で身につけたんですか？　それとも家で？」

そう聞かれたレオはエスプレッソを一口飲む。

「……殆《ほとん》どは軍だな。あそこでは一通りできるように入隊したら徹底的に叩き込まれるんだ」

空のカップに視線だけ落とし目を合わせない彼に、千尋は敢《あ》えて何も聞かなかった。

◆◆◆

「千尋君、待っていたよ。怪我はもう大丈夫かい？」

到着したホテルのエントランスでは、今回の依頼主であるジョエル・マックイートが待っていた。

「お久しぶりですジョエル、もうすっかり元気ですよ。依頼もお待たせしてすみません」

「いやなに気にしないさ、君が無事なのが一番だからね。ところで後ろの彼が例の護衛かな？」

「レオ・デレンスです、よろしくお願いします」

「ジョエル・マックイートだ。またえらく強そうな男をつけられたね？」

「頼もしいでしょう？」

楽しそうに笑う千尋をエスコートしながら、ジョエルはエントランスをゆっくり奥に進む。エレベーターに乗り込むと、今回泊まる部屋のある階まで上った。

案内された部屋は千尋が好きそうなシックモダンな落ち着いたインテリアで、リビングの大きな窓から街の景色が一望できるようになっている。

ジョエルと千尋が歓談する中、レオは他の部屋を見て回った。

千尋は特に気にする素振りを見せずジョエルと話しているので、仕事の度にこのような豪華な部屋に泊まっているのだろう。

暫《しばら》くして千尋のもとへ戻ると、黒いスーツを着た男が三人いた。今回千尋につける護衛だとジョエルから紹介される。

レオは手早く彼らと挨拶《あいさつ》を済ませ、護衛時の打ち合わせをすることにした。

「千尋ー!! 会いたかったわ!!」

突然、女性の声がする。

部屋に入るなり勢い良く千尋に抱き着きチークキスをする若い女性に、千尋は微笑《ほほえ》みながら同じように返していた。

「ジュリア、久しぶりですね」

「千尋が刺されたっていうから凄《すご》く心配したのよ! それで? とうとうつけられた専属の護衛はどこなの?」

レオは頭の中で千尋の交友関係リストを探り、その中から目の前の女性が誰であるかを思い出す。

失礼がないように慎重に挨拶《あいさつ》をすると、女性――ジュリアは千尋の腕に絡みついたまま、レオの頭の上から爪先までじっくりと見て、にっこりと千尋に笑いかけた。

「いい男ね! 流石《さすが》千尋だわ。私の運命の番《つがい》も彼みたいに素敵な人だといいんだけどなぁ、ねぇ千尋? 運命の番《つがい》の顔とか性別はやっぱり選べないの?」

「こらこらジュリア君、千尋君を困らせてはいかんよ。運命の番《つがい》は世界に唯一、ただ一人だからこそ価値があるんだから。見つかるだけで感謝せねばならないよ」

若さ故《ゆえ》の発言に、大人達が苦笑する。

「ジュリアの運命の番《つがい》なんですから、きっと素敵な方ですよ」

ゆったりと微笑《ほほえ》んだ千尋にジュリアは顔を赤くする。きゃっきゃと嬉しそうにまた千尋に抱きついた。

程《ほど》なくして、仕事の内容に話が移る。千尋から聞いていた現地にいる依頼主以外の協力者とは、ジュリアのことらしい。

彼女は未だもって人気の衰《おとろ》えない女優の娘で、自身も女優業の傍《かたわ》らファッションモデルとしても活躍している人物だ。

そんなジュリアが同年代向けにパーティーを主催するとなれば、当然それに群がる者は多い。友人経由でジョエルの息子、ロニーにもそれとなくパーティーの情報を流し、必ず参加するように仕向けたという。

「おじ様が資金提供してくれるって言うから私、張り切っちゃったわ！　お仕事だけれど、パーティー自体も楽しんでね、千尋！」

パチンッと片目をつぶりアピールしたジュリア。警備はどうなっているのかとレオが聞くと、彼女は郊外にある大きな別荘を貸切にして周辺を警備会社に警戒させ、出入り口にガードマンを立たせたのでセキュリティチェックは完璧だと答えた。

「怪しまれないように個人にしては規模を少し大きくしたし、私のお友達も沢山《たくさん》呼んだからパパラッチも多いと思うのよね。だけど安心して！　おじ様が様子を見て人員を補充してくれるし、当日は私が千尋の傍《そば》にいるから変なのは寄ってこないわよ！」

自信満々に任せてと豪語するジュリアの張り切り具合に、千尋はにこにこしている。

レオは最早次元の違う話に呆れるしかなかった。

慣れろとことあるごとに千尋に言われているが、上流の世界に足を踏み入れたばかりのレオは、未だにおっかなびっくりだ。

しかし千尋に付き従うならば、早くこの状況に慣れなければならない。余計なストレスはいざという時の足枷《あしかせ》にしかならないのだ。

今回の仕事で慣れねば、とレオは静かに誓うのであった。

◇　◇　◇

ジョエル達二人が部屋を後にし、護衛も部屋の前で待機して静かになった。千尋は漸《ようや》くソファに深く背を預ける。

「流石《さすが》に疲れたか？」

目の前にコトリと置かれたカップを手に取ると、中身は蜂蜜入りのミルクティーだ。

レオは慣れないにもかかわらず、最高のタイミングで最高の配慮を見せる。そんな彼に千尋は思わず笑みを溢した。

「レオも疲れたでしょう？　もうプライベートの時間ですから、ネクタイをゆるめたらどうです？」

「ではそうしよう。コレにも早く慣れないといけないな」

「やっぱりスーツは慣れませんか？」

「式典だので正装として礼服を着ることはあるが、基本毎日軍服だったからな。ずっと着ているとなると流石《さすが》に慣れない。まぁこれが日常になれば嫌でも慣れると思うが」

「折角《せっかく》似合うんですから早く慣れてくださいね」

カップを手に、うつらうつらしてくる。ベッドルームに行くようにレオが促《うなが》そうとするが、既《すで》に千尋は夢の中にいた。


仕事を再開して三日。パーティーの当日の朝から千尋はジュリアによってここぞとばかりに全身コーディネイトされ、モノトーンの最新ファッションに身を包むことになった。

「やっぱり何着ても似合うわねぇ、選び甲斐《がい》があるわ！」

先に会場入りしていたジュリアが出てくると、周囲が一気に騒がしくなる。主催であり、今をときめく彼女に近づきたい者は沢山《たくさん》いるのだ。

とはいえ不用意に動く者はいなかった。

ジュリアの機嫌を損ねたら近づくどころではないし、何より千尋の後ろに控えるレオの眼光の鋭さに皆、怯《ひる》んでいる。

初仕事ということもあり、レオが多少緊張していると分かっている千尋は内心苦笑していた。

誰もがソワソワと千尋達の様子を窺《うかが》う中、どこからともなくフラッシュが焚《た》かれる。

「ジュリア、今日の君も美しいね！　隣はパーティーのエスコート役かな⁉　どこの誰だい‼」

バッと千尋を背に隠したレオがすぐさまインカムでどこかへ指示を出し、ジュリアに何やら確認している。

カメラを手に人垣の中から必死に叫ぶ男をすぐに警備が取り押さえた。冷めた目でその様子を一《いち》瞥《べつ》し鼻で笑ったジュリアは、行きましょうと千尋の腕を引っ張り、会場の中に進む。

「本当にどこにでも現れるんだから嫌になるわ！」

そう悪態を吐《つ》いているが、あれはそもそも態《わざ》と泳がせているのだろう。ジュリアほどの人物が開くパーティーにパパラッチがいないほうが怪しいくらいなのだから。

奥のホールに近づくにつれ、重低音がビリビリと響くテンポの速いＥＤＭ《エレクトリカルダンスミュージック》が外に漏れていた。

中はナイトクラブのようになっている。ジュリアが言っていた通り、潤沢《じゅんたく》な資金でだいぶ好き勝手に作り上げたようだ。

既《すで》に到着していた人達は色とりどりの照明が光る中で踊っていて、千尋達はその間を縫いながら奥にある階段で二階に上がる。

そこにはゆったりと座れるように大きなソファが置かれており、座ってホールが一望できるようになっていた。

「千尋、ターゲットが来たとガードマンから連絡が」

「意外と早かったですね」

「あらもう？　さぁて千尋のお仕事相手の馬鹿息子はどこかしら？　……あぁいたわ、千尋あそこよ」

にまにましながら腕を絡ませてきたジュリアが示すほうを見ると、何人も侍《はべ》らせてホールに入るロニーの姿が見えた。

「やぁね、周りにいるハイエナ達の目が怖すぎるわよ。あそこに千尋を連れていくなんて気が重いったら……」

お溢れにあずかろうとするβ《ベータ》や、体とフェロモンで籠絡《ろうらく》しようとするΩ《オメガ》は、常にα《アルファ》の周りに押し寄せる。

怪しまれないように、いつもロニーの周りを彷徨《うろつ》くハイエナ達をそのまま通しているのだ。

「アレくらい大丈夫ですよ。それにほら、レオもいますしね」

レオを一瞥《いちべつ》したジュリアはそれもそうねと納得し、階下に足を向けた。

「久しぶりねロニー、来てくれて嬉しいわ」

「コイツらが行きたいって五月蠅《うるさ》くてな。……ところでソイツは？」

ロニーがごくりと息を呑み、千尋の全身を舐《な》め回《まわ》すように見てくる。千尋は殊更《ことさら》綺麗に微笑《ほほえ》んだ。

ロニーと彼の取り巻き達が息を呑む。

「私の大事なお友達の千尋よ」

ロニーは微笑《ほほえ》む千尋から目が離せないようだった。千尋は自分が周りからどう見えているか、嫌というほど知っている。それを最大限に利用し、ロニーの意識を完全に掴んだ。

彼は連れてきた者達などいないように振る舞い出す。顔を微《かす》かに赤らめ、必死さを隠し千尋を近くの席まで誘った。

「千尋は……Ω《オメガ》なのか？　それにしてはフェロモンがないな、パートナーがいるのか？」

千尋の首を飾るネックガードに気が付いたロニーが、体を千尋の首元に近づけて匂いを嗅《か》ぐ。レオが僅《わず》かに動くのを千尋は素早く視線で制した。

「パートナーはいないんですよ。フェロモンは体質のせいで薄いんです」

「そんな体質なんてあるのか」

「ちょっとロニー、あまり千尋にくっつかないでちょうだい」

「ジュリアと千尋はいつから知り合いなんだ？　千尋のその格好、いいところの坊っちゃんなんだろ？　見かけたことなんてないぞ？」

「ママ経由で昔ね。千尋はあまり外に出ないから仕方ないわよ。というかロニーは最近、上のパーティーには来ないじゃない。来ていたらもっと早く会えたのに残念ね！」

千尋を真ん中に挟み反対側にいるロニーをジュリアが煽《あお》ると、彼は静かに舌打ちする。しかしすぐに気を取り直したようで、千尋の手を軽く握ってきた。

「千尋、パートナーがいないなら俺が立候補してもいいか？」

大音量の音楽に掻き消されないためだろう、ロニーは千尋の耳元で聞き取れるようにしっかりと伝えてくる。千尋は困ったような表情を作ってロニーを見た。

「今日会ったばかりですよ……？」

「一目惚《ひとめぼ》れしたと言ったら信じてくれるか？」

「信じられませんね」

「困ったな。じゃあ信じてもらえるように明日デートしてくれないか？　チャンスをくれても良いだろう？」

「……私が行きたいところなら、良いですよ」

「勿論《もちろん》だとも！」

ロニーが歓喜したその時、ビールがなみなみと入ったピッチャーを持って歩いてきたΩ《オメガ》が、フロアで踊る人達に押され派手に転んだ。

「千尋！」

ピッチャーの中身が千尋目掛けて勢い良く飛び出す。咄嗟《とっさ》にレオが庇《かば》ったため、その大半が彼にかかった。

「連れがこの状態なので、今日はもう帰りますね」

「千尋、明日の約束は……」

「えぇ必ず」

デートの約束は取り付けてあるのでこのまま帰ってもいいだろうと、千尋は後のことをジュリアに任せて、早々に会場をあとにした。

ホテルに戻った千尋は護衛を下がらせ、ジョエルに経過報告のメールを打つ。

ロニーに一目惚《ひとめぼ》れされたのは想定外だったが、これはこれで使える。

レオは運命の番《つがい》と会った者同士がどうなるのかを知らない。明日、その運命的な出会いを見られるのだ。

運命の前では恋など吹けば飛ぶ程度のものだと、嫌というほど理解することになるだろう。


翌日。空は綺麗に晴れ渡り、運命の出会いを演出するには最高の日となった。

ロニーとの約束の時間まではまだ少しあり、レオは銃をバラし点検している。

その背中を横目でチラリと見た千尋は、深く息を吐いて話しかけた。

「レオ、今日のロニーの状態をよく見ていてくださいね」

「どういうことだ？」

レオは銃を弄《いじ》っていた手を止め、言葉の意味を探ろうと真剣な眼差しをする。

「運命に出会った者がどうなるか、それをよくその目に焼き付けてください」

「初めて見るからな、そのつもりではあるが」

「……何が起こっても、レオは黙って見ていてくださいね？」

レオが考えているよりも、運命はずっと残酷なのだと胸に刻みつけなければならない。

その日が来た時に、レオがカケラでも思い出せるように——

千尋が指定した大通りに面したカフェには、時間より前に到着したロニーが落ち着かない様子で待っていた。

昨夜のダラシのない格好から印象をガラリと変えていて、千尋に気に入られようとしているのが一目瞭然《いちもくりょうぜん》だ。

どこから見ても品の良い青年に見えるロニーの周りにいる人達は、彼の視界に入ろうとチラチラと様子を窺《うかが》っている。

その様子を少し離れた場所から千尋と一緒に見ていたレオは、昨夜とのギャップに驚いていた。

「恋は人を変えると言うが、本当なんだな」

「運命は更に人を変えますよ」

さらりとそう答えた千尋は、ロニーのもとに向かう。

「待たせてしまいましたか？」

「俺が早く来ただけだ、さて千尋が行きたい所に行こうか？」

ロニーはするりと絡めるように千尋と手を繋ぐ。

レオは邪魔にならないように、二人のあとについていきた。

誰かがついてくることに慣れているのだろう。ロニーも気にしている素振りは見せず、そのまま連れ立って広大な敷地の公園に足を向ける。

繁華街と隣り合わせにある大きな公園に一歩入ると、外の喧騒《けんそう》が遠くなった。休日は家族連れもカップルも多い場所だ。

屋外ステージでクラシック音楽が演奏されているかと思えば、開けた場所ではあちらこちらで楽器を鳴らし歌う者やパフォーマンスをする者など多岐に亘《わた》り、それらを見ながらゆったりと公園内を回る。

楽しげに話に花を咲かせている内に、日が落ち始めた。綺麗なオレンジ色に染まった公園内で、千尋はピタリと足を止める。

「今日は楽しかったですよ、ロニー」

「誰かにこんな気持ちになるなんて初めてなんだ……千尋、これからもこうやって会ってくれるか？」

「……その気持ちは今、この瞬間だけですよ」

「そんなわけない、他の奴らと千尋は違う！　俺は千尋が手に入るなら他は要《い》らない、昨日の奴らとの縁を切るし生活態度も改める！」

少しだけ寂しい気持ちで微笑《ほほえ》んだ千尋は、ロニーから距離をとる。

「私に会った時……どう思いましたか？」

「そりゃあ、運命だと思ったさ！　胸が高鳴って目が離せなく……つっ⁉」

言葉を途中で切ったロニーの目は驚愕《きょうがく》に見開かれ、瞳が揺らめいた。

「運命と出会った瞬間、心臓が痛くなるほど締め付けられて、相手以外見えなくなってしまいます。脳は歓喜で沸き立ち、血は騒《ざわ》めいて、その昂《たかぶ》りに合わせてフェロモンを放出し、運命の番《つがい》を逃がすまいとする」

一体どうなっているんだと訝《いぶか》しげな表情のレオの前で、ロニーは縫い留められたように一点を見つめたまま涙を流し始めた。

「あぁ歓喜の涙ですね」

視線の先には、似たような状態でロニーを見つめ返している少年がいる。

千尋はふわりと微笑《ほほえ》んで手を少年に向けた。

「彼が貴方の運命ですよ。先程私に告げたように生活態度を改めて大切にしてあげてください……もう聞こえてないかな？」

寂しく笑い、運命の番《つがい》のために変わりなさいとロニーの耳元で囁《ささや》くと、その背を軽く押す。

すると彼は弾かれたように走り出し、少年を抱き上げた。

二人の別々に香っていたフェロモンの香りは、まるで欠けていたピースが嵌《はま》ったように一つになり周囲に溢れる。

瞬間、周りにいた人々が大歓声を上げた。急に沸き立つ人々を見て更に人が集まり、歓声と拍手の音が一層大きくなった。路上パフォーマー達が楽器を鳴らし祝福の音楽を奏で始める。

スッと隣に並び立ったレオを見ることなく、千尋は周りの人々と同じように運命の番《つがい》達へ拍手を贈った。

「見てくださいレオ、運命とは実に美しいでしょう？」

お互いしか見えないと熱く視線を交わしながら抱き合う様《さま》は確かに美しく、世界が二人を祝福しているかのような感動的な場面だ。

だがロニーは、さっきまで千尋に愛を囁《ささや》いていたその口で、今度は前とは別の熱量を持って運命の番《つがい》に愛を告げている。

確かにあった千尋への恋情は、今やどこにもない。

「運命の番《つがい》を前に、他人が入り込む隙間なんて存在しないんですよ」

未だ鳴り止まない歓声に、千尋は叩いていた手をゆっくりと止め、レオを見上げる。

「――だから誰も抗えない」

射貫くような眼差しは、いつかの時のように、奥にドロリとした感情を孕《はら》んでいた。

「私は、自分以外に抗えた人間を知りません……レオは抗えますか？」

◆　◆　◆

レオは帰国してからもずっと、運命と出会ったロニーのあの様子が頭から離れずにいた。

一目で千尋に落ち、直前まで彼に愛を囁《ささや》き許しを乞《こ》うていたにもかかわらずあんなふうになったのだ。

運命の番《つがい》を見つけたロニーの表情と行動が、レオの脳内で何度も再生される。

それは、本当の意味で千尋の言っていたことを理解した瞬間でもあった。

「抗えるのか」と問われたあの時、レオは咄嗟《とっさ》に答えられなかった。

即答したくても、あんな場面を見せられた後で心の底から抗えると言い切る自信はなかったのだ。

そんなレオに、千尋は微笑《ほほえ》みながら「嘘を吐《つ》かない誠実なところが気に入ってる」と言った。

レオは運命と本能に翻弄《ほんろう》されることへの恐怖を目《ま》の当《あ》たりにし、千尋が言う運命への嫌悪感を初めて理解できた……のだと思う。

千尋が成瀬を縛るため、死に際に立つ運命の番《つがい》のもとへ導いたのは、それしか運命を振り解く術《すべ》がないからなのだろう。

あれはヒート中のΩ《オメガ》とは似ても似つかないものだ。

本能の更に奥深い場所に打ち込まれる楔《くさび》は、一度貫かれたら、それこそ死をもってしか逃れることはできない。

レオは、人の死を利用する千尋を恐ろしいと感じる。

しかし、運命に必死で抵抗をしている姿は、いつか壊れそうな危《あや》うさがあって、決して彼の傍《そば》から離れてはいけないとも思うのだった。

◇　◇　◇

「レオ、買い物に行きませんか?」

仕事が片付いてからというもの、時折考え込むような素振りをするレオに、千尋は何も気が付いていないわけではなかった。

少しでも気晴らしになればと外に誘うと、レオは一瞬躊躇《ちゅうちょ》した後、努めて普段通りに振る舞った。

運命の番《つがい》のもとへ連れていかれるのではないかと警戒しているのだろう。

千尋は未だにレオのフェロモンを嗅《か》いだことがないので、運命の番《つがい》の場所など分からないのだが。

軍人は常に最悪を想定して動くのだと、元軍人であるレオ本人が言ったように、もしかしたら千尋にはまだ隠された能力があるのではないかと疑っているのかもしれない。

勿論《もちろん》、千尋にほかの能力などないが、レオに警戒されると悲しくなる。

「そんなに警戒しなくても、レオの運命の場所なんて知りませんよ？　ただ気分転換したいだけですから」

「すまない、流石《さすが》にアレを見てからどうしても……」

「どうしても？」

「運命とやらが気持ち悪くてな」

レオは口元に手を当て眉を顰《ひそ》めた。その表情には嫌悪感が滲《にじ》んでおり、千尋は些《いささ》か驚く。

「アレはどうしたって抗えないものだと理解した。だがあの塗り変わる瞬間が気味が悪すぎて」

あの瞬間を見て気味が悪いと言う人間などそうそういない。皆、運命を神聖視していて、それを受け入れているからだ。

拒絶するレオと千尋が異質なのだ。

「理解者が増えてくれて嬉しいですよ」

顔色が僅《わず》かに悪いレオの頭を肩口に引き寄せ撫《な》でながら、千尋は軽くフェロモンを出す。その匂いに微《かす》かに反応したレオは、されるがままになった。

「少しは落ち着きました？」

「あぁ、千尋のフェロモンには鎮静作用でもあるのか？」

「さぁどうでしょう？　今までこれが効くのはなる君だけでしたから。知っているでしょう？　私のフェロモンは劇薬なんですよ？」

「……なるほど堕《お》ちた者限定の鎮静作用ということだな」

「不安になったらいつでもどうぞ？」

そうして落ち着きを取り戻したレオを連れて繁華街を歩くことになった。街に出るのは久しぶりだ。

休日とあってどこも人でごった返している。

当てどもなくふらふらと歩いては、二人は目についた店に入り、人の行き交う光景を楽しむ。

レオが来るまでは自国にいても、こうしてふらふらと出歩くことはできなかった。休日は部屋に篭《こも》って読書をしていたし、休日以外の日はドアｔｏドアで、常に車移動していたため、長時間ゆっくりと外を歩くことなど子供の頃以来だ。

レオを伴ってはいるが、好きな時間に好きなように外に行けるのは存外楽しい。レオの気晴らしにと外に出たが、千尋自身のリフレッシュにもなっている。

「――あれ、早川？　お前、早川じゃないか!?」

その時、唐突に名前を呼ばれた。振り返ると、男女が数人こちらを見て驚いている。

成長して多少変わっているが、千尋はどの顔にも見覚えがあった。

「覚えてるかな、中高の時一緒だった畑本《はたもと》なんだけど」

「覚えてるよ、久しぶりだね」

「え、本当に早川君⁉　私は覚えてる？」

「村上《むらかみ》さん……だよね？」

「正解！　と言っても今は結婚して宮本《みやもと》になってるんだけどね。結婚式の招待状とか送ったんだけど届かなかった？」

「実家にずっと帰ってないし連絡も取ってないから知らなかったよ」

家を出てからは家族に会うことはおろか、連絡を取ることもしなかった。家族の連絡先しか入っていない古いスマホは充電器に繋がれたまま、書斎のテーブルの端に置いてある。

「じゃあ今日のことも知らないわけだ！」

「何かあるの？」

「これから同窓会なのよ！　パートナー同伴ＯＫだから来てよ！」

有無を言わさぬ勢いで千尋は腕を引っ張られた。あまりの強引さに呆れながらも、断るのも面倒だと従う。

連れていかれた先は一流ホテルの宴会場だ。

受付の前には他のクラスメイトが集まっており、中に入る順番を待っていた。

話を通してくると意気揚々と走っていく畑本と宮本を見送る。

レオに申し訳ないと謝っているところに、スーツを着た集団が現れ、その中に千尋はよく知る顔を見つけた。中心にいるその男性のスーツの襟《えり》には議員バッチが輝いている。何度か仕事で関わった政治家の一人だ。

向こうも千尋に気が付いたらしく、嬉しそうに手を振りながら近づいてきた。

「千尋君、こんな所で奇遇じゃないか！　今日はどうしたんだね？　仕事ではなさそうだが」

「お久しぶりです。急に同窓会に呼ばれてしまって……先生は講演会ですか？」

「そうなんだよ、本番は明日なんだが、色々準備が必要だろう？　自分が立つ現場を見ておかないとな……ところで後ろの彼が例の？」

「えぇそうですよ」

「なるほど、これなら我々も安心というものだよ！　君、大変だろうが励みなさい。我らの女神をくれぐれもよろしく頼むぞ」

頭を下げたレオの肩をバシバシ叩き、男は足早にお付きのもとへ戻っていく。

普段テレビでしか見ることがない政治家が千尋と親しげに話していることに、同級生達の好奇心がくすぐられたのだろう。遠巻きに見ていた彼らが一斉に千尋を取り囲み、矢継ぎ早に質問してきた。

千尋は同級生達に取り囲まれながら会場に入る。

彼らの一人が千尋の背後に控えているレオはパートナーなのかと質問し、話題がそちらに移った。

「僕の……秘書みたいなものかな？」

本来は護衛であるが、平和なこの国で、しかも一般人がそんな人物を伴っているのはおかしい。

千尋は無難に答えた。

「じゃあその人と番《つがい》ってわけじゃないのね？　二人ともフェロモンが香らないからそうなのかと思ったけど……じゃあやっぱり早川君のお相手は成瀬先輩？」

「そりゃあそうだろ！　昔から凄《すご》かったじゃん。いいなーα《アルファ》捕まえたら勝ち確じゃん、流石《さすが》はΩ《オメガ》様ってな！」

「何の仕事？　結構良い服着てるし儲かってるの？」

「それハイブランドの今季の新作でしょ！　やっぱり旦那様もお金持ちでその実家も太いとなると贅沢《ぜいたく》できていいなぁ、ねぇ今度いい人紹介してよ！」

「あ、俺成瀬先輩の会社にツテ欲しい！　最近、成績悪くてさぁ、点数欲しいんだよね」

千尋は笑顔を張り付けながら、次から次へかけられる言葉に辟易《へきえき》する。

いつもであれば千尋にこのように群がる人はいない。洗練された場所では、こうして露骨に下世話なことを口にする者など皆無なのだ。特に、千尋という女神の前では皆、礼儀正しい紳士淑女となる。

だから、ある意味油断していた。つい最近、ロニーに群がるハイエナ達を見たばかりなのに。

「自分の力で初めた仕事だから、パートナーでも恋人でもないなる君の力は借りてないよ？　仕事内容は取引先に迷惑がかかるから教えられないんだ、ごめんね？」

千尋が殊更《ことさら》冷たく言うと、周りに群がっていた同級生達は顔を引《ひ》き攣《つ》らせた。

「なんだよΩ《オメガ》のくせに」

「どうせα《アルファ》相手に体使ってんだろ？　いいよなΩ《オメガ》ってだけでさぁ」

聞こえよがしに言われるあまりに幼稚な悪口に、千尋は更に呆れる。

何故《なぜ》、Ω《オメガ》が劣ると決めつけるのか。学生時代は誰も学力で千尋に敵わなかったのに。

『ここは空気が悪すぎるな、千尋』

次の瞬間、レオが唐突に外国語で話しかけてきた。そのまま千尋にスマホを差し出す。

なるほどとレオの意図を察した千尋は、頷《うなず》いた。

「ちょっとごめんね、仕事の電話みたい」

ハイエナと化した同級生達から離れながら、レオとは外国語で話を続ける。

これで仕事の電話をしながら、秘書とやりとりをしているように見えるだろう。この場で堂々と内容を聞かれずに話すにはこれが一番良い方法だ。

『私が迂闊《うかつ》でした。単純に嫉妬《しっと》でストレスの捌《は》け口《ぐち》にしてるんでしょうね。友人が多かったなる君がこの手の場に出ないわけですよ』

『千尋の周りは安全な人達がガッチリと囲んでるからな。どうする、そろそろ抜けるか？』

いくらかの懐かしさに引き寄せられここまで来てしまったが、こんなことになるとは考えもしなかった。煩《わずら》わしいことこの上ないので、一早く抜けるべきだろう。元々同級生達にはそこまで思い入れはない。

千尋がそう考えていると、俄《にわ》かに背後が騒《ざわ》つく。

「お前ら、千尋が優れてることなんて元から分かってるだろ？　バース性は関係ないよ」

よく通る声でハイエナ達を窘《たしな》めたのは、千尋が忘れたくても忘れることのできない、恨めしい人物だ。

その声の主を見た瞬間、千尋は無意識に後退《あとずさ》り、レオの服の端を掴んでいた。

『千尋、あの男は？』

『……青山利人《あおやまりひと》。私の、最初の恋人ですよ』

千尋は眉間《みけん》に僅《わず》かに皺《しわ》を寄せてレオに答える。目を見開いたレオが、すぐに連れ出そうとしてくれたが、それは叶わなかった。

「折角《せっかく》来たのに気分悪くなっただろ？　大丈夫か千尋」

そう言えば、昔もよくこんなふうに庇《かば》ってくれたなと懐かしくなる。

外で少し話そうと言われ、ハイエナの巣窟にいるよりはマシかと、千尋は青山と宴会場の外に出た。

レオが始終心配そうに見ているが、青山自身は悪い人間ではないのだ。

正義感があり、学生時代は先程のようなことから度々助けてくれた。

だから惹《ひ》かれ、最終的には恋人同士になったのだが……

開けたエントランスには静かでゆったりとしたクラシックが流れていた。そこから更に先に進んだ場所にある休憩スペースに三人は腰を落ち着ける。

「さっきは助けてくれてありがとう、青山君」

「いや俺ああいうの嫌いだしさ」

「変わってないね」

「千尋はだいぶ変わったみたいだな。さっき聞いたけど社長なんだって？　凄《すご》いじゃないか」

まるで自分のことのように嬉しげに笑う青山は、「じゃあ社会人らしく」と言って自分の名刺を千尋に渡す。

そこには千尋のよく知る社名が書かれていた。

里中《さとなか》商事、千尋との契約違反を起こした瀬川の本家にあたる家が経営している大きな会社だ。

あの時刺された傷はすっかり塞《ふさ》がり、桐ヶ谷が言った通りに傷跡すら残っていない。だが不意に思い出したせいか、傷のあった場所が疼《うず》き、千尋は顔を顰《しか》めそうになる。

さりげなくレオにその名刺を手渡すと、青山を警戒し始めた。

「大きい会社に就職したんだね」

「これでもα《アルファ》の端くれだからなぁ。ただ上が何かやらかしたらしくて、あちこちの会社から介入されて最近は忙しくてさ。今日も仕事帰りに来たんだよ」

苦笑しながら肩をすくめた青山は、確かに休日にもかかわらず草臥《くたび》れたスーツを着ている。事件の後のことを敢《あ》えて聞いていないが、やはり千尋のパトロン達や知人らが黙っていなかったのだろう。

関係のない人間にまで事《こと》が波及しているのは些《いささ》か申し訳なく思うが、千尋にはどうにもできないことだ。

僅《わず》かな沈黙の間、青山は手を開いたり握ったりを繰り返し、暫《しばら》くして意を決したように再び口を開いた。

「千尋、今更だけど謝らせてほしいんだ。あの時はごめん！」

座った姿勢で頭を勢い良く下げた青山に、千尋は今更謝られてもと困惑する。

「本当は学校にいる間に謝りたかったんだけどさ、その……成瀬先輩に二度と千尋に近づくなって言われてて」

正義感が強い青山が謝りに来ないのはおかしいと思ったが、運命と巡り合うことで性格が変わったのだろうと考えていた。

話を聞くと、成瀬から釘を刺されて千尋に謝れずに悶々《もんもん》とした日々を過ごしている内に卒業になってしまったらしい。その後、千尋はどんな催《もよお》しにも姿を見せず、誰も連絡先は知らず……とずっと後悔していたのだとか。

だが、謝罪されたところで一体、何が変わるのだろうか？

これは青山の気持ちをスッキリさせたいというパフォーマンスでしかない。

あの日の出来事はたとえ千尋の能力のせいだったとしても、許しがたく忌々《いまいま》しいことだ。

嘘でも「許す」などと言えるわけがない。

過去に起きたことが変わることはないのだ。あの衝撃は永遠に千尋の心の奥深い場所に根付き、歪《ゆが》んでいく。

運命に出会ったのだから仕方がないと、そんなことで済まされるはずがない。

ドロリと融解したどす黒い感情が迫《せ》り上《あ》がり、喉元を通り越して口から恨み言として吐き出そうになる。しかし、そうしたところでどうにもならないことも分かりきっていた。

何より、自身を捨てたα《アルファ》に無様な姿を見せるのは千尋のプライドが許さない。

千尋が一言も発さずにいると、青山はそわそわと落ち着かない様子になる。

謝罪を受け入れるつもりがない千尋は立ち上がろうとして、こちらに駆け寄ってくる人に気が付いた。

「やっと見つけた！　利人ってば人使い荒すぎるよぉ！」

やけに甘ったるい声音で青山に近寄った男を、千尋は忘れていなかった。

見たのは十数年前のあの一瞬だけだったが、忘れるはずがない。

「こんにちは」

青山の運命の番《つがい》である男は、どこか勝ち誇ったように笑いかけてくる。

不躾《ぶしつけ》な視線を隠しもせず、じろじろと見てくる男に気持ちの悪さを感じながらも、千尋は穏やかに笑みを返す。そして、敢《あ》えて紹介を求めた。

「こんにちは。青山君、こちらは？」

「俺の運命の番《つがい》だよ」

「初めまして、青山三春《みはる》です。千尋さんですよね？　利人からよく話を聞いてましたぁ！」

ニヤニヤと含みがある話し方をする三春に、千尋の不快感は増す一方だ。

「三春、アレ持ってきてくれたか？　どこにある？」

「あっごめん、車に忘れてきたみたい」

困ったような顔をした青山は、千尋に待っていてくれと念を押すと場を離れた。千尋は仕方なく三春と一緒に待つ。

青山の姿が見えなくなるのを確認した三春は、今度はレオをじろじろと見ながら千尋に話しかけてくる。

「利人ってば僕がいるっていうのに、時々貴方のこと気にしてたんですよぉ。それがどんなに不愉快か、分かります？　彼は僕の、僕だけの運命だから僕以外のΩ《オメガ》のことなんて考えてほしくないのに。だから僕、貴方のこと大っ嫌いなんです！」

ケラケラと笑いながら毒づく三春は、どこか歪《ゆが》んでいる気がした。下手に言い返すべきではないだろうと、千尋は撒き散らされた毒をそのまま浴び続ける。

「貴方に同情しないわけじゃないんですよぉ？　僕達が出会った日にデートしてたんですよね？　こんな綺麗な人を差し置いて僕なんかを選んでくれるなんて、流石《さすが》は運命の番《つがい》だと思いませんかぁ？　ほら、僕ってΩ《オメガ》にしては見た目が平凡でしょう？　それなのに貴方みたいな綺麗なΩ《オメガ》から、イケメンのα《アルファ》を奪っちゃったんですよ？　ふふふ最高な気分！」

お世辞にも綺麗とも可愛いとも言えない平凡なΩ《オメガ》の男が運命の番《つがい》を手に入れ、優越感でいっぱいのようだ。

微《かす》かな狂気が滲《にじ》んだ表情をしているが、残念ながら千尋は彼の望む反応をしてやれない。

千尋に嫉妬《しっと》されて更なる優越感に浸《ひた》りたいのかもしれないが、生憎《あいにく》運命の番《つがい》など忌々《いまいま》しいだけで羨《うらや》ましくもなんともない。それにあれからもう十数年経っている。青山に未練など微塵《みじん》もないのだ。

「彼は貴方の運命なのでしょう？　そんなに不安がらなくてもいいじゃないですか」

目を細め優しく微笑《ほほえ》みながら三春を見ると、図星なのか彼は口をパクパクとさせた。

「私は青山君に未練はありません。一体、何を不安に思うんですか？　運命なのでしょう？」

「強がりですか⁉　羨《うらや》ましいはずです、だって運命の番《つがい》ですよ！　憧れて当然じゃないですか！

普通は悔しがるでしょ⁉」

千尋は顎《あご》に手を当て後ろを振り返り、レオにどうだろうかと聞いてみる。

「だそうですよ、レオ。貴方は憧れます？」

「まさか、冗談じゃない」

はっと鼻で笑い三春を侮蔑の表情で見たレオは、千尋に立つように促《うなが》した。

「こんな男が運命とは残酷だな？」

レオの言葉にカッと顔を赤くした三春は、コンプレックスを刺激されたようだ。

三春から攻撃したのだから反論されても仕方がないのに、どうして被害者のような顔をするのか。

「行きましょうレオ、気分が悪い」

レオに手を差し出しエスコートを促《うなが》すと、心得たようにレオが恭《うやうや》しく手を取った。

待っているようにと青山に言われたが、こんな暴言を聞きながら待つつもりはない。未だ喚《わめ》き散《ち》らす三春を置いて歩き出したところに、タイミング良く青山が帰ってきた。

彼は三春の様子に血相を変えて走ってくると、慣れた仕草で背をさすり落ち着かせる。三春がこのような状態になるのはよくあることなのだろう。

「すまない千尋、三春の発作が出たみたいで……これ、あの時の鞄《かばん》。ずっと返したくて持ってたんだ」

差し出したのは、あの日ホテルの部屋に置き去りになっていた鞄《かばん》だった。処分されているとばかり思っていたが、まさか未だに青山が持っていたとは。

「そうですか、じゃあ私はこれで失礼しますね。番《つがい》の方も大変でしょうし」

レオが鞄《かばん》を受け取ると、千尋は青山達を振り返ることなく外に向かって歩き出した。


帰宅し、鞄《かばん》とその中身を確認することもなく、千尋はレオに処分を頼んだ。そして、早々に浴室へ向かう。

湯船にゆったりと肩まで浸《つ》かり目を閉じると、深い溜息《ためいき》を吐《つ》いた。

気分転換にと外に出たが、ハイエナと化した同級生達に会い、会いたくなかった青山にも出会ってしまった。

それだけならまだいい。

三春から敵意を向けられ暴言を吐かれた。

なんとも散々な日だったと、全身が疲労を訴えている。

「千尋、大丈夫か？」

ふとレオの声が聞こえて目を開けると、心配そうに浴室を覗き込む彼の姿がある。

どうやら湯船に浸《つ》かったはいいが、意識が飛んでいたようだ。時計を見ると、だいぶ時間が経っている。

湯当たりを起こした頭は重く、ぼうっとしてしまい、体も上手《うま》く動かせない。

反応が鈍《にぶ》い千尋をレオは服が濡れるのもかまわず湯船から抱き上げると、手早く体を拭いていく。

体を動かすのも億劫《おっくう》なほど全身が重く、千尋はレオにされるがままだ。服を着せられ、横抱きにされリビングまで移動する。そこでレオはそっと千尋をソファに下ろした。

手早く冷蔵庫からスポーツドリンクを持ってきて、千尋に渡す。

「スポーツドリンクなんてこの家にあったんですね」

差し出されたものにびっくりすると、レオは気付いてなかったのかと苦笑する。

いつの間か数本ストックしていたらしく、彼の細やかな配慮が今の千尋には有難かった。

「今日は散々だったな。だいぶ疲れただろう？」

「久しぶりに面と向かって悪意やら下心やらをぶつけられましたからね……流石《さすが》に」

隣に座り心配そうに顔を覗きこんできたレオに、力なく口の端だけを上げて笑うと、彼はそっと頭を撫《な》でてくれた。

「それにしても、あの番《つがい》は何というか……凄《すご》かったな。あれが運命の相手だと思うとゾッとした」

「前に話した通りですよ。運命の番《つがい》は複数いて、その中には優劣がある。青山君が引き当てたあのΩ《オメガ》はハズレだったということですね」

「千尋はわざとあのΩ《オメガ》を選んだのか？」

「まさか、青山君があの人と出会った時に私の能力は開花したようなものですから。優劣があるのが分かったのはその何年か後ですし。あぁでもいい気味ですね、私を捨て置いて幸せに暮らしました……なんてなっていたら、彼の思い通りに罵《ののし》っていたかもしれません」

いろいろと思い出してしまい神経が昂《たかぶ》っていた千尋は、片眉を上げ皮肉げに笑んだ。自身を落ち着かせるために何度も深呼吸を繰り返す。

その様子を見ていたレオが千尋を抱き寄せ、逞《たくま》しい胸の中に閉じ込めた。

「急にどうしたんですか？」

「落ち着くかと思ったんだが……千尋が今朝やってくれただろう？」

「自分を落ち着かせるために自分でフェロモンを出せと？」

「まさか、俺がやる」

それまでクスクスと笑っていた千尋は、レオのその発言に一瞬動きを止める。訝《いぶか》しげに彼を見上げた。

「私に知られるのが怖かったんじゃないんですか？」

「千尋がコレで落ち着くなら、別にどうってことはない。成瀬がいれば一番いいんだろうが、すぐに呼んでこられる人ではないだろう？　まぁ俺の匂いに鎮静作用があるかは分からないがな」

——試してみる価値はあるだろう？　と言いニヤリと笑ったレオに千尋は苦笑するしかなかった。

それを合図にしたように、レオは完璧に消していたフェロモンを少しずつ出し始める。

あれだけ不安がっていたのに。

レオが更に堕《お》ちる覚悟を決めたのかもしれないと気分が上昇した千尋は、彼に身を委《ゆだ》ね、そのフェロモンを肺一杯に吸い込んだ。

途端に脳内に複数の映像が浮かび上がり、レオの運命の番《つがい》の場所を複数示す。比較的近い場所もあれば僻地《へきち》と言える場所、良い者も悪い者も次々に浮かび上がった。

「俺の運命の番《つがい》の場所は分かったか？」

「今聞きたいんですか？」

「千尋のタイミングに任せるさ。最高のタイミングで俺を最下層まで堕《お》とせばいい。俺はそれが待ち遠しくて仕方がない」

千尋はくすくすと笑いながら、ドロリと濁《にご》り始めたレオの目に満足し、再び肺を彼のフェロモンで満たす。

成瀬の香り以外で落ち着くことなど今まではなかったが、そこにその香りも加わった。

「落ち着いたか？」

不安そうに聞いてくるレオを安心させるように彼の首元に擦り寄る。

「どうやらレオのフェロモンは有効みたいです」

そう言うと、レオは心底嬉しそうに笑ったのだった。

よくない出来事というのは、何故《なぜ》連鎖的に起こるのか。そう考えてしまうくらい、朝から千尋の機嫌は急降下していた。

国外で仕事を熟《こな》して帰宅すると、書斎から聞きなれない着信音が聞こえてきたのだ。警戒するレオを窘《たしな》めて書斎に向かう。そこでは数年間何の知らせも告げなかったスマホが音を鳴らしていた。

「取らないのか？」

「嫌な予感しかしないんですよ……この番号は家族くらいしか使ってないので」

伏せていたスマホの画面からすると、電話を鳴らしているのは母らしい。

どうしても連絡をとりあわなければならない事態が起こるかもしれないと、これまで解約していなかったのだ。通話をする気力がどうしても湧かず、千尋が元の位置にスマホを戻して数秒後、着信音が切れる。

その日から一日一回程度、着信するようになった。煩《わずら》わしくなった千尋は音を切る。

そうしていつも通り、忙しく国内外を飛び回り仕事を熟《こな》していった。

そんな忙しさが一段落し、空港から久しぶりに自宅へ戻る。すると、マンションの前に会いたくない人物が待ち構えていた。

「随分いいご身分じゃないか、なぁ千尋？」

「何か用ですか兄さん。疲れているので手短にお願いできます？」

冷たく言い放っても、兄である千景は高圧的な態度を崩さず、鼻で笑い飛ばす。

「Ω《オメガ》のくせに守られていい気になるなんてな。お前、あの成瀬とパートナーになったみたいじゃねぇか」

「どこでそれを？」

「お前の同級生の畑本って奴がご丁寧に教えてくれてな。それで態々《わざわざ》出向いたってわけだ」

千尋は思わず顔を顰《しか》めた。

あのハイエナはよりにもよって千尋が一番嫌いな人間におかしな情報を渡したようだ。

「それに社長だって？　一体どれだけその体でたらし込んだんだ？」

明らかに見下し、汚らわしいとばかりに見てくる千景に頭が痛くなる。

溜息《ためいき》を吐《つ》いた千尋は、なかなか本題に入ろうとしない千景に先を促《うなが》した。

「……母さんが入院してる。先は余り長くないんだと。腐るほど連絡が来てただろ？　引っ張ってでも連れていくから最後くらい会ってやれ」

千尋は眉間《みけん》の皺《しわ》を更に深くした。

実家へ行くためタクシーに押し込められる。車内では皆、口をつぐみカーナビの音声だけが響いていた。

千尋がトントンと足を指で叩きながら窓の外を眺めていると、同窓会の時のようにレオが外国語で話しかけてくる。

『千尋、ついてきて良かったのか？　多分、嘘だぞ』

『でしょうね。まったくこんなことまでして接触してくるだなんて……面倒事の予感しかしません』

『逃げるか？』

『何がどうなっているのか把握してからにしましょう。でないと周りに迷惑がかかるかもしれないですし。レオならもしもの時には対処できるでしょう？』

『それは勿論《もちろん》。いつでもサインさえ出してくれれば問題なく動く』

『私の護衛は頼もしい限りですね』

助手席に座っている千景はかなり不機嫌そうだが、かまわず千尋はレオとの会話を続けた。

敵意を丸出しにしている人間に配慮できるほど、千尋は優しくない。それに、千景は千尋を散々な目にあわせてきた張本人なのだ。

レオがいなければ、たとえ何があったとしても実家に行こうとは思わなかっただろう。


似たような外観の建売住宅が密集する閑静な住宅地の中、ほかとは毛色が違うフルオーダーで建てられた家が一軒。それこそが千尋が育った家だった。

両親も兄である千景同様にβ《ベータ》である。非常に上手《うま》く虚栄心を隠してはいるが、自分たちより劣るβ《ベータ》を常に見下しているα《アルファ》至上主義の両親にこの家は相応《ふさわ》しいのだろう。

家を出て十数年。その間、一度も帰らなかった家に入る。中は統一性がなく趣味の悪い調度品で飾られていた。所謂《いわゆる》成金趣味である。

一体どこからそんな金が湧き出るのか。

確かに父は会社の中で役職を持っており、昔から千尋は金銭で苦労したことはなかったが、流石《さすが》にこの調度品類を買い揃えるのは不可能に思えた。それこそ宝くじが当たるか、借金でもしなければ。

——なるほどそういうことか。

千尋は独《ひと》り言《ご》ち、千景に気が付かれないように心の中で溜息《ためいき》を吐《つ》く。

しつこいほどの連絡も、千景が態々《わざわざ》姿を現したのも、畑本から間違った情報を聞き、千尋が相当金を持っていると家族が確信したせいだろう。

千尋が金銭的に潤《うるお》っていることは間違いではない。が、しかし——

同級生達に続き、今度は家族がハイエナになろうとは。

つくづく最近の千尋はついていていない。

一度厄払いにでも行くべきかと考え始めた頃、リビングの扉が開いた。

「まぁまぁ千尋ったらすっかり綺麗になってしまって、まるでα《アルファ》に見えるわねぇ」

にこにこと笑い猫撫《ねこな》で声を出す母親に、千尋はすっと目を細める。彼女の目には明らかな侮蔑の色があり、千尋は気持ち悪くて仕方がなかった。

プライドの高さからα《アルファ》を目の敵にする千景とは違い、両親はα《アルファ》を崇拝していると言っても過言ではない。β《ベータ》の中では優秀であるため、自分達はα《アルファ》に近しい存在でほかのβ《ベータ》とは格が違うと思っているのだ。

そんな思想の被害にあったのは勿論《もちろん》、子供である千景と千尋だ。

千景は優秀だが、α《アルファ》ではなかったことを常に嘆《なげ》き責《せ》め苛《さいな》み、千尋は幼少よりα《アルファ》だと確信され大事に育てた反動でΩ《オメガ》だと判明してからは正に手のひら返しの状態だった。

幼い頃は気が付かなかった両親の真の姿を千尋が知ったのは、己のバース性が判明してからだ。

それはともかく、両親の近くに千景も腰を下ろし、不毛な会話が始まった。

やれ仕事はどうだの、成瀬とはどうだのと聞きながら、家族達はさりげなくレオを品定めする視線を向ける。そして今度はレオについてあれこれと質問した。

不躾《ぶしつけ》な目線と質問に不快さを存分に感じているだろうに、レオはそれをおくびにも出さない。

「無駄な話はこれくらいでいいですか？　嘘までついて私を連れてきた理由は何でしょうか？　こちらは仕事明けで疲れてるんですが」

「Ω《オメガ》のお前をここまで育ててやった親に対して、なんだその口のきき方は！」

バシンッと机を拳《こぶし》で叩き付けた父親を、千尋は冷めた目で睨《にら》む。そんなことで怖がるとでも思っているのだろうか。父親の怒声と何かを殴りつける音に怯《おび》えていた千尋はもうどこにもいないというのに。

「どうせ金を工面しろとか……そういうお話でしょう？」

吐き捨てるように言うと、母親は引《ひ》き攣《つ》った笑みを浮かべ固まった。

まさか千尋がそんな露骨なことを言うなど思ってもいなかったのだろう。

しかしそれは母だけで、父も千景も手間が省けたと言わんばかりだ。

「話が早くて助かるねぇ。俺も親父も今が一番踏ん張りどころでね、少し投資してくれればいいだけさ。金はいくらでもあるんだろう？」

「……散々馬鹿にしてきた息子や弟に集《たか》るだなんて。ふふ、貴方がたにはプライドはないんですか？」

そう言った瞬間、千景が千尋の胸倉を思い切り掴み上げた。目を見開き眉を吊り上げたその顔は、憤怒《ふんぬ》に染まっている。

「お前はいいよなぁ、Ω《オメガ》ってだけでα《アルファ》からおこぼれがこれでもかってほど貰えるんだから。俺達の苦労なんて知らないだろう？　こっちが汗水たらして働いてる間、お前は遊んでいるんだからな、何が仕事だ。Ω《オメガ》のお前にそんなことできるはずがない。だから俺達が有効活用してやるんだよ」

「使えないΩ《オメガ》のお前が漸《よう》く私達家族の役に立てるんだ。何故《なぜ》そんなことを言う？」

「お父さん達の言う通りよ千尋。今まで好き勝手してきたのだから、Ω《オメガ》らしく家の役に立ってちょうだい」

怒りと嘲《あざけ》りをまき散らす千景と、本気でΩ《オメガ》の千尋は全てを差し出すべきだと考えている両親。リビングの空気は最悪だ。

何故《なぜ》こんなことを言われ、自身が稼いだ金銭を出さねばならないのか。アレは全て、千尋が自身の心を犠牲にして手に入れたものだ。

確かに、千景や両親のような社会人としての苦労はしていないが、別の苦労なら腐るほどしている。

しかし、目の前の人達はそんなことは考えない。いや、想像すらしていないに違いない。楽に手に入るものなど何もないのに。

「まぁお前が素直に差し出すなんて最初から思ってなかったが。だけど、知ってるか千尋。簡単に手に入れる方法があるんだよ。残念だったな？　あれが最後のチャンスだったのに」

先程までの表情が一変し、千尋の胸倉から手を放した千景は、にやにやしながら芝居がかった口調でそう言って廊下に続く扉を開けた。

そこには真っ黒なスーツを着た、明らかに不穏な空気を纏《まと》う男達が立っている。

「こちらが千尋君かな？　いやぁこれはまた美人なΩ《オメガ》で。それで私達が呼ばれたということは、交渉が決裂したんですかね？」

色の入った眼鏡をかけた胡散臭《うさんくさ》い痩身の男がリビングに入ってきた。彼のスーツの襟《えり》には金に輝くバッチが付いており、千尋は思わず眉を顰《ひそ》めレオを見る。レオもそれに気が付いたようで、やれやれといった調子で首を横に振った。

「なるほど、これなら貴方がたが言っていたものにもう少し色を付けた金額にしましょうか」

「田嶋《たじま》さん本当ですか！　いやぁ有り難いです。コレは昔から顔だけが取り柄ですからね、えぇ」

「良かったわぁ、ねぇお父さんに千景！」

黙り込む千尋とレオをよそに、田嶋が書類を取り出し父にサインするように促《うなが》す。

千尋の父は意気揚々とペンを走らせてサインした。田嶋は背後に控えていた部下にアタッシュケースを持ってこさせ、両親と千景の目の前でそれをガパリと開く。

「五千万の借金は帳消し、上乗せ分の三千万はこれで。確認してください」

目の前の金に目を輝かせた三人は、早速とばかりに鞄《かばん》の中に手を突っ込んで札束を数え始めた。

どうやら千尋はこの田嶋という男に売られたらしい。それもたかだか八千万程度の金額で。

千尋は思わず苦笑した。

『こんなちゃちな額で千尋を売るとは。まったく価値が分からない人間というのはタチが悪い』

『仕方ないと思いますし、Ω《オメガ》一人の値段にしては高いほうですけどね。それと、まだ〝待て〟ですよ？』

『あぁ、分かっているさ』

くすくすと外国語で話し始めた千尋とレオのもとへ、田嶋が首を傾《かし》げながら近寄ってきた。

「さて、君を買った田嶋謙吾《けんご》という者です。君のようなΩ《オメガ》を買ったり売ったりするブローカーをしてるんですが……こんな状況でよく笑っていられますね。もしかして理解できなかったのかな？」

ご丁寧にも田嶋は名刺を差し出して名乗る。その名刺には彼が所属する組織が書かれており、それを見た千尋とレオは目を合わせて笑いたくなるのを必死に堪えた。

「……鬼澤会《きざわかい》の人ですか。これはどうもご丁寧に。理解しているかどうかですが、ちゃんと理解してますよ。私は家族に八千万で貴方に売られたのでしょう？　私達が笑ってたのは、そのくらいの金額だったらすぐ出せるので、自分で自分を買うのもアリかなと思ってしまって。ねぇレオ」

「は？　いやいや流石《さすが》に嘘はいけないよ君。Ω《オメガ》の君がそんな大金持っているはずがないでしょう」

「んー本当の話なんですが……確かにお金に困ってる両親と兄がいるし、Ω《オメガ》の私が大金を持っているなんて普通は信じませんか。それで、私はどうなるんです？」

この状態でこともなげに聞いてくる千尋を田嶋は些《いささ》か不気味に思ったようで、怪訝《けげん》な表情をする。

普通、このような取引を目の前でされて正気でいられる者などいないだろう。

けれども千尋はそうではない。いざという時のための手段は沢山《たくさん》あるのだ。ネックガードもその一つであるし、何よりもレオが傍《そば》にいる。

恐怖に怯《おび》える必要はどこにもないのだ。

「君はこれからもっと高い値段で売られるんですよ」

「どこに売られるんでしょうか？　やはり鬼澤会の会長さんですか？　後ろのレオも一緒に連れていってもいいでしょうか？」

レオも連れていこうとする千尋に、田嶋は驚いていた。彼はあくまでΩ《オメガ》のブローカーであり、α《アルファ》は取り扱っていない。そもそも今しがた交わされた契約書にはレオのことなど一言も書かれていなかった。

「いやいや、君おかしいでしょ。普通、売られたΩ《オメガ》についてくる人なんていませんよ？」

「だそうですけど、ついてこないんですかレオ？」

「何を言ってるんだ千尋、ついていくに決まってるだろ」

やれやれと呆れたように言うレオに、千尋はうんうんと頷《うなず》く。

「とまぁそれは置いておいて。レオは私の秘書ですから、私から権利やら金銭やらを毟《むし》り取るなら彼がいたほうが楽ですよ？　全て把握してますしね。あぁあとかなり優秀ですから、色々使い道もあるはずですけど」

あとは何かあるかな？　と千尋は考え始めた。田嶋は面倒になったのか、全て買主に任せることにしたようだ。

「はぁ、分かりましたよ。自分で買主に相談してください。売り先についてはそうですね、君ほどの美しさなら海外の方にも売れるでしょう。他国の言葉も話せるようですし。では千尋君、移動しましょうか。買ってくれるかもしれない人達を待たせてはいけません」

「今からですか？」

「そうです。今日は君に高値を付けてくれそうな方々が集まっていますから。最後ですよ、家族にお別れを言ってはいかがかな？」

「私を売った人達にかける言葉は特にないですけど……そうですね、可能なら兄を見届け人として連れていくことはできますか？」

その発言に千景はガバッと顔を上げ、千尋を凝視する。千尋はさも当然とばかりに優雅に微笑《ほほえ》んだ。

「自分が売った人間がどうなるか知りたいでしょう、兄さん？」

黒塗りの如何《いか》にもといったふうの車に乗せられた千尋とレオは、逃走防止のための手枷《てかせ》をつけられ、後部座席にシートベルトで固定された。

千景は何故《なぜ》自分まで同行しなければならないのかと不満を露《あらわ》にしているが、周りにいるのが厳《いか》つい田嶋の部下達であるため何も言えないようだ。

千尋とレオは普段通り時折外国語での会話をしながら車に揺られる。田嶋や千景が気味悪そうに見てきても、二人はその態度を崩さなかった。

千尋達を乗せた黒塗りの車は、大きな門と高い塀に囲まれた敷地にゆっくりと入っていく。奥には立派な屋敷と庭があり、一見、日本庭園の名所にも見えるが、実際はそんな生易しい場所ではない。

ちらりと千景を見ると、彼は顔を蒼白にしていた。余程の馬鹿でない限りここがどんな場所か分かるだろう。

「とんでもない所に連れてきてくれたな、千尋」

声が震えないよう必死な様子で、千景が千尋を睨《にら》みつける。千尋は静かに微笑《ほほえ》んだ。

車外に出た田嶋は近くにいた男を呼ぶと、会長達の交流会に相応《ふさわ》しいΩ《オメガ》を連れてきたと言い、男に確認するように促《うなが》す。男は後部座席のドアを開けて千尋を確認し、驚愕《きょうがく》した。

男と目が合った千尋はふんわりと微笑《ほほえ》む。はっとした男が瞬時に顔色を変え、勢い良く田嶋を振り返った。

「お前は……なんてことをしてくれたんだ！」

その剣幕にたじろいだ田嶋を一瞥《いちべつ》すると、男は血相を変えて屋敷の中へ入る。

「田嶋さん何なんですかね、あの反応？」

「株を上げに来たんですけどね……雲行きが怪しいですね」

車から降ろされた千尋達は、騒《ざわ》めきに包まれた。何事かと辺りを見回す千景と田嶋達だったが、周りの人達は遠巻きにするばかりでこちらに来ようとしない。何人かは先程の男同様に血相を変えて屋敷に走っていく。

そんな中で平然としているのは、やはり千尋とレオだけだ。

『レオ、先に手を出さないように……』

『いいのか？』

『大義名分は必要ですから』

『そのことではなくて……』

千尋が悲しげに微笑《ほほえ》むと、レオはそれ以上何も言わず、出かけた言葉を呑み込む。

屋敷に勝手に上がることはできず、千尋達は外で待ちぼうけを食う。暫《しばら》くして、刺すような視線に晒《さら》されるのに耐え切れなくなった千景が、千尋に掴み掛かった。

「お前、ここに来ることを知ってたな!?」

否定も肯定もせず、柔らかく微笑《ほほえ》む千尋に、千景の堪忍袋の緒は完全に切れてしまったらしい。

千尋を思い切り殴り飛ばした。

その瞬間、密かに手枷《てかせ》を外したレオが千景を止めようとしていた田嶋を突き飛ばす。そして、目にも止まらぬ速さで千景を引き倒すと、間髪容《かんはつい》れずに懐《ふところ》から出した銃をその頭に突き付けた。

レオの瞳孔は完全に開いていて、千尋が見たことのない、冷酷な軍人としての顔をしている。

「……痛い」

ポツリと零れた千尋の言葉で、周りの男達が一斉に動き出した。レオに組み敷かれている千景と、突き飛ばされ唖然《あぜん》としている田嶋を取り囲む。

丁度その時、屋敷の中から上質なスーツを着た男達が出てきた。

「うるせぇぞお前ら！　会長と客人の前だ、全員並べ！」

先程まで千景と田嶋を取り囲んでいた男達は、その声に応じてざっと綺麗に整列し一斉に頭を下げる。

その様子を確認した男が屋敷の玄関に向き直った。中から出てきたのは着物を着た老年の男と、異国の男達だ。

「千尋が来ているって？」

しゃがれた声で呼ばれた千尋は、千景達から視線を外し、ゆっくりと声の主を見た。その拍子に痛みで溜まっていた涙が一筋、頬を伝う。

「なんてことだ!!」

それを見たグレーのスーツを身に纏《まと》った異国の壮年の男が千尋に駆け寄り、胸元からハンカチを取り出すと、涙と口の端から流れている血を拭き取る。

「なんで千尋が拘束されて怪我してんだ、コレやったのは誰だ？」

ギロリと辺りを睥睨《へいげい》する男に近寄り耳打ちしたのは、千尋を見て屋敷に走っていった男だ。

「田嶋ぁ、お前誰に何したか分かってんのか？」

「む、武藤《むとう》さん……!! 私はただ仕事をしただけで……！　それに殴ったのはあの男です！」

武藤と呼ばれた男の覇気《はき》に当てられながらも、田嶋はレオに組み敷かれたままの千景を指差す。

「千尋、服が血で汚れてるな。部屋に案内させるから着替えるといい。お前達、準備を」

「清十郎《せいじゅうろう》、私が国から持ってきた千尋へのプレゼントがあるぞ。それを着せよう。マドノ！　用意しろ」

マドノというらしい男は一礼し、他の男達を伴って足早に屋敷に戻る。

痛みを堪えながら一連の様子を窺《うかが》っていた千景は、漸《ようや》く千尋がこの男達とかなり親しくしていると分かったようだ。何故《なぜ》か突然笑い出した千景に、千尋は怪訝《けげん》な表情を向ける。

「お前、こんな奴らともお友達なのか？　道理で田嶋さん達にもビビらないわけだ……とんだビッチだなぁ、千尋！」

直後、コツコツと革靴を鳴らして千景に近づいたグレーのスーツの男が、レオに目配せをして彼を解放させると、勢い良く顔を蹴り上げた。千景は蹴り上げられた勢いで後ろに吹き飛び、口から大量に血を流す。

「千尋がビッチだと？　口のきき方に気をつけることだな若造。彼は我々α《アルファ》の掛け替えのない女神だぞ」

千景の髪を鷲掴《わしづか》みにしその体を持ち上げた男の顔は憤怒《ふんぬ》で彩《いろど》られていた。男の顔を間近で見た千景はガタガタと震え出す。恐怖で息ができないようで、短い呼吸を繰り返している。

「その辺にしておけジュリアーノ。千尋の治療と着替えが先だ」

「確かにその通りだな、私としたことがついつい血が上ってしまったよ。さぁ行こうか千尋」

手を取られエスコートされる千尋とは違い、千景は黒スーツの男達に拘束され、引きずられるようにして屋敷に入った。


千尋が屋敷の一室で用意された衣服に着替えて部屋を出ると、待機していた武藤が応接室に案内してくれた。

襖《ふすま》を開け中に入る。ソファの横で正座させられている田嶋と、縄で拘束されて転がされている千景が見えた。

「さて千尋、一体どうしてこうなったか、このジジイに教えてくれんかね？」

しゃがれた声音で殊更《ことさら》優しく問いかけるのは、関東をまとめる暴力団鬼澤会会長、鬼澤清十郎だった。

その隣で深く腰掛け葉巻を優雅に吹かす異国の男は、海外で巨大なファミリーを築き上げているマフィアのドン、ジュリアーノ・チェッカレッリだ。

鬼澤は千尋が仕事を始めた最初期の頃からの付き合いで、孫に近い歳の千尋を可愛がってきたパトロンの一人だ。ジュリアーノともまた、千尋が海外での仕事を熟《こな》す中で関わりを持った。千尋を女神と讃《たた》える人達の中でも一、二を争うほどの崇拝者だ。

表の世界での権力者達と繋がれば、自《おの》ずと裏の世界ともどこかしらで繋がる。

仕事を始めたばかりの頃は裏の人間と関わることを恐ろしく思うこともあった。だが見た目の厳《いか》つさや纏《まと》う雰囲気にさえ慣れれば、表の権力者達と何も変わらない。

表でも裏でもやっていることや考えていることに大した差はなく、お互い常に持ちつ持たれつを保っているからこそ世界は回る。

もし千尋が表の世界だけで仕事をしていたなら、裏の人間に反発され、この歳まで仕事を続けることなどできなかっただろう。

表裏関係なしに仕事を熟《こな》してきたおかげで、今の女神としての確固たる地位がある。

何より、使える人脈を得ても千尋は決してパワーゲームには踏み入らない。表裏に分け隔《へだ》てなく接し、臆《おく》することなく、どのα《アルファ》達にも運命の番《つがい》という幸運を授ける千尋は、間違いなく女神そのものだったのだ。

実家で田嶋に売られた時に冷静でいられたのは、田嶋が鬼澤と繋がりがあったためだ。勿論《もちろん》レオやネックガードの恩恵もあるが、それでも下手な人間に売られるより余程安心だと感じていた。

痛む口でなんとかここまでの経緯を話し終えた千尋は、武藤の部下が持ってきたお茶を飲み一息つく。

始終不機嫌そうに眉間《みけん》に皺《しわ》を寄せるジュリアーノと、柔らかく笑んでいるが明らかに怒りを抑え込んでいる鬼澤をチラリと見ながら、千尋はこの先を思いやり湯呑に視線を落とした。

「経緯は分かった。千尋の親と兄の借用書と契約書はすぐに破棄させよう」

「千尋を買うだなんて烏滸《おこ》がましいにもほどがある。いくら積んだって彼を買える人間などいないというのに。清十郎、下の人間は千尋を知らないのか？」

「Ω《オメガ》ブローカーなぞ千尋に関わることなんてないだろうが。それにだ、聡明な千尋の家族がここまで愚かだとは思わなんだ」

確かにそうだと深い溜息《ためいき》を吐《つ》く二人に、千尋も一緒に溜息《ためいき》を吐《つ》きたくなる。

「私の家族がした借金は私が支払いますよ。なので売り買いのほうだけ破棄してください」

「自分の借金ではないのに、それで良いのかね？」

「構いません。一応は身内が借りたものですから。……それとそちらの田嶋さんは事情を知らずに仕事をしただけですので、お咎《とが》めはなしでお願いします。彼から何かされた訳ではありませんし、やらかしてるのはうちの家族です。田嶋さんは言わば貰い事故みたいなものでしょ？」

「だとよ、良かったなぁ田嶋。女神さまに感謝しな」

「千尋の言い分は分かった。だがね、我々は君の家族を許すことはできないよ。それにだ千尋、君は態《わざ》と殴られたな？」

目を細めながら楽しげに言い放つジュリアーノとは対照的に千尋は悲しそうに微笑《ほほえ》む。

「大義名分は……必要でしょう？　ジュリアーノ」

深く溜息《ためいき》を吐《つ》いた鬼澤は、革張りのソファにゆっくりと背を預けてレオを一瞥《いちべつ》する。

「儂《わし》はお前さんが千尋につけば、万が一にでも千尋には傷一つつかんと聞いたんだがね。それは間違いか？　大義名分が必要だろうがなかろうが、お前さんはそれに逆らってでも千尋に傷などつけさせちゃならんだろう」

「その通りだ。なんなら今すぐにでも別の者に差し替えても良いんだぞ？」

レオは千尋の背後に控え、二人の容赦のない怒気を孕《はら》んだ声と眼光にも臆《おく》することなく立っていた。

鬼澤達の言い分が正しいことを、千尋もレオも理解している。その上で、千尋はレオにずっと待ったをかけていたのだ。

千尋は殴られ痛む頬にそっと手を当てる。大儀名分は、自分にはどうしても必要だった。

「私とて好きで千尋を守らなかったのではありません。これは千尋にとって必要なことだったのです。分からないのですか、千尋は貴方がたとは違うのですよ？　大義名分が必要と、千尋は言っているでしょう。それは貴方がた用に……という理由もありますが、もう一つは千尋自身のためです」

レオの言葉に千尋は悲しそうな顔をして千景を見た。

辛《つら》く当たられてはきたが、やはり家族は家族なのだ。特に両親はバース性が判明するまでは優しかった思い出しかなく、小さい頃は千景もそれなりに兄として千尋に接していた。

両親に見捨てられても、千景に辛《つら》く当たられても、家族に対する僅《わず》かばかりの情は残っている。

排除しようと思えばいくらでも手はあった。

しかし関わらなければそれでいいと、無関心を貫き距離を置いてきたのだ。

だが、今回の件でもう無関心でいることはできないのだと千尋は悟った。

折角《せっかく》手に入れた安寧《あんねい》と地位を家族によって引っ掻き回されるなど、許しがたい。それは決してあってはならないことだ。

であれば、どうすれば良いのか。

自《おの》ずと答えは出る。

本来ならもっと前にやらねばならなかったことだが、なけなしの情が邪魔をして決心がつかなかった。先延ばしにした結果がこれとは、笑えない話だ。

それを理解してくれているレオには頭が下がる。おかげで決定的な一言を千尋自身が口にしなくて済む。

卑怯で臆病者だが、千尋はそこまで残忍ではなかった。

「千尋は家族と完全に縁を切るのに必要な大義名分だと言っているのですよ。貴方がたと違い千尋は荒事に慣れていないんですから、理由は沢山《たくさん》あったほうがいい。その分、罪悪感が薄くなる、そうだろう千尋」

そっと肩に置かれたレオの手の暖かさに千尋はほっとし、静かに笑んだ。

「確かに千尋には酷なことだな。我々は慣れすぎて麻痺していたようだ」

「理解していただけたようで良かったです」

「なるほど、しっかりしたいい護衛だな千尋?」

「私には勿体《もったい》ないくらいですよ」

「して、処遇はどうしようかね……千尋、聞きたくなければ隣の部屋へ行っていなさい。君の護衛と決めていいのだろう？　コレは君の気持ちを深く理解しているようだしな」

レオが心得たとばかりに頷《うなず》いたので、後は全て任せることにした。本当に頼もしい護衛である。

部屋を出ようと千尋がソファから立ち上がった途端、転がされたままの千景と目が合う。

「千尋、千尋、嘘だろう⁉ 見捨てるっていうのか⁉ 俺がどうなるか分かるだろ！ お前なら俺を助けられるだろう⁉」

先に見捨てたのは千景なのに、今更縋《すが》るとは本当にあさましく愚かだ。今の会話を聞いていて、何故《なぜ》、千尋が助けると思うのか。

ぽんとレオに肩を叩かれ振り向くと、彼が優しく微笑《ほほえ》んでいる。それに微笑《ほほえ》み返し、千尋は喚《わめ》く千景を振り返ることなく武藤が開けた襖《ふすま》から廊下に出た。


話し合いが纏《まと》まり、千尋とレオが自宅に戻った頃にはすでに空は暗くなっていた。

コンシェルジュに預けたままだったスーツケースを受け取って自宅で一息吐《つ》いた頃、インターホンが突然鳴り響く。

こんな時間に一体誰だと思いながら、千尋がインターホンの画面を見ると、そこには成瀬が立っていた。

「なる君？」

「私が呼んだんだ」

「レオが？ 何故《なぜ》ですか？」

「これから私は出かけるからな。その間、千尋を一人にはできないだろう。外に何人か鬼澤の部下がいるが、家の中には入れられないしな」

そう言ったレオがくしゃりと頭を撫《な》でる。このタイミングで彼が千尋のもとを離れるということは、そういうことだろう。

千尋が応接間を出た後にどんな話し合いがなされ、どんな処遇が決定したのか。それを聞く勇気も心の準備も千尋にはなかった。レオもそれを理解していて、千尋には何も語らずにいてくれる。

不安を感じているうちに成瀬がいつの間にか家に上がっていて、千尋を優しく抱きしめてくれた。

「千尋、よく決断してくれた。俺はそれが凄《すご》く嬉しいよ」

優しい声音で言う顔は、その言葉通り、本当に嬉しそうだ。

「成瀬、オーダーがあれば聞くが？」

「へぇ聞いてくれるのかい？　でも、細かい注文は千尋に聞かせられないことばかりだからね、やめておくよ。その代わり分かっているだろう？　俺は千尋を追《お》い詰《つ》めたあいつらが憎くて仕方がないんだ」

〝やるなら徹底的にやれ〟と冷酷な声で言われたレオは、当然だとばかりに目を合わせ力強く頷《うなず》いていた。

レオが出かけていき、家には千尋と成瀬だけになる。

ソファに座り、成瀬に凭《もた》れ掛《か》かってぼんやりとテレビを眺めている時、千尋はふと違和感を覚えた。

いつもはひっきりなしとはいかないまでも、時間を問わずに鳴る電話やメールの通知音が一切鳴らないのだ。

不思議に思い千尋はスマホを見るが、電源が落ちているわけでもサイレントモードになっているわけでもない。

スマホを持ち首を傾《かし》げる千尋に、成瀬が思わずといったふうに苦笑する。

「今夜は誰からも連絡は来ないと思うよ？」

「なんで？」

「そりゃあ、ショータイムがあるからね。皆それを見るのに忙しいんだよ」

「ショータイム？」

「今日は祭しが悪いね千尋。それとも考えないようにしてるのかな？」

そこまで成瀬に言われ、千尋はやっとショータイムが何を指しているのかを理解した。すぐさまそれに思い至らなかったあたり、成瀬の言うように自然と考えまいとしていたのかもしれない。

「なる君は見なくていいの？」

「俺は今千尋といるからなぁ。こっちのほうが大事だよ。勿論《もちろん》、今日のことにも過去のことにも腹が立って仕方がないけどね。千尋は辛《つら》くない？　前は俺を止めただろ？」

成瀬に顔を覗き込まれ、千尋はどうなのだろうかと自身に問いかける。

「過去のことも今日のことも、凄《すご》く悲しかったんだ。情も多少は残ってたし……何だかんだ言って家族だしね。でも、もういいかなって思っちゃった。なのに、やっぱり罪悪感はね、あるんだよ。

皆が怒ってくれるから怒りはないけど。ただただ悲しい」

成瀬の胸元に顔を埋《うず》めて、千尋は心情を吐露《とろ》する。

残酷になり切れない故《ゆえ》の苦悩に加え、立場上それを表に出せない。今回の決断は圧《お》し潰《つぶ》されそうなほどの重圧として、千尋にのしかかっていた。

◆◆◆

家を出たレオは、外に待機していた鬼澤と一緒にジュリアーノが待つ車に乗り込んだ。

車が静かに発進し、高速の入り口を抜けて都内を離れる。

次第に人工の光が少なくなり、逆に月と星々の輝きが増していった。

「千尋は大丈夫だったかね？」

「信頼できる男に任せましたから、彼なら千尋も安心して休めるでしょう」

「では我々は我々の仕事をしようじゃないか」

ニヤリと笑ったジュリアーノは車を降り、先に到着して準備をしていた者達を見て感嘆の声を上げる。

暗闇の中、レオ達が到着した所だけ、煌々《こうこう》とライトが焚《た》かれていた。その横には軍用車両がずらりと並んでいる。

拠点として張られた天幕の中では軍服を着た者達が忙《せわ》しなく準備を進めていて、よくこの短時間で準備したものだとレオを感心させた。

準備をする者達を眺めていると、一人の将校が駆け寄ってくる。彼に誘導され奥に進んだところ、通信兵が何も言わずに受話器を渡してきた。

『やあレオ、今夜のショーは随分楽しいことになりそうだね？』

電話の主にレオは僅《わず》かに目を見開いたが、すぐに気を取り直し背筋を伸ばす。

「ご無沙汰しております大統領、多大なるご配慮感謝いたします」

『我らが千尋のためだもの、当然じゃないか！　武器も選《よ》り取《ど》り見取りだからね、好きに使ってくれてかまわないよ。その演習場も好きにしていいってさ！　いやぁそっちの防衛大臣も中々やるね、流石《さすが》は千尋だよ！』

千尋の家族への制裁のためだけにこれだけの人員と物資、場所まで提供されるなど、考えられないことが実際に起きていた。この状況に、レオは改めて千尋の人脈とその崇拝され度合に驚く。

千尋が別室に下がった後、家族の処遇について鬼澤達と話し合ったわけだが、どう考えてもあの場だけで決断できるような事柄ではなかった。鬼澤はすぐさま他のパトロン達に意見を求め、その結果、これほど大掛かりな事態へ発展したのだ。

今まで語られることのなかった千尋の家族に関する事柄がレオの口から語られ、それに加えて今回の出来事を聞かされ、千尋を崇拝する者達が黙っているわけがなかった。

傍《そば》で話を聞いていたジュリアーノが怒りのあまり、持っていたグラスを手で割ったくらいだ。

場所や武器の使用などが淡々と決まっていく。揉《も》めたのは制裁の内容と方法で、千尋の家族を憂《うれ》う者など誰もいなかった。

千尋を崇拝しているからとて、普通であればここまではしない。

中にはジュリアーノのような熱狂的な運命の女神信者もいるが、だからこそ、そこまでの域に達していない人々への〝千尋に手を出したらどうなるか〟という見せしめと牽制《けんせい》が含まれているのだ。

最終的に、千尋がこれまで仕事をしてきた相手ほぼ全てが同時視聴する前代未聞の殺戮《さつりく》ショーの開催となった。


暗い場所に長時間押し込められていた千景は、乱暴に床に転がされた。徐《おもむろ》に目隠しを外され周りを見る。

傍《そば》に同じように猿轡《さるぐつわ》を噛まされ手足を拘束された両親がいた。

四方をコンクリートで囲まれた部屋の中は薄暗く、湿気と埃臭《ほこりくさ》さが漂《ただよ》っている。

状況がまったく分からずお互いを凝視していると、強く手を叩く音が響いた。

音のほうでは、迷彩服に身を包んだレオとマドノと呼ばれていた男が、千景達を見下ろしている。

嫌でも普通ではないと分かる状況に両親は困惑と恐怖の表情を浮かべ、千景は状況を察して絶望感に包まれた。

そうこうしているうちに千景の猿轡《さるぐつわ》が外される。周りにいた男たちに体を押さえつけられ、腕にチクリと痛みが走った。男は注射器を持っていて、体に何か入れられたことは明らかだ。

恐怖に震える両親達も数人の男に押さえつけられ針を刺された。

「なんなのよあんた達！　こんなことをしてただで済むと思っているの⁉　それに貴方、千尋と一緒にいた人よね⁉　どうなってるのよ！」

　恐怖で金切り声を上げる母親に、千景は下手に刺激しないでくれと願わずにはいられなかった。それを冷めた目で見ていたレオが口を開く。

「お前達が千尋にしてきたことは決して許されることではない。千尋の価値が分からず虐《しいた》げる人間は、たとえ彼の家族であっても許されない。これは世界の総意だ」

「世界の総意だと⁉　何を馬鹿げたことを！」

「では自分達の目で確認してみるといい。そして千尋という人間が、この世界にとってどれだけ重要な人間かを脳に刻み付けるんだな」

　瞬間、大きなモニターに電源が入る。そこに映し出されたのは、誰もが見たことがあるであろう各国の首相達や、あらゆる国の権力者達だ。

　千景はその光景を目の当《ま》たりにして驚愕《きょうがく》する。

　何故《なぜ》こんな名立たる人々と千尋が交流を持っているのか。

　暴力団の屋敷に連れていかれ、危険な連中と関わりがあることは分かった。

　しかしそれにもかかわらず、モニターに映る面々とも付き合いがあるのはどうしてなのか。千景には理解ができない。

『やぁ君達、私はブライアン・ミラー。私のことは知ってるだろう？　本来なら君達の国のトップがいいのだろうけど、些《いささ》か荷が重いだろうから私から説明しようね。さっきレオが言っていた通り、君達の千尋への仕打ちは許されないことだよ。そして君達へ下される制裁は、ここに映る面々を見ても分かる通り、世界の総意だ。これから君達には、そこにいる彼らと鬼ごっこをしてもらう。彼らはプロだし君達なんてすぐに捕まえてしまうだろうけれどね、それだと些《いささ》か面白みに欠けるし、ショーとして成立しないだろう？』

いつもテレビに映っている爽《さわ》やかな顔ではなく、見たこともない残忍な表情をするブライアンに千景も両親も声が出せなかった。

『君達はただの一般人だからね、体力がすぐに尽きてしまってはお互いに困る。そうならないように薬を打たせてもらったよ。では話はここまで、精々頑張って我々を楽しませてくれ』

ブライアンが話し終わると、周りにいた男達によって千景達の手足の拘束が解かれる。

「こんなこと冗談でしょう⁉　許されるはずがない！」

まだ事態を完全に呑み込めない父親はモニターに駆け寄り、画面の向こう側へ助けてほしいと懇《こん》願《がん》する。だが皆にこにこと笑うか、無表情で眺めているだけで、何も言わない。

そこでやっと味方はいないのだと悟ったのか、父親は力なく崩れ落ちて嘆《なげ》き始めた。母親は茫《ぼう》然《ぜん》自失といった様子で、モニターを眺めるばかりだ。

そこに突然、バンッと大きな音を立ててドアが開け放たれた。どうするべきかと千景が躊躇《ため》らって

いると、レオが言葉を発する。

「早くこの部屋を出たほうがいいぞ？　どんな形であれ生き残りたいんであればな。お前達に投与された薬は、痛みと疲れをまったく覚えさせなくするものだが一つ難点があってな。一定時間内に

解毒剤を打たなければ、忽《たちま》ち毒素が巡ってあちこちから血を噴き出してもがき苦しむんだ。もし日の出まで生き残れたら、解毒剤を投与しよう。借金もチャラだ」

生き残れる方法があるのかと、千景は目を見開いた。

僅《わず》かでもチャンスがあるならば、それに賭けるしかない。

こんな目にあわせてくれたあのお高く止まった弟を、今度は他人の手を借りずにこの手で葬《ほうむ》り去《さ》らなければ、千景の怒りは収まりそうになかった。

彼はよろよろと立ち上がる。

思っていたより体は動き、昼間受けた頭の痛みはいつの間にか消えていた。

なるほどこれが薬の効果かと思うと同時に、それならば解毒剤を打たなければ出るという症状も本当なのだろうと恐怖が募《つの》る。

少しずつ軽くなる体を確認しつつ、千景はゆっくりとドアに向かった。

「千景っ、一体どこに行くの⁉」

母親が突然、千景の服の端を掴み歩みを阻止する。

「どこって、さっきそこの男が言ってただろ？　日の出まで逃げ続けないと死んじまうんだぞ？」

「そんなの嘘に決まってるじゃない、はったりよ！」

こんな状況なのにそんなはずがないだろうと、千景は母親を冷たく見下ろした。

千尋だけが被害者のように振る舞っているが、千景とてこの両親に苦しめられてきた一人だ。むしろ、千尋は幼少期は両親に大事にされていた。物心ついた時から疎《うと》まれ続けた千景とは違う。

Ω《オメガ》である千尋を共通の敵とし矢面《やおもて》に立たせることでやっと、両親は千景を認めてくれたのだ。

この両親さえいなければ、こんなことになってない。友人の口車に乗せられ投資を始めた父と、怪しいセミナーに入りびたりよく分からない調度品を買い始めた母。先に借金を作ったのは両親だ。

未だ状況を理解しない母親に千景は笑いかける。

それを見た母親が一瞬、安堵《あんど》の表情を浮かべた。

「じゃぁそのまま死ねよ。俺は絶対生き残るからさ」

けれど息子が放った言葉に、絶句する。彼女を鼻で笑った千景は一人ドアを抜け、走り去った。


部屋に取り残された両親はその場から動けず、座り込んだまま千景が出ていったドアを眺めていた。

「兄はやっぱり先に行きましたね。さあ、貴方がたも早く行きましょう?」

マドノが手慰《てなぐさ》みにくるくると回していたナイフを懐《ふところ》にしまいながら、人好きする笑顔で優しげに話しかける。両親達は少しだけほっとしたような顔をした。

どこにほっとする要素があるのかとレオは思わずにはいられない。マドノは自然に彼らを千景が出ていったのとは別のドアへ誘導している。

「貴方がたの息子さんは本当に酷《ひど》いですね。実の両親を簡単に見捨てるなんて。でも安心してください、先程までのはただのはったりで、実は試しただけなんですよ」

不安そうに周りを見回していた両親の表情がやわらぐ。さも、マドノの言葉が本当であるかのように部屋にいる男達も優しく笑んだ。

ゆっくりと開けられたドアの先は外に繋がっており、木々のない荒い地面が広がる。そして、遥《はる》か先に煌々《こうこう》と光る場所がポツンとあった。

「あの光が見えますか？　あそこまで行けば、お二人はここから救出されます。私達は追いかけませんし、簡単でしょう？」

マドノの言葉に希望の光を見たのか、途端に二人が目を輝かせる。

「では、さっき打たれた薬も嘘なのか？」

「えぇそうですよ、アレはただのビタミン剤ですから」

「ああ、ほらやっぱりそうなのよ。馬鹿ね、あの子ったら。私達みたいに大人しくしていれば良かったのに！」

途端に威勢が良くなる母親を心の中で嘲笑《あざわら》い、レオとマドノは早く行くように二人を促《うなが》した。彼らはレオ達にお礼を言って走っていく。

「あっははは!!　見ましたかレオ、あいつら私達にお礼まで言って行きましたよ!?　とんだお花畑ですねぇ！　思考を鈍《にぶ》らせる薬の効果がばっちりじゃないですかぁ！」

両親達の姿が見えなくなると腹を抱えて笑い出すマドノに、レオはやれやれと首を横に振った。

ジュリアーノ同様、マドノも千尋を崇拝する狂信者の一人だ。若いながらもジュリアーノの右腕として君臨するこの男はやはり普通ではなく、その残虐性は世界中に轟《とどろ》いている。

未だ笑い続けるマドノをよそに、レオは兵士達に軍用犬を連れてくるよう指示を出す。

「あ、待ってくださいレオ！　薬はほら、これをドン・ジュリアーノからいただきましたから、こっちを使いましょうよ、ね!?」

兵士が連れてきた軍用犬に薬を打とうとしたところ、マドノからストップがかかる。

彼が懐《ふところ》から取り出したバイアルの中身は、紫に色付いていた。

見ただけで危ないと分かるそれに、レオは片眉を吊り上げる。

「それは？」

「興奮し、疲労がなくなり、痛みも感じない。飢餓《きが》状態になり、血に誘われ獲物を地の果てまでも追い掛け回せる。そんな薬です」

「まるでゾンビだな？」

「あながち間違ってませんよ。ソルジャーが少人数しか使えない時に使うんですけどね。これがまた面白くて、打ったら最後なんで使い捨てに持ってこいなんですよ！」

「はぁ……好きにしろ」

「楽しいショーの開幕ですねぇ、追《お》い詰《つ》められる地獄をたっぷり堪能《たんのう》させないと」

両親のことは舌なめずりをして恍惚《こうこつ》とするマドノに任せ、レオは千景を追い込むことにした。


コンクリートで建てられた冷たく無機質な建物を出た両親は、月と星明りに照らされる中、足場の悪い道を歩いていた。

千尋は小さい頃から親の言うことをよく聞く大人しい性格の子供だった。そんな千尋がまさか危険な連中と関わりがあるなど、二人は思いもよらなかったのだ。

「お父さんちょっと待って、足が痛いわ」

自宅のリビングに突然押し入られ、着の身着のままで連れてこられた二人は、靴を履いていない。整地されていない道を歩くのはとても辛《つら》く、抜け出した建物からもまだ然程《さほど》離れていないのに、既《すで》に二人の足は石で傷つき血が流れ始めていた。

着ていたシャツを包帯代わりに足に巻き付け、再び歩き出す。同時に、サイレンの音が辺りに響く。

暫《しばら》くして鳴りやんだサイレンに胸を撫《な》で下《お》ろしていると、今度は複数の遠吠えが聞こえてきた。

「野犬かしら……こっちに来るわ！」

「さっきのサイレンに反応したのかもしれない、逃げるぞ！」

走り始めた二人は、更なる恐怖に突き落とされる。

走る先や、その後方で、タイミング良く爆発が起こるのだ。

犬に追いかけられる恐怖と爆発に怯《おび》えながら、しかし立ち止まることもできずに二人はひたすら逃《に》げ惑《まど》う。

「あっ！」

その時、どさりと倒れ込んだ妻に、夫は腹立たしさを覚えた。

彼女の足の裏には先端の尖《とが》った枝が刺さっていて、歩くのは不可能そうだ。

背負って走るなどできるわけもない。しかしこのまま立ち止まっていれば、犬達に追いつかれるか、爆発が近くで起きるかもしれなかった。

妻は目に涙を溜め夫を見たが、それを見る夫の視線は酷《ひど》く冷たい。絶望に塗れた妻を振り切るように夫は走り去った。

妻が地面に倒れ込んでいると、背後から複数の足音が聞こえてくる。彼女はあっという間に犬達に取り囲まれ、一斉に足に腕にと噛みつかれた。

牙が肉を抉《えぐ》り、骨がむき出しになる。どれくらい時間が経ったのか、不意に指笛の音が響き、犬達はやっと離れていった。

「まぁこんなもんですかね。では次の所に運んでください。あぁ、ちゃんと薬は打っておくんですよ」

服の襟《えり》を無造作に掴まれ引きずるようにして運ばれる妻は、何も言葉を発することができなかった。

「貴女には感謝していますよ。千尋という掛け替えのない存在をこの地に産み落としてくれたんですから。ですが、こんな女の胎《はら》から生まれたなんて、千尋が哀れでなりません」

一方、妻を置き去りにした夫は、暫《しばら》くして闇夜を劈《つんざ》く叫び声を聞いて足を止めた。込み上げてくるものを全て押し込め、再び光に向かって走り出す。だが目指すはずの光は消えていた。

辺りを見回してもどこにもない。

再び遠吠えが響き渡り、焦《あせ》りが一気に噴き出した。慌てて走るが、すぐ近くの地面が爆発する。

どこを走ろうともついてくるそれに怯《おび》えていると、今度は銃声まで聞こえ弾が体を掠《かす》めていった。

体力が限界を迎えその場に転倒する。すかさず犬達に囲まれ、食いつかれた。

こんな場所で死ぬのかと意識が遠のく寸前、犬達が動きを止めマドノが姿を現す。

「妻を見捨てるなんて貴方、男ですか？　普通は自分が盾になってでも、妻を逃がすものでしょうに」

マドノは深い溜息《ためいき》を吐《つ》いて男を蹴る。恐怖に体の震えが止まらない。そんな男を見て、マドノがにやりと凶悪な笑みを見せた。

「――まだまだこれからですよ？　楽に死ねるなんて思わないことですね」


両親達を見捨てた千景は、殆《ほとん》ど灯《あかり》がない不気味な建物の中を進んでいた。

途中でいくつかドアを見かけたが、どれも鍵が掛かっている。窓も全て塞《ふさ》がれていて外には出られそうにない。

おかしなことに、いくら歩いても建物の端に辿《たど》り着《つ》かず、何回か曲がり角を曲がっても変わらない景色が続いた。

いつレオ達が追いかけてくるのかも分からず、徐々に焦《あせ》りが募《つの》っていく。

目をつぶり恐怖を抑えようと息を深く吐いていると、ゴリッと音がして後頭部に何かが押し付けられ、千景は目を見開いた。

「なんだ、まだここまでしか来てなかったのか？　こんなに早く追いつくとは予想外だな」

真後ろから呆れを含んだ低い声が聞こえ、動くことも振り返ることもできなくなる。

声の主はレオだ。

千景はレオがこんな至近距離に来るまで一切気が付かなかったことに恐怖する。

動けずにいる千景の後頭部から銃口を離したレオは、スパイクが付いた銃床で側頭部を打ち付けた。

千景の視界が一瞬真っ黒に染まるが、すぐに元に戻る。反動で床に転がったがしかし、痛みはない。

殴られた場所に手を当てると、ぬるりとした感触があり、べっとりと血が付いた。だがまったく痛みがないのだ。

「言っただろう？　痛みが完全になくなると」

床についていた千景の手に銃床が振り下ろされ、鈍《にぶ》い音と共に肉が潰れ骨が折れる感覚がした。

それなのに、レオの言う通り痛みはなく、脳が混乱する。途端に千景は気持ち悪くなった。

◆◆◆

話は少し遡《さかのぼ》る。レオは走り出した千景をすぐさま追うことはしなかった。

彼がどんなに逃《に》げても、監視しているので、捕まえることなど造作もない。勿論《もちろん》、千景を監視していなくとも、閉鎖されているこの建物から出られるわけがなく、特殊任務に従事していたレオにはこのミッションは簡単すぎた。

しかし簡単な終わりは誰も望んでおらず、それはレオも同じだ。

あの両親と兄のおかげで今の歪《いびつ》で美しい千尋ができ上がった。千尋のその部分に惹《ひ》かれているレオはとても感謝しているが、それとこれとは別だ。

彼らが千尋にしてきたことは許しがたいものばかりだ。特に千景はα《アルファ》達に千尋を襲わせようとし、売ろうとさえした。細々とした嫌がらせは日常茶飯事だったと千尋は言っていたし、成瀬からも聞かされた。

千尋の心に常にナイフを突きつけ切り刻んできたのは、千景だ。さも自分が被害者だという体《てい》で千尋を傷つけるが、くだらない劣等感とそこからくる苛立《いらだ》ちを発散しているにすぎず、ただの八つ当たりだ。

千景の行動は限度を超えていた。

哀れなβ《ベータ》だと思わなくはないが、そんな人間なんてこの世界にはごまんといる。

人は生まれながらに明確な能力差がある。それを生かすも殺すも己次第だ。

α《アルファ》とてそれは変わらない。惰性で生きている者の中にはβ《ベータ》と変わらない者が多かった。

常に己を高める努力を怠《おこた》らなかった者だけが更に高みへ行ける。

千尋はΩ《オメガ》にしては物凄《ものすご》く優秀で、生まれながらにα《アルファ》に近い能力を備《そな》えているのだろう。しかし今の力は元々の能力を自身で伸ばした結果にすぎない。

上流社会に身を置くα《アルファ》達と対等に渡り合うなど、努力していない者にできるはずがなかった。

一般家庭に生まれた千尋が、自分の力であの世界を渡り歩くためにどれほどの時間をかけ、どれほどの努力をしたのか。

そしてそれは未だに続いている。本に埋もれて寝落ちする千尋を、レオがベッドに運んだことは一度や二度ではない。

比べて、千景がそこまでの努力をしているかと言えば、そうではないだろう。成瀬が過去に集めていた情報によると、全ての不幸の原因を自身のバース性のせいにして努力から逃げていた。

――本当にくだらない。

レオは千景の千尋に向ける感情を一蹴《いっしゅう》する。

「上手《うま》く始末したら、千尋は褒めてくれるだろうか」

レオは腕時計から視線を外し、千景の居場所をインカムで確認する。そして、ゆっくりと追いかけ始めた。

精神を削り取るように、じりじりと千景を追《お》い詰《つ》めていく。

千景は長時間に亘《わた》る恐怖と、一向に痛みを感じないことへの混乱で、とっくに正気を失っていた。ただただ湧き上がる恐怖心で逃《に》げ惑《まど》う。

追いかけるレオは千景に追い付いても危害を加えなかった。絶妙な銃さばきで彼の体を掠《かす》めるように銃弾を飛ばす。

「足の腱《けん》が切れたか？　では次のお楽しみと行こうか」

長時間の鬼ごっこは、千景の足が物理的な限界を迎えたことで幕を閉じた。

レオの後ろについてきた男達が千景の服の襟《えり》を掴み、ズルズルと引きずって建物の更に奥へ運ぶ。

レオが重く分厚い扉を開けた瞬間、耳を劈《つんざ》くような悲鳴が鼓膜を刺した。

血肉と強い酸の混ざり合った強烈な臭いが部屋に充満している。

しかし千景を引きずっている男達もレオも、この臭いに動じることなく、淡々とオレンジのランプが不気味に照らす部屋の奥に進むだけだ。

「やぁレオ！　やっと来ましたね、こちらはいい具合にでき上がっていますよ！」

「何をやってるんだ？」

「弱い酸に浸《つ》けてるんですよ。コレ私も昔やられましてね、傷がじわじわと痛んで最高に嫌な気分になるんですよねぇ」

マドノはニコニコしながら革手袋を外し、「ほらね？」とレオに見せてきた。その手は皮膚が爛《ただ》れ引《ひ》き攣《つ》れている。

「犬達に食わせて爆破じゃなかったのか？」

「それだけじゃつまらないでしょう？　ショーの見栄え的にも追いかけっこはしましたけど、やはり千尋が受けた心の痛みを思うと、それだけで終わらせるのは忍びなくて。貴方もそうでしょう？」

「そうだな。私もコレを簡単に死なせる気はない」

ちらりと千景を見ると、目を限界まで見開いて悲鳴の先を見ていた。視線の先にいるのは酸に浸《つ》けられ絶叫する己の親だ。

動けなくなった千景を男達が椅子に座らせる。体をがっちりと固定され、身動き一つ取れない状態にされた千景は、再び腕に薬を打たれた。

「ここから先は、痛みがないままだと面白くないからな」

にこりと冷たい笑みを口の端に浮かべたレオは、ペンチを手に取った。ひっと小さく悲鳴を上げた千景などお構いなしに、ゆっくりと時間をかけ、固定された手から一枚一枚丁寧に爪を剥《は》がしていく。

「どうしたらお前を千尋が望むように殺せるかずっと考えていたんだが……」

薬が回り、今まで感じなかった痛みが急激に脳に訪れたらしく、徐々に悲鳴の音量を上げていく千景。レオは彼をちらりと見るが、すぐに視線を元に戻した。

「そもそも千尋は殺しなんか考えない。私達とは違うからな。本来ならそんな決断すら負荷が掛かるというのに、お前達が大人しくしていないから千尋のストレスが増えるんだ。まったく余計なことをしてくれる」

痛みで千景の顔がぐちゃぐちゃになっていく。それでもおかまいなしに拷問は続けられた。

「お前達が長年千尋を苦しめたように、じわじわと苦しめるのは私も大いに賛成なんだが、千尋は私の兵士としての顔を知らない。あぁ、帰ってからのことを考えると胃が痛い。今思う存分お前を甚振《いたぶ》っておかなければ後悔しそうだ」

爪が剥《は》がされ剥《む》き出《だ》しになった肉の表面に、マドノから手渡された液体を掛ける。弱い酸がじわじわと内側に染み込み、肉を溶かした。

「これで千尋に嫌われたらどうしてくれる？　怯《おび》えられたらどうしてくれるんだ？　私は千尋に堕《お》とされたいのに、千尋がそうしてくれなくなったらどうしてくれる」

どろりと淀《よど》む目でレオが問いかけても、千景は悲鳴を上げるだけだった。

全てが終わる頃には既《すで》に日が高くなっていた。

三人の遺体は跡形も残さないよう処理され、ショーを観ていた人々は満足したようだ。

千尋の護衛としてのレオの能力を疑問視していた者達は、彼に賞賛を贈る。だが、レオの心は晴れない。

彼は上機嫌のマドノ達と別れ、基地に向かう。予《あらかじ》め用意されていた殺風景な部屋で、レオはすぐさま熱いシャワーを浴びた。だが何度洗おうと、千景やその親達の死の臭いが纏《まと》わりついているようで落ち着かない。

普段は入らない湯船に湯を張り肩まで浸《つ》かったものの、やはり気分は変わらなかった。こんな気分になったのはいつぶりだっただろうかと、レオは古い記憶を思い起こす。

軍に入り初めて戦場で人を殺した時だったか、それとももっと前、自身の親を殺した時だったか。どちらの時も皮が剥《む》けるまで体を洗ったが、纏《まと》わりつく死の臭いはとれなかった。

他人には分からないその匂いは、心因性のものなのだと理解しているが、どうしても気になる。こんな状態で千尋のもとに戻るわけにはいかない。死の臭いを纏《まと》うレオを受け入れてもらえなかったらと思うと、足が竦《すく》む。

スマホから成瀬にメッセージを入れ、レオはベッドに深く潜《もぐ》り込み目を閉じる。

千景と両親を消せば千尋の憂《うれ》いが一つ消え、安心して生活できるだろうとレオは考えていた。

彼らの行いを考えれば殺されるのは当然で、正しいことだと。

だが千景を追《お》い詰《つ》めている時、いとも簡単に他人を追《お》い詰《つ》め殺せる自分を千尋は受け入れてくれるのかと、不安が過《よぎ》ったのだ。

千尋はレオが特殊部隊の軍人だったと知っている。任務の内容も言える範囲で教えていたが、詳細な内容は話していない。

人を、しかも両親と兄を殺してきた男と一緒にいたいと、果たして思うだろうか？

そもそも千尋は望んで両親や兄の殺害を決断したわけではない。

今後仕事やパトロン達にかかる迷惑を考えての決断だ。

彼らが千尋と距離をとっていれば、そんな決断をしなくて済んだはずなのだ。

殺意を感じたことのない千尋が、実際に彼らを殺したレオを怖がらない保証はどこにもない。

そのことに思い至り、千景を追《お》い詰《つ》めている間、レオは胃が痛くて仕方がなかった。こんなに悩まなければならなくなった原因である彼らに対し、新たな怒りが込み上げてきたほどだ。

もし千尋に嫌われ避けられ怯《おび》えられたらと、拷問中もそればかりが気がかりだった。

千尋がレオを底まで堕《お》とすことなく、目の前からいなくなるかもしれないという恐怖が湧き上がる。

鬼澤やジュリアーノに、千尋は荒事に慣れていないと言ったのは、レオ自身であったのに。その荒事をやってきた人間を、好いたままでいてくれることなどあるのだろうか。

仕事上、裏の人間とも関わりがある千尋だが、それは瞬間的なものだ。

裏の人間を非難することも怯《おび》えることもないが、それは彼の領域に踏み込んでこない者達だからだ。

既《すで》に千尋の領域に足を踏み入れているレオを、どう思うかまでは分からない。なにせ比較対象が成瀬しかいないのだから。

グルグルと思考の渦《うず》に嵌《は》まり込んだレオは、真っ暗な部屋で睡眠薬を呷《あお》り、再びベッドに潜《もぐ》り込んだ。

さほど効く体質ではないのだが、飲まないよりマシだ。

千尋のフェロモンに包まれればすぐさま安定するだろうだが、その千尋は今、傍《そば》にいない。

深い眠りに落ちたレオは数十年ぶりに幼少期の夢を見た。


――世界的にも有名な大都市の端。

その区画はその街の汚点ともいえる場所だった。そんな場所にある古ぼけた三階建ての建物の一番奥の部屋がレオと両親の家だ。

偶然できてしまったレオを両親は持て余していた。

父親は定職についてはいるものの低賃金で、親子三人で暮らすには無理がある。母はふらふらと出ていって帰ってくる日は少なかった。

レオは発達が早く、すぐに言葉を覚えて話し、物事を理解した。

けれど、ベビーシッターを呼ぶ金など、あるわけがない。両親が留守の間、レオはつけられたままのテレビに噛《かじ》り付《つ》き知識を蓄《たくわ》える。

両親の愛情がレオの中に溜まることはない。

お前は異常だと母から言われ、テレビで見た普通の子供のように振る舞ってみたこともある。けれどもレオが期待した、ホームドラマで見かける愛情が与えられることはなかった。

しかしレオは諦められない。何故《なぜ》なら、テレビの中には常に愛が溢れていたからだ。きっと両親にもあるはずなのだと、疑いもしなかった。

そんなある時、父親が車に轢《ひ》かれた。少なくない賠償金が入ってくると、足が不自由になった父親は痛みに苦しみ、効きは良いが依存性が高い鎮痛剤を飲むようになる。母親は相変わらず、家にはあまり寄り付かなかった。

そんなことはレオの住んでいたその区画ではよくあることだ。両親が揃っていて、家があるだけまだましで、幼児が育児放棄されていても誰も不思議に思わない。

外では、あちこちにゴミが散乱して異臭を放ち、道端には家もなく彷徨《さまよ》う人や、薬が切れてゾンビのように動かない者、道端で寝転がる者達もいる。

そんな場所で幼すぎるレオが生きていることは珍しく、ある意味、α《アルファ》としての能力の開花が早かったせいで死に損なっているとも言えた。

レオが五歳になった頃には両親は立派な薬物中毒者になり果てていた。申し訳ほどしかなかったレオへの関心は完全になくなる。彼らは簡単にレオを見捨て、ひたすら自分達の快楽を求めた。

知らない人達が家に入ってくることが増え、両親は人間としての思考を段々失っていく。赤ん坊だった頃はまだ綺麗だった家の中がどんどん荒れていき、外の汚さと変わらない有様《ありさま》。

おかしくなっていく二人を見続けながら、見捨てられたことを自覚していても尚、レオは両親からの愛情を求めた。一度も貰ったことがないそれに執着していたといっても過言ではない。

ある日、家に来ていた男達が、両親から薬を奪いとり銃で撃った。致命傷にはならず、薬が痛みを快楽に変換し、二人は夥《おびただ》しい血を流しながらケタケタと笑い声を上げる。

その内、笑い声が聞こえなくなり、二人の目から光が消えた。レオはそれが死んだということなのだと理解する。

助けもせず、ただただ血の臭いが満ちる部屋で事切《ことき》れるまで見守っていたのだから、二人はレオが殺したということになるのだろう。

終《つい》ぞレオは両親から愛情を貰えなかった。

部屋は血の臭いとゴミの臭いで満たされ、死がレオを取り囲んでいた。

満たされなかった感情に蓋《ふた》をしたレオは、この街から一刻も早く逃げ出したくなる。

まだ空は明るく、その日は丁度火曜日で、警察がこの区画を巡回に来る日だ。レオは家を出て警察の姿を探した。

この街では、銃声が聞こえようが子供が一人で歩いていようが、見向きもしない。自ら求めなければ、誰も助けてくれないのだ。

無事に警察に保護されたレオは、自身の名前を聞かれても答えられなかった。何故《なぜ》なら両親はレオに名前を付けてくれなかったのだ。

〝名前は両親から贈られる最初の愛情と贈り物〟とテレビでは言っていたが、それすらレオにはない。

レオという名前は、調書を書く時に困ると警官が言うので自分でつけた。それはいつかテレビで見た、両親から愛されていた子供の名前だ。

その後レオは施設に預けられる。出生届すら出されていなかったレオだが、特に問題はなく、その施設で数年を過ごした。

そこでの暮らしは可もなく不可もなく。早く自立するために兵に志願し、レオは早々に施設を出た。

レオにとってそれはいい選択だった。

それからはひたすら訓練を受け、若くして戦地へ赴《おもむ》き、初めて自分の意思で人を殺した。血の海に横たわる姿が両親の最期と重なり、死の臭いに怯《おび》えた。

だが、何度か任務を熟《こな》す内に何とも思わなくなる。

そして、初めて千尋に会い、あの感情を知る。

レオは千尋ならば、心を満たしてくれるのではないかと思った。

幼い頃に求めたものとは違うが、運命の番《つがい》を利用し成瀬を手に入れた千尋なら、最底辺まで堕《お》ちたレオを手放さず、ドロドロに煮詰《につ》めたもので満たしてくれるのではないか、と。

簡単にレオを手放した両親とは違うのではないか、と。

神聖さの中にある歪《いびつ》で美しいもの——千尋に従属できれば、きっと素晴らしいに違いない。

レオは千尋に黒く美しい光を見出していた。

だがまだレオは堕《お》ち始《はじ》めたばかりで、千尋の領域に入ってはいるが、確定ではない。謂《い》わば試用期間中のようなもので、レオが手を離さなくても、千尋が手放すことは充分にあり得る。

——眠りから目覚めたレオは重い痛みが走る頭を抱え、涙を流した。

もう光を見つける前には戻れない。もし千尋がレオの手を離してしまったら、一体どうすればいいのだろうか……

◇　◇　◇

レオが千尋のもとから離れ二日目。その日は朝から黒く分厚い雲が空を覆《おお》い、激しい雨と風が窓に打ちつけていた。

次の日には帰ってくると思っていた千尋は、成瀬からレオの帰宅が次の日になると聞いて、少しの寂しさを覚える。

まだ出会って半年に届かないくらいの付き合いだが、常に一緒だった人間がいないというのは寂しいものだ。そう思う程度には、千尋はレオに慣れていた。

そんなレオに兄と両親の処遇を託したことに後悔はない。

レオならば千尋が言わずとも、するべきことを分かっているだろうし、パトロン達の考えや要求も難なく熟《こな》すだろう。

そして、土砂降りの雨の中、レオが帰宅した。その姿を見て千尋は安堵《あんど》する。

「お帰りなさい。それと、ありがとうございました。疲れたでしょう？」

「……いや大したことはなかったから大丈夫だ」

いつもは目を合わせて話すレオが、千尋から視線を外し、隣にいた成瀬に話しかけた。

「成瀬、頼まれていたやつだ。観たら気分が悪くなると思うが……大丈夫か？」

「ダメそうだったら音声だけでも聴くさ。さて、俺も仕事に戻らなくちゃね」

成瀬は休んでいた仕事に行くため千尋の家をあとにした。

千尋とレオだけになるが、レオは口を開こうとはせず、手を固く握り締めてソファに座っているばかり。

「レオ、大丈夫ですか？」

床に膝をつき下からレオを覗き込むと、淀《よど》んだ目を揺らすレオと視線が合った。

「兄達のことで何かありましたか？　嫌なことを言われたとか？」

「何もない」

「では、パトロンの方達から何か言われましたか？　もしそうなら、私から抗議しますが」

「それもない」

「では、どうしたんですか？」

するとレオは、不安そうに様子を窺《うかが》いながらぽつぽつと話し出した。

「千尋が私を怖がるのではないかと……制裁を加えることに不安はまったくなかったんだ。千尋の憂《うれ》いを消し去るべきだと。だが、時間が経つにつれて、もしかしたらこんな惨《むご》たらしいことを躊躇《ためら》いなく実行できる私は、千尋に嫌われてしまうのではないかと……」

大柄な体を縮こまらせて言うレオに、千尋は目を丸くする。淡々と仕事を熟《こな》す彼が、まさかこんなことを考えるとは思わなかった。

軍人であった彼を怖いと思ったことはない。経歴から今までどんな仕事をしてきたかなど、容易に想像できる。

何故《なぜ》、不安がるのだろうか。きっと自分の知らない事情があるはずで、千尋にはそれを聞く権利があるはずだ。

「レオ、全て話してください」

千尋に優しく促《うなが》されたレオは、話し始めた。

その話を聞きながら、千尋は漸《よう》くレオが堕《お》ちたがる理由を知り、不安の原因を理解する。

千尋には明確な境界線があり、その内側には成瀬しかいなかったわけだが、レオにはそこに踏み入ることを許していた。

それは千尋がレオと関わる中で、成瀬と同じように堕《お》ちてくれる可能性を見出していたからだ。

何故《なぜ》そう感じたのか分からなかったが、レオの過去を聞いて納得した。

幼い頃に求めた愛情が終《つい》ぞ手に入らなかったことでレオの感情はずっと燻《くすぶ》っていたのだ。

それが千尋の内側を覗き、千尋と接する成瀬を目《ま》の当《あ》たりにしたことで、這《は》い上がってきたのだろう。

レオの感情は、求めていた幸せが手に入ることはないと悟った時の千尋の感情と近い。ここまでの関わりの中で、同族の匂いを感じていたのかもしれなかった。

愛情なんて酷《ひど》く脆《もろ》いものでは物足りない。

だが、強い感情を持つ人間は少ないし、ましてやその感情が同じベクトルで同じ熱量と仄暗《ほのぐら》さをしているとは限らなかった。

ある意味この巡り合わせは運命と言えるのではなかろうか。

運命の番《つがい》などという動物の本能のようなものではなく、より人間的で理性的なもの。

――なんて素晴らしいのだろうか。

成瀬に求めたものとは違う。埋めることができずにいた空虚な部分を埋めうる存在が今、千尋の目の前にいるのだ。

ずっと追い求めていた、運命以外の強固な感情を持つ者が目の前にいるというのに、自ら手放せるはずなどない。

レオを堕《お》とさなければと、強く思う。その感情は今までにない、より深くより強い感情だ。

言い知れぬ幸福感で満たされた千尋は、言葉の代わりに熱い歓喜の涙を流す。

それは運命の番《つがい》に出会ったα《アルファ》のようであり、しかし、それ以上に美しく暗く輝く光。千尋とレオにしか分からないであろう光だ。

「レオを怖がることも嫌うこともありませんよ、私は……私はレオが欲しい」

外は依然、嵐のような有様《ありさま》で、窓を叩く雨風の音が強くなる。しかし、二人には聞こえなかった。

手を絡めながら二人は寄り添い、互いの体温を確かめる。

ゆっくりと溶け合うように、お互いを確認するように、長い抱擁《ほうよう》を交わして高まる熱を落ち着かせていく。

ゆっくりと体を離した時、千尋は涙を流したままだった。

「あまり泣くと目が腫《は》れるぞ、千尋」

「レオも泣いているでしょう？」

そう言って千尋はレオの顔に手を這《は》わせる。

確かにレオは涙を流していた。両親を見殺しにした時ですら出なかった涙は、赤ん坊の時を除けば初めてだ。

「千尋、名前を呼んでくれ」

「何度でも呼んであげますよ、私のレオ。だから早く、完全に私だけのものになってください」

レオの耳元でそう囁《ささや》くと、レオはこくりと頷《うなず》いた。

それを嬉しく思うと同時に、悲しみが過《よぎ》る。

ロニーが運命の番《つがい》を見つけた時のように、千尋とレオのフェロモンが溶け合い一つの香りになることは決してない。それがもどかしくて仕方がなかった。

そして柄にもなく思ってしまうのだ。

レオが運命の番《つがい》だったら良かったのに——

運命の女神である千尋が唯一手に入れられないもの——それが自身の運命だ。

だからこそ、憎らしいほど羨《うらや》ましい。

だがそれと同じくらい、長年染みついた運命への恐怖心が消えないのだ。

それ故《ゆえ》に、千尋は完全に堕《お》ちていないレオに全てを委《ゆだ》ねられない。レオが運命を断ち切るまでは、その先には進めない。

知らず知らずのうちにレオを抱きしめる手に力が入り、彼はそれに応《こた》えるように千尋の背中をゆっくり撫《な》でた。

お互いにお互いの不安は嫌と言うほど分かっているのだ。

レオは千尋を少し離すと、ホルスターからハンドガンを抜き、ズシリと重い金属の塊《かたまり》を握らせる。

「これがセーフティ、これを解除した後にここをスライドさせれば、もう撃つだけだ。簡単だろ？もし私が運命に負けそうだったら、これで私を撃って目を覚まさせてくれ。それでもダメだったら、その時は……私を撃ち殺してほしい」

千尋が手にある冷たく重い塊《かたまり》を見つめていると、レオは事《こと》もなげに言った。

「普段であれば私から銃を奪うなんてできないだろうが、ロニーが番《つがい》と出会ったあの場面を思い出すに、そうなった私から銃を奪うのなんて簡単だろう。目を覚まさせるのならどこを撃ってもかまわない。しかし殺すならここか、ここだと確実だ」

銃を持った千尋の手にレオの手が重なり、そのままレオの胸元と額《ひたい》に銃口を移動させる。

「私に貴方を殺させるんですか？」

「他の誰かじゃなく、殺されるなら私は千尋がいい」

「酷《ひど》い人ですね、抗えないことが前提ですか？」

「全力で抗ってみせるさ。私は千尋のものだし、自分がこの目で、理性で、求めた光をよく分からないものに奪われるのは我慢ならない。それがたとえ本能から求めるものだとしても、私にそんなものは必要ない」

暗く澱《よど》むレオの目は、その言葉が本心だと雄弁に語っている。銃から手を外した千尋は、困ったように笑った。

「私のものなら首輪と鑑札《かんさつ》を付けましょうか？」

「千尋がそう望むなら」

「まさか、冗談ですよ。私にそんな趣味はありません。あぁでもそうですね……」

千尋は少し考えてレオの後ろに回ると、その頸《うなじ》をゆっくり舐《な》め上《あ》げた後、思い切り歯を立てた。

皮膚に歯が食い込む痛みに息を詰《つ》まらせたレオにかまわず、頸《うなじ》についた自身の歯形に満足して微《ほほ》笑《え》み、そこに軽く唇を落とす。

「α《アルファ》がΩ《オメガ》にやる以外、意味も効果もまったくないですけど、所有印としてはいいんじゃないですか？　暫《しばら》くしたら消えるでしょうけど」

口に付いたレオの血をぺろりと舐《な》めながら言い、千尋は笑った。レオもまた、見えはしないが確実にある噛み跡に指を這《は》わせてその場所を確かめる。

「消えたらまた付けてくれるか？」

「……次に付ける時は、レオが運命から逃れた時にしましょう」

嬉しさと寂しさを綯《な》い交《ま》ぜに笑う千尋に、レオは何も言わずに頷《うなず》いた。
この感情を、この時を、この光を、レオが覚えていれば、運命に出会ったとしてもきっと抗える
はずだ。

祭典

あの嵐の日から一週間。

お互いに光を見出したが、千尋とレオの関係は今までと変わりなく、以前と同じように日々を淡々と過ごしていた。

踏み込まれるのが好きではない千尋は、レオとのほど良い距離感に安心感を覚えている。

α《アルファ》とΩ《オメガ》は、本来であれば通常の人間関係を築くことすら難しいというのに。

おかげで、千尋は変わらずに仕事を熟《こな》すことできるのだ。

そんなある日。二人は仕事でα《アルファ》以外にも様々な人が世界中から訪れる年に二度あるファッションの祭典に来ていた。

街中の至る所で開かれる大小様々なコレクションを、千尋達はタイトなスケジュールで見て回り、夜は親交を深めるためのパーティーに参加する。

千尋にとっては一番忙しい時期だ。

ホテルを出て会場まで徒歩で行くと、既《すで》に集まっていた顔見知りのα《アルファ》達が席には着かず談笑していた。千尋を見かけた面々が、笑顔で迎え入れてくれる。

「まぁ千尋、今期も会えて嬉しいわ。今日の服も似合っていてよ。どうかしら、今からステージに上がる？」

ニコニコしながら話しかけてきたのは、この会場のブランドを支援する、ミシェイル・レマだ。

元はスーパーモデルとして活躍し、引退後は若い才能を後押しする側に回っている、ファッション業界の重鎮の一人だった。

「ミシェイル、招待ありがとうございます。私はいつも通り客席から素晴らしいショーを堪能《たんのう》しますね？」

「もう、またフラれてしまったわね。千尋がランウェイを歩く姿は絶対、素晴らしいのに」

「そう思うでしょう？」とミシェイルが周りに言い、皆口々に千尋を褒めそやす。

毎度お馴染《なじ》みとなっているこのやり取りを終えると、一人の女性が駆け寄ってきた。

「ナイスタイミングね、千尋、紹介させて頂戴。彼女はキアーラ・アニエッリよ。私の後継になり得る子をやっと見つけてね、千尋にはこれから色々お世話になると思うわ」

「お若いのに大変優秀でいらっしゃるのですね、早川千尋です。よろしくお願いしますね、キアーラ」

キアーラは目をこれでもかと見開き固まっている。差し出した千尋の手が、宙に浮いたままになった。

「貴女……千尋が折角《せっかく》、挨拶《あいさつ》をしているのに！　ごめんなさいね千尋……」

「慣れていますから気にしませんよ、ミシェイル」

謝るミシェイルに、漸《ようや》くフリーズ状態から復活したキアーラが慌てて謝る。

「すみません、あまりにも噂と違ったものですから！」

「噂ですか？」

きょとんとして首を傾《かし》げた千尋に、彼女はキョドキョドと落ち着かない様子だった。

それを見たミシェイルは眼光を強め、視線を合わせようとしないキアーラの顔をガッチリと掴むと、無理やり視線を合わせる。

「それはどんな噂なのかしら？　詳しく教えなさい。誰から聞いたのかも全部吐くのよ」

「は、はひっ⁉　ここではちょっと……」

チラリと周りを見回したキアーラは、ミシェイルにコソコソと話す。それを聞いたミシェイルの顔は怒りに震えていた。


バックステージに入ると、表の煌《きら》びやかな雰囲気がガラリと変わる。殺伐《さつばつ》とした空気の中、大勢のモデルやスタッフが忙《せわ》しなく行き交っていた。

千尋達はその間を縫うように奥へ進み、ミシェイルのために用意されている一室に入る。

分厚いドアが閉まると、外の喧騒《けんそう》が和《やわ》らいだ。

席に着いたミシェイルが先程の話を千尋達にも聞かせるようにとキアーラを促《うなが》す。けれど、静かに怒っているミシェイルに、キアーラはすっかり怯《おび》えていて、なかなか話し出そうとしない。

「落ち着いてください、キアーラが萎縮していますよ。これでは何も話せないでしょう」

千尋は立ち上がり、キアーラの横に座って手を取り微笑《ほほえ》みかけた。

キアーラが少しずつ話し出す。

どうやら千尋という名前の人物が、中級以下のα《アルファ》やβ《ベータ》達の間で噂されているらしい。

そのΩ《オメガ》が体を使ってα《アルファ》達に取り入り、あちらこちらのパーティに出向いては、豪遊しているというのだ。

千尋は思わず眉間《みけん》に深く皺《しわ》を刻んだ。

「一体誰なの、その恥知らずは！」

一方、ミシェイルはガンッとテーブルを力の限り叩く。千尋はキアーラと一緒にビクリとした。

「私も噂しか知らないんです！　若手の子達がこのシーズンに向けて出資者を探すじゃないですか。その時に見かけたとかなんとか……それで外見の特徴と名前が一緒だったから、私はてっきりこの方がそうなのかと……」

「そんなわけないでしょう！　千尋は女神なのよ!?　そんなクソビッチと一緒にしないでちょうだい！」

ミシェイルは顔を真っ赤にして、今にもものに当たりそうだ。

秘書から渡された水を飲み干し、綺麗に整えた爪をガリガリと噛む。

「よりにもよって千尋の名を騙《かた》るだなんて、怖い物知らずね。この前のショーを観てないのかしら？」

「ミシェイルは観たんですか？」

「当然でしょう！　途中で観られなくなった人もいたけれど、私は全部観たわよ？　当たり前じゃない。あぁ、そこのレオだったかしら？　貴方いい仕事をしたわね、今度、服を送ってあげるわ」

背後に控えていたレオにサムズアップしてにこりと笑った彼女は、しかしすぐに憤怒《ふんぬ》の表情に戻る。

「あの中継は千尋のパトロン達が中心で、そこから派生した方々が主でしたから、限られた方達しか観ておりません。今回の千尋の名を騙《かた》る愚か者と、その周りの者達は、かなり下の者達だということでしょう」

淡々と推測を述べるレオに、千尋もそうだろうと思う。

自分の情報はあまり広がらないように配慮されている。それにもかかわらず名前と外見の特徴を捉《とら》えているとなると、一度は千尋と面識がある人に違いない。

「情報は隠し切れませんから、仕方がないとは思いますが……」

「中級以下のα《アルファ》やβ《ベータ》の集まりなんて殆《ほとん》ど行かないから、私達は噂を知らなかったのね。知ってたら誰かが捻《ひね》り潰しているはずよ。なのに、その愚か者はやりたい放題してたってわけね。完全にやられたわ」

「あ、あのぅ……」

「何？」

「その偽物？　なんですが、多分ここに来てます。あ、この会場にではなくて、この街にです」

「どういうことかしら、キアーラ？」

「期間中に来たいと強請《ねだ》っていたみたいですから、きっと来てますよ。だってそんなにα《アルファ》を渡り歩いたりパーティーに出たりなんてしてるなら、この期間はこの街で漁《あさ》りたい放題じゃないですか。ハイクラスのブランドは招待状が必須でも、そうじゃなければ出入りは比較的自由ですし……」

ミシェイルは何かを考える素振りをした後、千尋の肩に手を置いて嫌な笑みを作った。

彼女が何を言い出すか想像できてしまい、千尋は思わず彼女から距離を取ろうとする。だが、ガッツリと掴まれ、逃げようがない。

「ねぇ千尋、貴方も自分の名を騙《かた》る愚か者をどうにかしたいわよね？　そうでしょう？」

有無を言わさないとばかりにミシェイルがニッコリと微笑《ほほえ》み、千尋は苦笑する以外になかった。


翌日。レオにエスコートされた千尋は、招待されていた朝食会に向かった。

並ぶ面々の中にロニーを見つけ、様変《さまが》わりした姿に微笑《ほほえ》む。

ロニーは照れた様子で千尋のもとへ来ると、自然な動きで手を取り口元に持っていった。

「この短期間で随分と見違えましたね」

若者然とした雰囲気やだらしなさは、すっかり鳴りを潜《ひそ》めている。急ごしらえの装《よそお》いではない、きちんと自身にあったスーツに身を包んだ洗練された佇《たたず》まいだ。

本気で心を入れ替え努力しているのだと分かり、千尋は感心する。

「これも全て千尋のおかげです。貴方がいなければ私は腐ったまま父に捨て置かれたことでしょう。感謝してもしきれません」

言葉遣いもガラリと変わっていて、若者の成長は早いなと千尋は苦笑しそうになる。ホテル王の息子なので元々育ちは良いのだろうが、短期間でここまで変わるというのは、苦労したのではないか。

やはり運命を手にしたα《アルファ》は輝きを増すのだ。

「以前のように話してもいいんですよ？」

千尋が悪戯《いたずら》っぽく言うと、顔を赤くしたロニーはアレは忘れてくださいと狼狽《うろた》える。くすくすと楽しそうに笑う千尋にバツが悪そうな表情をしながらも、席までのエスコートを申し出た。

「頑張って背伸びをしているのです。千尋は意外に意地悪なんですね？」

「番《つがい》のために頑張っているロニーは素敵だと思いますよ。まだ若いのだから少しずつ慣れていけばいいんですよ」

参加している面々と歓談しながらの朝食会は穏やかに進む。長いテーブルにぐるりと座る者は皆、この祭典に出資している企業のＣＥＯやトップのデザイナー、この街の市長や財界の人々だ。

朝食会が終わりに近づき、主催であるミシェイルがグラスを軽く叩いてゆっくりと席を立ち、参加者の視線を集めた。

「事前に皆さんにお伝えしたように、この街にとんでもない愚か者が紛《まぎ》れ込んでいるの。私はそれが許せないわ、皆さんもそうでしょう？」

彼女に促《うなが》された面々は一様に頷《うなず》く。先程までの穏やかな空気は消え失せ、優雅な室内にピリついた空気が漂《ただよ》う。

華やかな部屋に無機質な機材が運び込まれ、千尋の背後にあった大きな窓は重厚なカーテンで閉め切られた。

ミシェイルがパチンと指を鳴らすと同時に、スクリーンに一人の男性が映し出される。その顔に見覚えがあるような気がした千尋は首を傾《かし》げた。

するとロニーが耳打ちするように、元取り巻きの一人だと告げる。

その言葉で数か月前の記憶が蘇《よみがえ》った。髪型や服装を千尋に寄せているが、確かにその顔には見覚えがある。

他の護衛達と一緒に壁際に控えているレオを見ると、静かに頷《うなず》く。

スクリーンに映されていた男はジュリアに頼んで開いてもらったパーティーで、レオにビールを掛けた男だ。

「彼を知っているでしょ、千尋」

その問いに、千尋は静かに頷《うなず》く。確かに知っているが、あの時は目が合い会釈《えしゃく》をしたくらいで言葉を交わすことはなかった。

ビールを盛大に掛けたというハプニングがなければ、記憶にすら残っていないだろう。そんな彼が何故《なぜ》千尋の名を騙《かた》り歩いているのか不思議でならない。

男の名前はニルス・フォルセンと言うらしく、ロニーの元取り巻きの一人であり、元々Ω《オメガ》というバース性を武器にしα《アルファ》に擦り寄る人物だったそうだ。ロニーの傍《そば》にいたのは千尋と出会ったあの日を含め数回だけだったらしい。

要はロニーに粉をかけ始めた直後に千尋が現れ、次の日にはロニーが運命の番《つがい》と出会い、当てが外れたのだろう。

しかし千尋の真似事をする理由が分からない。

次々にニルスと関わりを持つα《アルファ》達が映るが、千尋が知らない人物ばかりだ。しかし千尋以外の面々は時折知っている人物がいるようで、僅《わず》かに表情を変化させている。

「ニルスと手を組んでいる男がコイツよ。千尋はよく知っているのではなくて？」

そう言われて映し出されたのは、青山の番《つがい》である三春だ。

思わず絶句した千尋は、手で口元を隠しレオを見る。薄暗い部屋の中で、レオのグレーの瞳がギラリと光り、その口元は僅《わず》かに笑みを湛《たた》えていた。


「——レオ一体どういうことですか？」

朝食会からホテルの部屋に戻った千尋は、レオに詰《つ》め寄《よ》って問《と》い詰《つ》めた。

レオは動揺することなく片眉を僅《わず》かに上げると、千尋の腰に手を回して目を真っ直ぐに見つめる。

「ショーの後にジュリアーノや他のα《アルファ》達に聞かれたんだ。千尋の憂《うれ》いはこれで全てか、と。話し合いの中で、これを機に邪魔な存在を一掃するべきではないかという結論に至った。その時に私は彼の名前を上げた」

「青山三春……」

「そうだ、アレの千尋への執着は後々厄介なことになると予想していた。案の定、どこかでニルスと出会い、二人で千尋の悪評を振りまこうと思い付いたらしい」

苦々しい顔をする千尋に、レオが腰に回している腕の力を強める。

「心配することは何もないぞ千尋。青山の番《つがい》に関しては元々予想していたことだ。ここまで大掛かりになるとは予想外だがな。私と狂信者達は女神の憂《うれ》いをなくしたいし、表と裏の権力者達はそれに乗る形で自分達に邪魔な者を排除したいらしい」

「つまりは私を利用したパワーゲームですか？」

「権力者達にしたらそうだろうな」

はぁ、と深く長い溜息《ためいき》を吐《つ》いた千尋の顔色をレオが窺《うかが》う。

「怒ったか？」

「呆れてるんですよ。あぁ、ミシェイルが怒っていたのは演技でしたか……私はすっかり騙《だま》されたわけですね」

ぐっとレオを押しやり、腕から逃れようとする千尋だが、ガッシリと腰に腕が回り逃げられない。

何度か抵抗するがレオの腕の力が弱まることはなく、千尋はその胸に頭をぽすりと預けた。

「私がこの立場にいられるのは、パワーゲームに絶対に立ち入らないからです。なのにレオときたら、私に相談なくこんなことを進めるだなんて……」

「今回はたまたまだ。私は青山の番《つがい》を排除できれば良かっただけだからな」

「私に嫌われるかもしれないと怯《おび》えていた貴方は一体どこに行ったんです？」

「嫌わないのだろう？　そんな私を欲しいと言ったのは千尋だったと思うが？」

くつくつと笑うレオを拳《こぶし》で叩くが、無駄な抵抗であるのは明らかだ。

「それに千尋の傍《そば》にいる私が、千尋のために躊躇《ためら》いなく行動できる人間だということに皆満足しているようだぞ？　千尋に血なまぐささは似合わないからな。私がいれば色々な意味で安心だそうだ」

得意げなレオに呆れると同時に、彼はもうタガが外れているのだなと千尋は思う。

「今回のことは大目に見ますが、次はないですよ。それで、あの人達をどうするんです？」

三春の自身に対する歪《ゆが》んだ感情を知っている。千尋を陥《おとし》れようと画策する彼に、同情の余地はない。

もう二度と関わることなどないと思っていたのに、まさかこんなことになるとは思いもしなかった。

ニルスにはなんの感慨もないが、三春と手を組み陥《おとし》れようとするなら排除するしかない。

考えるだけで頭が痛くなる。

三春達を排除する舞台は、彼らが擦り寄ろうとしていたα《アルファ》達よりもっと上の人々によって整えられていた。

嵐の前の静けさで、日々が過ぎていった。

最終日の夜には極々限られた者しか参加できない夜会が毎年開かれる。この夜会に呼ばれることはステータスとして知れ亘《わた》っていた。

参加者は直前に主催者側から招待状を手渡されるというのが習わしだ。そしてその夜会には、必ずテーマが設けられていた。

〝フォルトゥーナ〟

それが今回のテーマだと知った千尋は、頭を抱えたくなる。

夜会の主催であるミシェイルは、スポットライトの下に千尋を連れ出せると上機嫌だ。

そんな彼女によって仕立てられていた衣装は、腰の辺りからトレーンが広がる、ドレスにも見える純白のスーツ。それを有無を言わさず手渡された。

夜会に備《そな》え早めに会場入りした千尋はメイクまで施《ほどこ》される。

頭には後光をモチーフにした金の飾りがつけられ、その姿を見たキアーラは、膝をつき手を組んでいた。

レオと同じく、パトロンや知り合い、信者達はあのショー以来、タガが外れてしまったように思える。

今までは、こんなことなどしなかった。

揃いもそろって悪乗りがすぎる。

千尋は何度も溜息《ためいき》を吐《つ》いた。

千尋に付き添うレオもいつものスーツ姿というわけにはいかず、隣の部屋で着替えさせられている。その間、室内に残った千尋とミシェイル達は、用意された菓子に手を伸ばして寛《くつろ》ぐ。

「それにしてもミシェイルの演技には驚かされました。キアーラも演技が上手《うま》いんですね？」

「いえっ私は演技ではなくて……本当に知らなくてですね？　ミシェイルに真実を聞いた時はびっ

くりしたんですから！」

「この子が噂を聞きやすいように誘導していたのよ」

「私に教えてくれても良かったじゃないですか」

「それはほら、千尋にその服を絶対に着てほしかったんだもの。ここまで来ちゃえば逃げようがないでしょう？」

千尋の逃げ道を塞《ふさ》ぎ、悪乗りするミシェイル達に呆れる。

「だって考えてもごらんなさいよ。私達の女神様はこんなに美しいのに、小汚いΩ《オメガ》が真似事をして、尚且《なおか》つ悪評を広めているのよ？　許せるわけがないでしょう。貴方を見くびる愚か者共には格の違いというものを見せつけてあげなきゃね？　それに身の程を弁《わきま》えないα《アルファ》もいらないわ。そんな人達なんて藻掻《もが》き苦しめばいいの」

老年になってなお美しいミシェイルが目を細めた。やはり上の世界に身を置くα《アルファ》達は恐ろしい。彼らは時に、非常に残忍な行動をいとも簡単に行う。支配者階級特有の思考があるのだ。

「貴方は私達の光だわ。その光が陰るなんて許されない」

目を細めながら狂信者達と同じようなことを言うミシェイルに、千尋は曖昧《あいまい》に笑むだけだった。

◆　◆　◆

夜会の招待状を手にしたニルスと三春は、満面の笑みを浮かべた。

ほんの数か月前に知り合った二人だが、今ではとても仲が良い友人になっている。

それはΩ《オメガ》同士だということもあるが、気に食わない敵が一緒だったことが大きいだろう。

二人が出会ったのは、青山の親が経営している会社の創立記念のパーティーだった。会場の端で爪を齧《かじ》りながら千尋への恨み言を吐いていた三春を、ニルスが見つけたのがきっかけだ。

ニルスはロニーという鴨《かも》を千尋に取られたと思い込み、恨みを持っていた。あの時見た、明らかにニルスが関わっているα《アルファ》とはレベルの違うα《アルファ》を侍《はべ》らせ、さも当然そうにしている千尋に嫉妬《しっと》するなというほうが難しい。

共通の敵の存在を確認しあった二人が意気投合するのはすぐだった。どうしたら千尋を蹴落とせるかと策を巡らせた結果、行き着いた先が千尋の恰好をし悪評を広めることだ。

出来栄えは可もなく不可もなくといったところだった。背も顔の作りも違うニルスが千尋を真似ること自体に無理があるのだが、二人の頭は千尋を蹴落とすことでいっぱいで、鏡を見ても千尋に近づいたように映る。

その頃、青山はずっと塞《ふさ》ぎ込《こ》み荒れていた三春が新しくできた友人と楽しそうに過ごしていることに安堵《あんど》し、深くは触れないようにしていた。

三春の精神が安定しているに越したことはない。

青山は親族や周りから三春に関する苦情や反発があることで、精神的な限界が来ていたのだ。

人の心の負担の限界は決まっている。

たとえ運命の番《つがい》がパートナーであったとしても、日々削られていく精神が悲鳴を上げた。しかもそれは誰にも言えない。

運命を手に入れたが、青山はあの日から思わずにはいられなかった。

もしも千尋とあのまま添《そ》い遂《と》げられていれば、と。目の前に三春が現れさえしなければ、こんなことにはならなかったのに、と。

数年ぶりに見た千尋はそれは美しく成長しており、毎日、仕事に三春にと疲弊《ひへい》し草臥《くたび》れた自身の姿とは比べものにならなかった。

優雅さと気品が溢れ、名前を呼ばれると、過去を思い出し、胸がきつく締め付けられて泣きたくなる。

それまでも度々千尋を思い出していたが、再会以来、三春と千尋を比べることが多くなっていった。

勿論《もちろん》そんな青山の変化に気付かない三春ではない。幼少より比較される視線に常に晒《さら》されてきたのだから、すぐに分かった。そしてそれがコンプレックスと独占欲を加速させることになる。

もしこの時に青山が事態に気が付いていれば未来は変わっていたかもしれない。だが、番《つがい》だけを見られなくなり、むしろ距離を取ろうとしていた青山には、何も見えなかった。

夜の帳《とばり》が下り、空には大きく不気味な月がいつにも増して皓々《こうこう》と輝いていた。

会場となる聖堂の前には続々と高級車が集まり始めている。タキシードとドレスの色を黒で揃えた招待客が優雅に車から降り、次々に薄暗い聖堂の中へ進んでいく。

本来の開場時間から大分経って現れたのは、ニルスと三春に青山、そして排除対象のα《アルファ》達だ。彼らは勿論《もちろん》この夜会は初めてだった。今回、招待状が来たことでうかれている。

聖堂の中に入ると辺りは暗く、最低限の灯りだけが冷たい石造の建物の中を照らしていた。想像していた豪華絢爛《ごうかけんらん》で煌《きら》びやかな雰囲気がなく、ニルスは眉を顰《ひそ》める。

「なんか辛気臭《しんきくさ》い」

ボソッと零したニルスの呟《つぶや》きは、吹き抜けになっているこの空間で大きく響く。

「確かにそうかも！　ハイクラスな夜会だっていうから気合入れたのにぃ、ちょっと残念だよねぇニルス！」

青山の腕に蛇《へび》のように絡みつきながら、三春もまた思ったことをそのまま口にする。

三春の発言に他の者達も同意し、ガハガハと大声で笑った。その下品な声が薄暗い空間に反響する。

「上の連中の考えることは分からないが、この夜会に参加できるのはやはり、我らが女神ニルスとその友、三春のおかげだな！」

「本当に君達は我々の幸運の女神だ！　これが終わったら周りに自慢しなければ！」

ワザとらしくニルスと三春に頭を下げるα《アルファ》達に、二人は顔を見合わせニヤリと笑う。α《アルファ》に傅《かしず》かれるのは優越感に浸《ひた》れて、何より自尊心が満たされる。

「ちょっとー僕らのおかげなら、何かご褒美があってもいいんじゃない？」

イヤラしく笑いながら、α《アルファ》の男達は絡み付いてくるニルスにごくりと喉を鳴らす。

千尋の悪評の殆《ほとん》どは、ニルスがしていることだ。体を使い、言葉巧《たく》みにα《アルファ》達を取り込み彼らの間を渡り歩く。彼は男を篭絡《ろうらく》する手管に自信があったが、それはα《アルファ》であっても下の者に限られる。決してその先の上流の世界には行けないのだ。

それがどれほど歯痒《はがゆ》いか。

ニルスが関わるα《アルファ》達とてβ《ベータ》に比べれば格段に違うのだが、もっと高みへ行けるのではないかと考えていた。身の程も弁《わきま》えず、その思いから逃れられなくなっている。

それが三春と手を組んでから怖いくらい事《こと》が上手《うま》く運ぶ。きっと運が回ってきたに違いない。

――そんな気持ちになるのは、千尋の周りがそうなるように仕向けていたからなのだが。

ニルスが考える輝かしい未来は存在しない。

重い扉が開いて先に集まっていた人々が一斉に振り向き、視線がニルスと三春達に突き刺さった。

招待状にはドレスコードは特になかったのに、扉の向こうにいる人々は全員、示し合わせたかのように真っ黒の装《よそお》いだ。

一瞬で自分達が異質だと分かり、三春は青山の背に隠れるように下がった。

「ようこそお越しくださいました。間もなく始まりますので席におつきください」

扉を開けた男が頭を下げ、暗に早く中に入れと急《せ》かしてくる。

ニルス達から見える位置の会衆席《えしゅせき》は既《すで》に埋まっていた。

突き刺すような視線の中、席を探して歩きたくない。

「どこも空いていないように見えるが？」

「それではご案内いたします」

無表情の男は会衆席《えしゅせき》の端をどんどん進んでいく。その間も突き刺さる視線は増すばかりで、口元を手で隠しコソコソと話す者や、嘲《あざけ》りを含んだ笑みを浮かべる者がいる。

「どうぞこちらへ」

漸《ようや》く席に着いたのかと思うと、そこは祭壇の目の前——会衆席《えしゅせき》の一列目だった。狼狽《うろた》える面々だが、いつまでも立っているわけにはいかず、腰を下ろす。

「ちっ、俺が一番前に座りたかったのに」

「しっ！　やめなさい、まだ二列目なだけマシでしょう？　それに言葉遣いが戻っているわよ、ロニー」

その声を聞きつけ、ニルスが勢い良く振り向く。そこにいたのは紛《まぎ》れもなく自身が落とそうとしていた男と、千尋が連れていた女だ。

「ああ、お前……名前は何だったかな。すまないね、下の者の名前は覚えられなくて」

一気にニルスの顔が赤くなる。

「あら貴方、前にロニーと一緒にいた子よね？　それに貴方達のその恰好なんなの、まさか……千尋の真似？」

まるで品定めするように不躾《ぶしつけ》に見つめながら鼻で笑うジュリアに、三春は思わず席を立ちそうになる。しかし、隣に座る青山に腕を掴まれた。

周りの人々はクスクスと笑い、中にはその姿を見ようと会衆席《えしゅせき》から身を乗り出す者まで出てくる始末。

最前列に座り、尚且《なおか》つ先に来ていた人々とはまったく異なる服を着ている彼らは目立ちすぎている。抗議の声を上げるわけにもいかず、ニルス達は羞恥《しゅうち》に震える手を握り締め耐えるしかなかった。

「きっと新入りへの洗礼か何かだ、私達は試されてるんだ」

ニルスの隣に座る男は自身に言い聞かせるようにそう言ってニルスの手を握ったが、その手も同じように震えていた。

その時、ガランガランと鐘の音が大きく鳴る。

先程までの騒《ざわ》めきは収まり、聖堂の中を低く高く鐘の音だけが響いていた。

鐘の音が鳴りやむと、次に聞こえてきたのはパイプオルガンと聖歌隊による歌声だ。ニルスと三春は思い切り顔を顰《しか》める。

これのどこが夜会だというのだろうか。どう見たってミサだ。

薄暗い中、席を立って扉のほうを見る参加者達は皆、興奮している様子だ。

開け放たれた扉から黒の服を纏《まと》ったミシェイルが、その後ろからは護衛に前後を挟まれレオにエスコートされた千尋が姿を現す。

ピンスポットが当たり、一団の中で一人だけ白を纏《まと》っている千尋の姿は正に女神だ。ゆっくりと歩みを進める彼に、参加者達が恭《うやうや》しく頭を下げる。

その波は最前列のニルスと三春達のところへも来たが、ニルスも三春もそして青山も、頭を下げられなかった。

驚愕《きょうがく》で固まっている三春をチラリと見た千尋は、しかしすぐに視線を外すと、レオに導かれるまま祭壇の前の豪奢《ごうしゃ》な椅子に腰かける。

「今回の夜会は大変特別なものとなりました。我らが女神、千尋への感謝を」

ミシェイルが千尋に向かって膝をつく。招待客達もそれに合わせ再び頭を下げた。

千尋の背後のステンドグラスが皓々《こうこう》と光る月に照らされ、様々な色彩で彼を飾る。

青山はその姿に、目を、心を完全に掴まれてしまった。三春は千尋から視線を外さない青山にギリッと奥歯を噛みしめる。

厳《おごそ》かな雰囲気の中、招待客が列をなして千尋のもとへ向かい、手の甲や爪先に唇を落とす。

「あら、貴方達は行かないのかしら」

動かない三春達に、ジュリアが後ろから声を掛けた。

「何分初めてなものですから、勝手が分からないのです。教えていただけますか？」

三春達と共にいる男が、年下のジュリアに教えを乞《こ》うが、嫌々だというのが丸分かりの態度だった。

「夜会だと聞いていたのですが、これは夜会と言うよりは……ミサですよね？」

「まぁ、そんなことも知らないのね。本当に招待されたのかしら？」

「この会は我らの女神、千尋への信仰と親愛を示す大事な夜会ですよ」

「千尋というのは彼のことか？　名前は知ってはいるが、女神だって？　しかし、私が聞いた話では……」

男はちらりとニルスを見た。ニルスはギョッとした目でその先を言うなと訴える。

招待客全てが千尋の信者らしきこの空間で、ニルスが男達に嘘を吹き込んでいたと知られればどうなるかなど分かりきっていた。

しかし、男は一瞬考える素振りをし、すぐにジュリアに向き直る。

「私がこの男から聞いたのは、千尋という人間が貴女がたのような高貴な方々を体を使い籠絡《ろうらく》して回っている、トンデモない阿婆擦《あばず》れだということです！」

自分はあくまで騙《だま》されたのだと主張するように声を張り上げた男に、ニルスと同行した他の男達もその通りだと頷《うなず》く。じわじわとニルスの傍《そば》から離れ口々に千尋を褒め称えると、ニルスを指差し非難した。

ニルスは自身に訪れた危機を打開するべく口を開く。

「僕はただ、三春が言っていたことを彼らに伝えただけです！」

突然、話の矛先《ほこさき》を向けられた三春は狼狽《うろた》える。

「ちょっとぉ！　何、言ってるのニルス！」

「僕は千尋に一瞬しか会ってないけど、アンタはそうじゃないんでしょ？　友達だと思ってたのに僕に嘘を教えたの!?　酷《ひど》いよ三春……」

目を潤《うる》ませ、さも友人に嵌《は》められたかのように振る舞うので、三春は更に混乱した。

一緒に千尋への妬《ねた》みや僻《ひが》みを言い合っていたのに、今は三春に非難の目を向けているのだから当然だ。

心からの友人だと思っていた三春にとって、ニルスの行動は予想外すぎる。どうしたものかと青山に縋《すが》るが、彼は疲れ切った顔をするだけで三春を助けようとはしなかった。

◇　◇　◇

「ニルスだって一緒に悪口言ってたくせに！」

祭壇の下で五月蝿《うるさ》く喚《わめ》き散《ち》らす三春やニルス達を見た千尋は、聞くに耐えない罵《のの》り合《あ》いに眉間《みけん》を寄せた。

「醜《みにく》いな」

ボソリと呟《つぶや》いたレオに、そうなるよう仕向けたくせに何を言っているのかと思う。けれど、それを呑み込み代わりに溜息《ためいき》を吐《つ》いた。

「態々《わざわざ》こんなことをしなくても良かったでしょうに……」

「見せしめる必要があるからな。それに千尋の狂信者達は、どうしてもミサがやりたかったのさ」

「まったく……」

「俺はこの機会を利用しなければならなかった」

首を傾《かし》げた千尋の耳元に口を寄せ、レオが囁《ささや》く。

「運命の番《つがい》がいなくなった者がどうなるか、この目で見たかったんだ」

目を見開いた千尋に、畳み掛ける。

「今の成瀬の状態は知っているが、直前直後は知らないし、実際に見たほうが脳に焼き付く。事前に状態が分かれば、いざその時がきた時に対処できる確率が上がるだろう」

千尋は教えてくれないからな、と悪戯《いたずら》っぽく言うレオ。タガが外れすぎだとは思うが、その行動と思考は嬉しい。

やり方はどうあれ、レオなりに来るべき日に備《そな》えようとしているのだ。

「レオの本来の目的はそれでしたか」

「一番はそうだな。だがアレの排除もできるのだから、一石二鳥だろう？」

くつくつと笑うレオの頭に触れ、程々にするように千尋は注意した。

「仲間割れとは嘆《なげ》かわしい、聞くに耐えませんね」

「千尋が困っているじゃないか。何故《なぜ》誰も止めない」

やれやれといった調子で現れたマドノとジュリアーノが、全ての視線を集めながらゆったりと歩み寄る。

「ジュリアーノ・チェッカレッリ!?」

ジュリアーノに詰《つ》め寄《よ》っていた男の一人がジュリアーノの姿に声をひっくり返し、蒼白になって名を叫んだ。他の面々と三春達はジュリアーノの正体が分からず、訝《いぶか》しげに見るばかりだ。

「有名人ですね、ドン・ジュリアーノ」

「茶化すなマドノ、虫けらに知られたところで面白みはない」

祭壇に辿《たど》り着《つ》いたジュリアーノとマドノは、芝居がかった所作で千尋に跪《ひざまず》く。

「今年は我らが女神に会える機会が多くて嬉しいぞ、千尋」

ニコリと笑むジュリアーノに、頻繁《ひんぱん》に会うことになっている理由を考えた千尋は困って笑むしかなかった。

「さて、我らが女神を愚弄《ぐろう》した愚か者共はコイツらで間違いないか？　レオ・デレンス」

「間違いありません」

「そんな、とんでもない誤解です、ドン・ジュリアーノ！　私達はこのΩ《オメガ》達に嵌《は》められたのです！」

ジュリアーノは途端に嘲《あざけ》りの表情を浮かべると、陽気に話し出す。

「このΩ《オメガ》達に嵌《は》められたって？　こんな千尋の足元にも及ばない出来損ないみたいな男と、Ω《オメガ》の中でも劣るこんな男に？　お前達はなんて……おかしな頭をしているんだろうね？」

ジュリアーノは体を折り曲げながら一頻《ひとしき》り笑った後、何度か深呼吸をして息を整えた。

「罪から逃れられると思わないほうがいいぞ。私がここにいるのは勿論《もちろん》この夜会に参加するためだが、半分は……依頼主達からお前達の始末を依頼されたからだ。マドノ、教えてやれ」

「横領、横流し、賄賂《わいろ》に機密情報のリーク……あちらこちらに穴だらけ、足跡もべったりで痕跡すらまともに消せないのによくやりますね。そして、千尋の名を使い好き放題やっています。これはそこの出来損ないの案ですか？　そんなちんけな人間に貢《みつ》いで何か得でも？　我々の領域に踏み入りたいようですが、残念ですね。貴方達とは生憎《あいにく》、出来が違うので」

マドノが小馬鹿にしたように笑い、招待客も釣られたように笑い出す。羞恥《しゅうち》に戦慄《わなな》く男達だが、もう既《すで》に悪事は露見している。誰も自分達の味方にはならないと分かり、呆然とした。

一方で三春は、この事態を軽く見ていた。平和で安全な国で育ち、平和ボケしている彼にとって、目の前で繰り広げられる光景は現実味がないのだ。

侍《はべ》らせていた男達とニルスが何をしていようと、自分には関係ないと考えていた。彼らに貢《みつ》がせていたのはニルスであり、三春ではない。

問題があるとすれば千尋の悪評を広めたことだろうが、三春にはこれを突破できる切り札があるのだ。

千尋は一段高い所でα《アルファ》達に囲まれ、三春達を見下ろしている。

大勢の前で蔑《さげす》まれ、触れられたくない容姿を貶《おとし》められ、嫌いな人間には見下ろされ。三春の怒りは腹の奥底でふつふつと煮えたぎっていた。

「そこのお前が千尋の悪評を広めようとした張本人だな？」

ジュリアーノは男達から視線を外すと、三春を射るように見ながら近づく。

三春はさながら肉食獣に睨《にら》まれた小動物のように震え、堪《たま》らず青山の後ろに隠れた。緊張で渇《かわ》く喉からなんとか言葉を絞《しぼ》り出《だ》す。

「あの人は僕の番《つがい》に未練があるみたいで、態々《わざわざ》偶然を装《よそお》って会いにくるんです。番《つがい》として許せないじゃないですかぁ！　悪口を広めたのは利人に近づかせないようにするためだもん」

「開き直るか」

「どうとでも言えばぁ？　運命の番《つがい》を守るためならなんだってするに決まってるじゃん！」

自信満々に言い切った三春に、ジュリアーノが片眉を上げ顎《あご》に手を当てた。

「嘘はいけないな、運命の番《つがい》だって？」

「嘘じゃない、利人と僕は運命の番《つがい》だもん！」

「……だそうだが、千尋。本当か？　コレが？」

納得いかない様子で千尋に問い掛ける。千尋は眉を下げ、小さく頷《うなず》いた。招待客達が騒《ざわ》めく。

その騒《ざわ》めきを自分への追い風だと感じた三春が、更に声を張り上げる。

「運命の番《つがい》との出会いは奇跡なんだから！　守ろうとするのは当然でしょ？　α《アルファ》ならそれがどんなに尊いか分かるでしょ？　それを邪魔するのがその男！」

ビシッと千尋を指差した三春は、先程の怯《おび》えはどこへやら、未だに青山の腕を掴んでいるが、表情は千尋を蹴落としてやろうと輝いていた。

「しかし私達が知っている運命の番《つがい》とあまりにも違いすぎる」

そう口々に囁《ささや》き始めた参加者達の声が波紋のように広がっていく。その騒《ざわ》めきを鎮《しず》めるかのように千尋は一歩前に出た。

「確かに彼らは私の目の前で出会いましたが、私が導いたわけではありません」

「あぁ、女神が導いてくれる運命は特別なものになるのだということが証明された！」

ジュリアーノの声に、招待客達は次々と歓喜の声を上げ千尋を讃《たた》える。

そんな中で、三春は混乱していた。

千尋を運命の番《つがい》を引き裂く悪者だと言えば、皆が味方になると信じていたのだ。運命の番《つがい》を手に入れることは賞賛されるし、その仲を引き裂こうとする者は糾弾されるはずだった。

「運命の番《つがい》だよ？　出会う人なんてほぼいない奇跡なんだよ⁉　なんで皆悪者のソイツを讃《たた》えるの‼」

堪《たま》らず叫んだ三春に視線が集まる。三春は思わずたじろいだ。

「運命の番《つがい》は確かに尊いものだが、私達にとっては既《すで》に珍しいことではない。ここにいる招待客の七割の夫婦は運命の番《つがい》同士だ」

これも全て我らが運命の女神千尋の導きのおかげ、とジュリアーノは恭《うやうや》しく胸に手を当て頭を下げる。

「千尋は私達を最高の運命と巡り合わせてくれる尊い人です。貴方のような、最低な運命にはならないようにね」

ロニーが嘲《あざけ》るように言い放ち、三春は呆然とした。

「貴方のような人が運命だなんてゾッとする」

何故《なぜ》そう言われるのか分からず、困惑して青山を掴む手に力を込める。

「運命の番《つがい》はα《アルファ》にとってその能力を高める効果もあるの。けれども貴方はそれとは逆。能力を高めるどころか、番《つがい》を不幸に引っ張っていってるわ。よくごらんなさい貴方の夫の顔を。私達は運命を手に入れた者がそんな顔をしているなんて、これまで見たことがないわ」

ミシェイルの言葉通りに青山を見ると、顔色は悪く、目の周りが落《お》ち窪《くぼ》んだ光の灯《とも》らない目で三春を見ていた。

びくりとした三春は、信じられないような目で青山を見る。

一体いつからこんなふうだったのだろうか。

いつも目に映っていたのは困ったように微笑《ほほえ》む姿であったし、先程までもそうだった。

だが今目の前にいる青山は、三春がいつも見ている彼ではない。

三春の腕をそっと外した青山は、三春と距離を取る。

「運命の番《つがい》に出会って、俺は誰よりも幸運なんだと思ってた。だから三春が周りから疎《うと》まれれば庇《かば》ったし、多少の我儘《わがまま》だって別にかまわなかった。でも、どんなに俺が三春に尽くしても結局、俺を見ないじゃないか」

「そんなことない！　僕は利人が大好きだし、利人しかいないんだよ!?」

「そうかな？　三春は俺じゃなくて運命の番《つがい》に愛される自分が好きなだけだろう？　それが脅《おびや》かされるから千尋が嫌いなんだ。違うか？　俺は何度も言ったじゃないか。容姿は関係ない、三春だから愛してるんだって。でも三春は、信じてくれないじゃないか」

青山とて気が付かないわけではなかった。最初は純粋に運命の番《つがい》と出会えたことを喜んだが、三春はいつまでも青山を見ない。

不幸に酔いしれ、手に入れた幸運をひけらかし、常に他人と比較しては嘆《なげ》くばかり。どんな提案をしても、改善させようと尽力しても、三春自身がそれを拒否するのだ。

青山は三春にとって悲劇の主人公たる自身を飾る、運命の番《つがい》というブランドでしかなかった。

囁《ささや》く愛は底が抜けた砂時計の砂みたいに溜まることがない。

たとえ相手が運命の番《つがい》でも、愛は摩耗《まもう》するのだ、と青山は感じていた。

本能では番《つがい》を求め、しかし理性は疲れたと日々悲鳴を上げる。

そんな時、かつての恋人が美しさに磨きをかけて目の前に現れた。過去の短くも穏やかで甘い日々を思い出し浸《ひた》ることの、何がいけないのだろうか。そうでもしなければ耐えられない。

青山はその甘美な記憶から抜け出せなくなり、三春の暴走に気が付かなかった。それを自嘲《じちょう》する。

そんな青山に三春が縋《すが》りつく。

「だってそれは……信じてるけど、不安になるのは仕方ないでしょ！」

その様子を冷ややかに見ていたレオが、千尋の肩にポンと手を置き前に進み出る。

「仕方ないで済むわけがないだろう？　お前の醜《みにく》い妬《ねた》みも僻《ひが》みも千尋には関係ない。千尋はお前に言ったはずだ、青山に未練はないと。一体千尋がお前に何をしたって言うんだ？　勝手に被害妄想を募《つの》らせて千尋の名誉を傷つけたお前を、私達が許すと思うか？　答えはノーだ」

招待客が皆、頷《うなず》いた。それを見たジュリアーノがほくそ笑み、マドノに目配せをする。

素早く動いたマドノに拘束された三春は、一気に恐怖に陥《おちい》った。青山に助けを求めたものの、その青山もジュリアーノの部下に阻《はば》まれ動けない。

グサリと太ももに打ち込まれた針の痛みに泣き声を上げるが、勿論《もちろん》周りにいる人々は助けようとしなかった。ニルス達もまたジュリアーノの部下に拘束され、この事態を見ているしかない。

打ち込まれた薬が急速に三春の体を回り、彼の瞳孔を開くと同時に番《つがい》以外のα《アルファ》も反応するΩ《オメガ》のフェロモンを溢れさせた。それを確認したマドノがニヤリと笑いながら青山を見る。

三春に何が起きているのか察した青山は、マドノを見て青ざめた。

「や、やめろ‼」

「コレが貴方の運命であることには同情しますが、番《つがい》であるならば責任を果たすべきでしたね？」

強制的にヒート状態にさせられた三春のネックガードが外される。三春は顔を上気させ、怯《おび》えた表情で青山を見ていた。

「やだ、触らないで、お願いやめて！」

ヒート時にネックガードを外されたらどうなるか。流石《さすが》の三春もその先が分からないほど馬鹿ではない。暴れてマドノから逃げ出そうとするが、力が上手《うま》く入らなかった。

「僕は利人のものだもん、利人以外の、アンタとするなんて嫌だ、助けて利人！」

「はぁ？　誰が好きこのんで虫けらを抱きますか。私の全ては妻と千尋とドン・ジュリアーノのものですよ？　貴方には貴方に相応《ふさわ》しい人達がいるでしょうに」

心底嫌そうな顔をしたマドノは、三春を引きずるようにしてニルス達のもとへ連れていく。

そこにはネックガードを外され強制的にヒートにされたニルスと、強制的にラット状態にされた男達が、涎《よだれ》を垂らしながらジュリアーノの部下達に動きを封じられていた。

柱を隔《へだ》てた向こう側にある巨大な幕が取り払われると、四方を囲まれた鉄格子が現れる。三春はマドノに引きずられて、そこにニルス達と共に放り込まれた。

自由を得た獣のような男達はニルスと三春に襲い掛かり、服をどんどん取り払っていく。二人の悲痛な叫び声が聖堂に木霊《こだま》する。

驚愕《きょうがく》に目を見開く青山は、三春が襲われる光景を、顔を逸《そ》らすことを許されず見せられていた。

外に出ると、空気は冷えて澄《す》んでいた。

千尋はその空気を思い切り吸い、空を見る。輝かしい月は雲一つない夜空に瞬《またた》く星たちと並んで浮かぶ。

ミシェイルに促《うなが》され外に出た招待客達は、先程までの出来事などなかったように各々交流を楽しんでいた。

三春達の泣き叫ぶ声は、分厚い扉が閉まったことで多少は和《やわ》らいだ。だが、時折微《かす》かに漏れてきて、良い気分にはなれない。

ミシェイルが千尋に紅茶を差し出す。少し冷えた体に暖かさが染み入り、千尋は肩の力を少しだけ抜いた。

「ありがとう千尋、私達の我儘《わがまま》に付き合ってくれて。おかげで素敵なミサだったわ」

「これきりにしてくださいね、ミシェイル。ミサもそうですけど……あんなこともです」

「そうね、千尋に見せることではなかったわ。やはり昔の男の無残な姿は辛《つら》いものかしら？」

そう問われ、千尋はまさかと首を横に振る。

三春に何を言われようと何も感じないように、青山に恋情は残っていない。彼がどうなろうと知ったことではないのだ。

ただ、千尋は人が壊れていく様《さま》を見て楽しむ感覚を持たないので、酷《ひど》く疲れた。

座り心地の良い椅子に腰かけたまま、千尋は招待客達と会話を交わす。

ミシェイルが配慮したのか音楽が流れ出し、風に乗って聞こえる声は注意しなければ分からないほどになった。

夜会も終盤に差し掛かり、空に次々と花火が上がって大輪の花々を咲かせていく。その光景に千尋が見入っていると、聖堂に残っていたレオが歩み寄ってきた。

レオに連れられ再び聖堂に入る。狂乱の宴《うたげ》は幕を閉じていて、檻《おり》の前で座り込む青山だけが涙を流して意識のない三春を瞬《また》きもせずに見ていた。

コツンコツンと響く足音に虚《うつ》ろな目を向けた青山は、千尋の姿を認めると、目を見開いて近づいてくる。

「三春がやったことは許されないけど、こんなのはあんまりじゃないか！」

「私に言われても困ります。この件については私に決定権はありませんから」

冷たく響く千尋の声に、青山は信じられないという顔をした。心優しい千尋なら三春だけでも助けてくれると思っていたのだろう。しかし、青山が期待するような言葉は返らない。

千尋は青山の期待に応《こた》えるつもりはなかった。

「変わったな、昔の千尋なら助けてくれただろう？」

「変わりましたよ、それもこれも貴方がたのおかげですね」

にこりと微笑《ほほえ》む千尋が何を言っているのか、青山は分からない様子だ。

「レオ、疲れました。確かめたいことがあるのでしょう？　それが終わったら戻ってきてください。私は先にホテルに戻ります」

「本当にいいんだな？」

「くどいですよ」

千尋はトレーンを翻《ひるがえ》して聖堂を出ていき、レオ以外の護衛を引き連れホテルに戻った。

◆　◆　◆

千尋が会場から離れたのを確認したレオは、眠ったままの三春を引きずり出した。

ジュリアーノとマドノが青山を再び押さえつけ、レオにキラリと光るナイフを投げ渡す。

レオはそれを受け取りくるりと回すと、青山に見せつけるように三春の首元に刃先を当てた。

「やめてくれ、やめてくれ!!」

「運命の番《つがい》が死んだら、残されたほうはどうなるか知ってるか？」

「頼む、頼むから三春を殺さないでくれ！」

「一例だけ知っているが、アレは特殊な例だからな。特殊じゃないものを見て脳に焼き付けなければならないんだ」

少しも変化を逃すまいと目を見開き、レオはゆっくりと真一文字に三春の首を引き裂く。バタバタと落ちていく血は三春の体を赤く染め、すぐに血の海を作った。

一際大きく叫んだ青山は目を血走らせ、レオを憎悪の目で睨《にら》みつける。怒りのあまり額《ひたい》に血管が浮き上がり、歯を食いしばりすぎた口からは血が出ていた。

それを鼻で笑ったレオは、事切《こと き》れた三春を青山の前に放り投げる。ジュリアーノ達も青山の拘束を解いて椅子に腰かけ、レオと同じように青山を観察し始めた。

「みは……みはる、みはる！」

全身を震わせ、死んだ番《つがい》を抱きしめた青山の目の焦点は、既《すで》に合ってはいない。

番《つがい》のフェロモンを探すためか血にまみれるのも厭《いと》わず、青山は三春の首筋に顔を埋《うず》めてはブツブツと喚《わめ》く。しかし、フェロモンが香ることはない。残り香すら、噎《む》せ返《かえ》るような血の臭いでかき消されていた。

「殺してやるって言ってますね。まぁ番《つがい》を殺されたなら当然の反応ですかね」

「しかし運命の番《つがい》でも死んだらフェロモンは消えるんだな。奇跡は起きないのか、つまらん」

表情が全て抜け落ちた青山に、周りの声は聞こえていないようだ。

暫《しばら》く観察していると、青山は顔を上げきょろりと辺りを見回す。

月明りに刃先が反射して光ったナイフを見つけた彼は、躊躇《ためら》う素振りもなくそれに飛びつき、自身の喉元に勢い良く突き立てた。

だが、すんでのところでレオがそのナイフを叩き落とし、手の届かない所まで蹴り飛ばす。

青山はそれを追いかけるように必死に地を這《は》うが、レオは項《うなじ》に手刀を落とし、あっけなく気絶させた。

「なんだ、もう終わりか？」

「これ以上はあまり変わりがなさそうなので。それに千尋が待っていますから」

「見たいものは見られたのか？」

「ええ充分です。後の始末はお任せしますよ。研究に回してもいいですし、そのまま殺してもかまいません」

にこりと笑ったレオはジャケットを脱ぎ、血を拭《ぬぐ》いながら聖堂をあとにした。


ホテルに戻ったレオは、千尋が既《すで》に寝ていたことに安堵《あんど》する。

死の臭いを千尋の前で振りまくなど、したくない。

バスルームへ直行したレオは、熱すぎるシャワーを頭から浴び、念入りに体を洗う。

死の臭いもだが、三春のフェロモンが嫌で堪《たま》らなかったのだ。

運命の番《つがい》を失った者がどうなるか、しっかりと確認できたことにレオは満足していた。やはり千尋が言うように、悪い運命はその番《つがい》を不幸に導く。

以前会った時よりも酷《ひど》い状態になっていた青山を見たレオは改めて、千尋に導かれた者達は幸運を手に入れているのだと実感した。

加えて、番《つがい》が他の者に犯された時や、殺された時の反応も見られて良かった。

既《すで》に愛情が枯れ果てていたはずの青山は、長年連れ添った情なのかもしれないが、本能に突き動かされ必死に三春を求めていた。

本能に支配され、最後は自死まで選ぶ姿はやはり気持ちが悪い。

もしレオの前に運命の番《つがい》が現れたとして、自分は衝動を乗り越えられるのか。はたまた、屈してしまった場合、どこで正気に戻れるのか。

運命に抗うために己の運命の番《つがい》を殺せるのか。

何よりも、殺した直後に襲ってくる、死を願う衝動から抜け出せるのか。

悩みが増えたが、それだけシミュレーションできる事柄が増えたので、決して無駄ではない。

バスルームから出ると冷えたミネラルウォーターを飲み干し、レオはあらゆる事態を考えながらベッドに横たわり、すぐに眠りに落ちた。


翌朝。アラームをかけ忘れたにもかかわらず、いつもの時刻より早く目が覚めたレオは、朝のルーティンを熟《こな》しリビングを出た。

普段通り朝食の準備を始め、その間も昨夜の出来事を忘れないように脳内で何度も再生する。

一通り準備が終わり暫《しばら》く待ってみたが、千尋が起きてくる気配はない。不審に思ったレオは、千尋のベッドルームに足を向けた。

「千尋、起きてるか？」

ノックをしても一向に返事がない。

鍵がかかっていない扉を開け中に入ると、千尋はまだベッドの上にいる。珍しいこともあるものだと更に近づき、その異変に気が付いた。

千尋の息がぜぇぜぇと上がり、顔は火照《ほて》って赤く額《ひたい》から汗が流れている。

一体いつからこんなに具合が悪くなっていたのか。

気付くのに遅れたと歯噛みしながら、レオは千尋を揺り起こす。

「起きてくれ千尋、いつから体調が悪かったんだ？」

千尋は重い瞼《まぶた》をなんとかこじ開け、潤《うる》んだ瞳でレオを見る。声が出し辛《づら》い様子だったため、レオはすぐさまミネラルウォーターを取ってきて、飲みやすいように体を支えた。

「寝る前は何ともなかったので、寝ている間に体調が崩れてしまったんでしょうね」

「薬はフロントに言って持ってこさせるが……何か食べられそうか？」

レオは額《ひたい》に張り付いた前髪を整え、乱れた髪を耳にかけてやる。すると力なくレオに寄りかかっていた千尋が目を見開くと、思い切り突き飛ばしてきた。

強い力で押されたが、レオは少し後ろに体重を移動させただけで倒れない。何か気に障《さわ》ることをしただろうかと、再度近づこうとしたが、千尋はベッドの上で体を動かしレオと距離を取ろうとする。

今までそんな態度を取られたことがなかったレオは狼狽《うろた》えた。

「千尋、一体どうしたんだ？」

「今すぐ……今すぐ、部屋から出てください」

「しかしそんな状態で一人にするのは……」

「早く……行って!!」

ガタガタと震えながら叫んだ千尋に、一旦引いたほうが良さそうだと判断する。レオは黙したまま部屋を出た。

尋常《じんじょう》ではない千尋の様子に、何を見落としたのかと、記憶を辿《たど》る。

それまで普通に話していたし、背を支えても問題はなかった。耳に髪を掛けた時にいきなり豹変《ひょうへん》してレオを部屋から追い出したのだ。

レオはテーブルに手をつき、頭を下げて記憶を巡らせる。そしてふと閃《ひらめ》いた。

髪を掛けてやった時、微《かす》かに項《うなじ》に触れなかっただろうか。そうだとしたら、あれは普通のΩ《オメガ》の反応として納得ができる。

だが、千尋は普通のΩ《オメガ》ではない。

精神安定も兼ねてレオや成瀬が項《うなじ》に顔を埋《うず》めることもあるのだから、今更触れられたところで過剰反応する理由がなかった。

「まさか……ヒートか？」

千尋のあの状態は、Ω《オメガ》のヒートに酷似している。

いや、レオは千尋のヒートを一度体験していた。抑制剤でΩ《オメガ》としての衝動を抑えれば、あとはフェロモンが垂れ流しになるだけだ。

しかし、その可能性を捨てきれなかったレオは、千尋を一番知っている成瀬に連絡する。時差から して向こうは深夜だが、かまわない。

『千尋に何かあったの？』

成瀬は数回のコールで応答した。思っていたよりも早く電話を取ったことにレオは胸を撫《な》で下《お》ろす。同時に、開口一番千尋のことを聞いたことに感心した。

「千尋の体調が悪いんだが、どうもΩ《オメガ》のヒートに酷似しているように思う。だが千尋のヒートは普通と違うだろう？　体調不良なのか、それともヒートなのか判断がつかない。もしヒートなら外には出せないし、千尋の場合は特殊なんで医者も呼べない」

詳しく千尋の容態を聞いた成瀬は、あぁと呟《つぶや》く。

『ヒートで間違いないね。お前はフェロモン耐性があるだろうけど、念のために抑制剤を飲んでおいて。千尋を襲ったりしたら……分かるだろうね？』

低い声で脅しをかける成瀬に、レオは当然だとばかりに頷《うなず》いた。

「しかし千尋のヒートは普段こうじゃないだろう、大丈夫なのか？」

『数年に一回の頻度で起こる特殊なヒートだけれど、お前が耐えれば問題ない。無闇矢鱈《むやみやたら》に近づくなよ、その状態の千尋は拒絶が酷《ひど》くてね、俺ですら近づけない』

「成瀬が近づけない？」

何かあれば成瀬を頼る千尋が彼すら近づかせないとは、一体どういうことだろうか。

『お前はただヒートが終わるまで待っていればいい。何もするな、何もだ。お前が動けば、千尋の負担になるからね。それとフェロモンにはいつも以上に気をつけて、アレは体に毒だ』

成瀬との通話を終えたレオは早速α《アルファ》用の抑制剤を飲み、緊急用の抑制剤のチェックも抜かりなく行った。タブレットでスケジュールを開き、今日から一週間の予定を全てキャンセルするべく各所に連絡する。

それと同時にフロントに連絡し、当面必要なものと成瀬に指示されたものを揃えるように頼んだ。

外で待機している護衛達にも指示を出す。

全てを終えてテーブルを見ると、朝食がすっかり冷えて固くなっていた。

一人席に着き、千尋の分の朝食も腹に収め、冷えたコーヒーで硬すぎるパンを流し込む。

ふと部屋の空調の風に乗り、ふわりと千尋のフェロモンが香ってくる。

ガタッと勢い良く立ち上がったレオは、荷物の中からダクトテープを取り出して換気口を塞《ふさ》ぎ、新たに必要なものを持ってこさせた。

箱にヒート中でも食べられそうな食料と飲み物をまとめ、千尋のベッドルームに持っていく。

広々とした部屋にはシャワールームもトイレも複数ある。食料と水さえあれば千尋が閉じこもっていても支障はない。

ガチャリと扉を開けると、噎《む》せ返《かえ》るほどのフェロモンが襲ってきた。Ω《オメガ》のフェロモンに耐性があり、千尋のものにも慣れているはずだが、それとはまた違った刺激を感じ、咄嗟《とっさ》に鼻と口を腕で塞《ふさ》ぐ。

吸い込まないように注意しながら、千尋が見つけやすいようにテーブルの上に箱を置き、足早にベッドルームを出た。

部屋を出ると、レオの下半身は否応《いやおう》なく反応して痛いほど張《は》り詰《つ》めている。

己の欲望を鎮《しず》めるように何度か深呼吸をし、騒《ざわ》めく本能を抑えつけた。

用意していたダクトテープとタオル、ビニールを手にしたレオは、ベッドルームの扉の隙間を埋めていく。それが終わった後は、大きくて重い家具を扉の前にいくつか移し、簡易的なバリケードを作り上げた。

ここまですれば、レオのところまでフェロモンが漂《ただよ》ってくることはないだろう。そして気休めにしかならないが、バリケードによって容易に千尋の部屋に入れなくなった。

勿論《もちろん》この部屋に誰も入れるつもりはないが、念には念を入れる必要がある。

あれやこれやと考え動いている内に、いつの間にか下半身の昂《たかぶ》りは落ち着いていた。

ベッドルームの扉が見える位置に動かしたソファに座ったレオは、背を深く預けて肺に入っている空気を全て吐き出す。

数年に一度訪れるというこれまた千尋らしい特殊なヒートは、普段放つフェロモンとも通常のヒート時に放つフェロモンとも違っていた。

鼻から入り込んだものが蠱惑的《こわくてき》に絡みつき、体の奥底から欲望を引きずり出す、そんなフェロモンだ。

成瀬がいつも以上に気をつけろと言った意味を漸《ようや》く理解できた。

耐性があるレオですら本能が騒《ざわ》めきたったほどだ。もし自分でなければ、今頃千尋を襲っていたに違いない。

下手に手を出して千尋に拒絶されたら、たまらない。

レオは千尋のヒートが早く終わることを願った。

◇　◇　◇

汗で服が体にペタリと貼り付き、気持ちの悪さに拍車を掛けていた。

レオに起こされた時点ではただの体調不良だと思っていたのだ。

だが、彼の手が首筋を掠《かす》めた時、脊髄を駆け上がり脳にもたらされた感覚は、これがただの体調不良ではないことを千尋自身に理解させた。

「最悪……」

荒く上がる息と体中を這《は》いずり回るゾワリとした感覚。体は熱を持つが、それとは反対に、冷える感覚もある。

眉間《みけん》に皺《しわ》を寄せ、口の内壁をガリッと噛みしめると、血の味と痛みが広がり、夢現《ゆめうつつ》状態にある脳が少しばかり現実に引き戻された。

体をベッドから起こし、自身の鞄《かばん》から抑制剤を取り出す。

本当は今すぐにでも強い抑制剤を打ちたかったが、ある程度長引くだろうヒートの初日に使うのは躊躇《ためら》われた。体に負担がかかる上、数も限られているのだ。

部屋を見回すと、いつの間にかレオは千尋が部屋に籠る用意をしてくれたらしい。テーブルに食料やら水やらが置かれていた。

ご丁寧に〝終わったら連絡を〟とメモまである。

突然部屋から追い出したのに、なんとも気の利く護衛である。

数年に一度訪れるこの特殊なヒート時には、たとえ成瀬であろうが傍《そば》にいられては困るのだ。いつものヒートとは違い、普通のΩ《オメガ》同様に本能が荒ぶり、α《アルファ》を求めてやまなくなる。

千尋はその状態が嫌で嫌で仕方がなかった。

普通のΩ《オメガ》には当たり前のヒートは、千尋にとっては当たり前ではない。

故《ゆえ》にこのヒートを千尋は酷《ひど》く恐れた。

本能がむき出しになり、まるで自分の体ではないものに作り変えられる感覚と、所かまわずまき散らすフェロモン。α《アルファ》を求めるΩ《オメガ》としての本能に嫌悪感と拒否反応で吐き気が止まらなくなるのだ。

そんな本能と理性のせめぎ合いは体も精神も蝕《むしば》む。

いつ終わるか分からないこのヒートに、千尋はいつも絶望感を抱いていた。

体内にα《アルファ》を受け入れればすぐさま収まるが、勿論《もちろん》そんなことはしたくない。割り切って体を開く者もいるが、本能に突き動かされるのを嫌悪する千尋には、在り得ない選択肢だ。

ドクンと心臓が一際強く跳ねる。

後孔からドロリとした粘液が太腿《ふともも》を伝い落ちる感覚があり、千尋はその感覚に青ざめてトイレに駆け込み、胃の中のものを吐き出した。

体の奥が疼《うず》き、前はとっくに立ち上がってその存在を主張している。

快楽を求めるように無意識に手が伸びるが、その手をなんとか理性で抑え込む。蹌踉《よろ》めく足を叱《しっ》咤《た》しながらバスルームへ進み、冷水を頭から被ると、いくらか衝動が遠のいた。

常にα《アルファ》に囲まれ忘れそうになるが、自身がΩ《オメガ》だと否応《いやおう》なく自覚させられる。

β《ベータ》やα《アルファ》になりたいとは思わないが、この本能だけは嫌でしょうがない。

浴槽の栓を閉め冷水を溜めながら、千尋は更にシャワーを頭から被り続ける。理性はいともたやすく消えるのに、こんなことをしたところで欲望は消えない。

自身の体であるのに思い通りにならず、制御できないことが、どれほど歯痒《はがゆ》く苦しいか。

嫌だ嫌だと叫ぶ心がどんどん遠ざかる。

冷え切り震える体で部屋に戻ると、ピルケースの蓋《ふた》を開け、千尋は数錠の抑制剤を一気に呑み下した。

本来であれば数時間は置かなければならないが、この衝動が少しでも抑えられるのならば躊躇《ためら》わない。

千尋は掛け布団を引っ張り下ろし、それを引《ひ》き摺《ず》って部屋の隅まで進み布団に包《くる》まって目を閉じた。

寝てもα《アルファ》を求めて疼《うず》く体はすぐに目を覚ますが、起きている状態で衝動と向き合うよりは幾分かマシだ。

千尋は早く早くと願うように意識を閉じた。


浅い眠りをひたすら繰り返す。

目が覚めると、寝ている間無意識の内に自慰をしたのだと分かる青臭い精子の臭いと、周りに散らばるティッシュに辟易《へきえき》する。後孔に違和感もあり恐怖心と嫌悪感で、千尋は肌を粟立《あわだ》たせた。

いくら吐いても吐き気が治まらず、胃液で喉が荒れ血の味が混ざる。いっそ死んでしまいたくなるような嫌悪感は、まだまだ治まりそうにない。

緊急用の抑制剤を太腿《ふともも》に打ち込むと、欲望は束の間姿を隠した。だが、薬の効果が切れるのを手ぐすねを引いて待っている。

どんなに涙を流しても終わりが見えず、ただただ体と精神が衰弱していく。

それを何度繰り返しただろうか。

時間の感覚も日にちの感覚もなくなった千尋は、ふと清々《すがすが》しい気持ちで目が覚めた。

体は重く気怠《けだる》さが多分に残るが、湧き上がる欲望も疼《うず》きも、綺麗さっぱり消えている。

「終わった……？」

掠《かす》れた声の呟《つぶや》きが漏れた。

閉め切っていたカーテンを開けると、まだ昇り始めたばかりの朝日が目線の高さにあり、その光に目が染みる。

フラつく足取りでバスルームに向かい、身を清めて部屋に戻ると、中はまるで物取りでも押し入ったかの如《ごと》き大惨事になっていた。

片付ける気力はなく、千尋は部屋から出ようと扉に手をかける。だが扉が開くことはなかった。

ガチャガチャとドアノブを上下させたり、押したり引いたりしても開かず、千尋は首を傾《かし》げる。

仕方がないのでレオを呼ぶべくスマホを開くと、扉のすぐ近くからコール音が聞こえた。

『千尋、もう終わったのか？』

「終わりましたよ、それより部屋から出たいんですが……」

通話を切った直後、ガタガタと何かを退《ど》かす音が聞こえてくる。扉の横の壁に体を預け待っていると、数分後に漸《ようや》く扉が開いた。

数日ぶりに見るレオの顔に千尋はほっと胸を撫《な》で下《お》ろし、安堵《あんど》の笑みを零す。

そんな千尋を、レオは抱きしめる。千尋は一瞬体を強張《こわば》らせるが、すぐに力を抜いて逞《たくま》しい背中に手を回した。

「心配しましたよね？　ごめんなさいレオ」

手でぽんぽんとあやすように背を叩くとレオの体からも力が抜け、深い溜息《ためいき》が降ってくる。

「千尋から電話が来るまで気が気じゃなかった」

そう言ったレオの顔に手を当てて覗き込む。その顔色は酷《ひど》く、憔悴《しょうすい》し切った様子だ。

足元が覚束ない千尋を横抱きにしたレオが、リビングのソファへゆっくりと降ろしてくれた。

その際に見た扉の前には家具が乱雑に置かれており、千尋は不思議に思う。

レオはすぐさまキッチンへ行き、慣れた手つきで熱い紅茶を淹《い》れて千尋に手渡す。

ヒートの反動で血流が悪くなった体に紅茶の温かさが沁《し》み入り、千尋はほうと息を漏らす。

隣に腰を下ろしたレオを見ると、パチリと視線が合った。

「レオは……もしかして寝てないんですか？」

「あぁ、千尋があんな状態だったからな。心配で寝るどころじゃなかった」

レオは苦笑しながら成瀬に連絡したことや、仕事のこと、それから千尋が気にしていたバリケードのことを話す。突然訪れた千尋の特殊なヒートに彼なりに尽力したようだ。

伝え忘れていたことに申し訳なくなる。突然の事態で、さぞかし大変だっただろう。

「また今回みたいなヒートが来た時は、千尋が大丈夫ならだが、慌てて私を追い出さなくてもいいぞ」

「どういうことです？」

「千尋がヒート中に耐性をつけたんだ」

ニヤリと笑ったレオに、千尋は目を丸くする。

「千尋のいつものフェロモンとはまったく違うものだったからな。突然あのヒートが起こって動けなくなったら、護衛として失格だろう？」

「それで余計にやつれたんですか？」

「次がいつか分からないし、機会を逃せないだろう？　千尋も大変だったな」

レオが優しく頬を撫《な》で、その体温にほっとする。

千尋は特殊なヒート中とその直後は、特にα《アルファ》に近寄りたくなかった。Ω《オメガ》の本能を刺激されるからだ。

だが今、代わりにあるのは紛《まぎ》れもない安心感だった。

「あのヒートは、フェロモンを除けばΩ《オメガ》なら普通に起こるヒートと同じです。でも私にとっては普通ではないし、普段は制御できる自分の体が言うことを聞かなくなるのは、苦痛でしかない。だからα《アルファ》に近くにいてほしくないんです。だから、その……ごめんなさいレオ。いきなりで、驚いたでしょう？　先に話していれば良かったんですけど、思い出すのも苦痛で……」

「無理はしなくていい。頼れる時に千尋が頼ってくれさえすれば私は満足だ。それに成瀬がいるからな。困ったら彼に聞けば間違いはない、そうだろう？」

その言葉にほっとした千尋は、そのままレオの胸に凭《もた》れ掛《か》かり力を抜く。レオも力を抜いてソファに背を預ける。

レオの手に自分の手を絡ませた千尋は、静かに目を閉じた。

「寝室まで連れていこうか？」

「見たでしょう、部屋の状況を。酷《ひど》い有様《ありさま》ですよ？　だからこのままでいいです」

猫がすり寄るようにレオに擦りつくと、彼は静かに髪を撫《な》でてくれる。その心地良さに目を細めた千尋は、レオを下から見上げた。

「レオも疲れたでしょう？　このまま少し一緒に寝ましょうね？」

有無を言わさず微笑《ほほえ》む。苦笑したレオが了承したのに満足した千尋は、安心しきって寝息をたてる。それを見たレオもゆっくりと瞼《まぶた》を閉じた。

体調を整えるために数日を使い、完全に回復した千尋は、各所に連絡をしたり埋め合わせのように食事会に参加したりと忙しく過ごした。

そんな日々も終わりを迎え、帰国から数日後。荷物を片付けていると、成瀬から呼び出され、急遽三人で食事をすることになる。

千尋はレオの運転する車で、成瀬の職場に向かった。

「成瀬が千尋を迎えに来ないなんて珍しいな」

「確かにそうですね。でもこれはこれで新鮮で楽しいですよ。それに一か月は会ってないですから、なる君の精神面も心配ですし」

きらきらと光る街灯とビルの明かりに照らされてゆっくりと都心を進み、煌《きら》びやかなビル群を抜ける。暫《しばら》くすると喧騒《けんそう》が嘘のように静まり、光度が落ちた開けた場所に出た。暗い景色の中、ビルが立ち並ぶ道を更に進むと成瀬の職場はすぐそこだ。

路肩に車を止めさせ、千尋は成瀬に電話を掛ける。

いつもは数度のコールで出るのに、留守番電話サービスの音声に切り替わった。

不審な顔をした千尋に、レオがどうしたと問いかける。

「なる君が電話に出ないんですよね……まだ仕事中とか？」

「時間を指定してきたのは成瀬だろう？　彼が千尋との約束を破るか？」

「取りあえず外に出てみましょうか」

暖かい車内から出ると、冷えた空気が即座に全身を包む。千尋はぶるりと体を震わせた。レオが千尋にストールを手渡しながら周りを窺《うかが》う。そして、少し離れた場所で数人に取り囲まれている成瀬を見つけた。

「千尋、成瀬がいたぞ」

「どこですか？」

レオが示す方向を見ると、成瀬がスーツの胸元を掴まれ、一緒にいる男の一人に無理やりキスをされているところだった。周囲から黄色い声が上がるが、成瀬は嫌そうに口元を拭《ぬぐ》う。

「いいのかアレは」

「なる君が私を呼びつけた理由が分かりました」

ころころと笑った千尋に、レオが怪訝《けげん》そうな顔をする。少し離れていろと指示すると、彼はそれに従った。

「晃《あきら》、お待たせ」

小走りしてきた千尋に、不機嫌そうな顔をしていた成瀬が瞬《また》く間に破顔する。両手を広げて千尋を迎えた。

「千尋！　待ってたよ、寒くなかった？　ああ顔が真っ白じゃないか、早く行こう」

千尋の顔に両手を当てて顔色を確かめた成瀬は、冷えた体を包むように抱き込む。

「まっ待ってくださいい成瀬さん！　そちらの方は⁉」

先程まで成瀬を取り囲んでいた人々は、彼の柔らかい表情に唖然《あぜん》としながらも、どういう関係なのか聞き出そうと必死になる。

「前から言ってるだろう？　俺の大事な人だよ。悪いけど、今後はさっきみたいなことはやめてもらえるかな？」

「同僚の方達ですか？　いつも晃がお世話になってます」

怒るでもなく笑顔を向けた千尋に、周りは顔を赤らめたり青褪《あおざ》めたりと様々だ。それを見た成瀬は満足したようで、千尋と手を繋いで歩き始めた。

「さっきのアレはなんだったんだ？」

車に乗り込んで早々、レオが後部座席の二人に疑問をぶつける。

「なる君は昔からモテますから」

「虫除《むしょ》けだよ虫除《むしょ》け。千尋ぐらいの人が出てくればアタックなんか掛けてこないだろう？　それに嘘は言ってない、千尋は俺の大事な弟だからね」

成瀬は久々の再会を楽しむように千尋を抱き込み、そのフェロモンを心ゆくまで吸い込んでいた。

「千尋を虫除《むしょ》けに使うなんて成瀬は贅沢《ぜいたく》だな」

「いいだろう？　世界で俺だけの特権だからね。……あぁレオ、ちょっとこっち向いてくれるか？」

ミラー越しに会話していたレオにそう言うと、レオは素直に応じた。顔を近づけジロジロと彼の顔を見た成瀬は満足そうにニヤリと笑う。

「ヒート中の千尋に手を出さなかったようだね？」

「当たり前だろう。ついでにあのフェロモンの耐性もつけておいたから問題はない。これで成瀬も安心だろう？」

本当かと不審の目を千尋に向ける成瀬。千尋が苦笑いしながら頷《うなず》くと、驚いたものの、心底満足そうな顔をした。

「ふふ、優秀な護衛で助かるよ、千尋」

再び千尋に抱き着き頭を擦《こす》り付《つ》けていた成瀬だが、ハタと大事なことを思い出したようで顔を上げる。

「さっきの奴らに邪魔されて忘れてた。今日の食事なんだけど両親と兄にバレてね……一緒に食事することになったんだ」

「おじ様達と？　僕は全然いいよ？」

「俺が嫌なんだよ。折角《せっかく》千尋を独占できるっていうのに」

不貞腐《ふてくさ》れたように口を尖《とが》らせる成瀬にクスクスと笑った千尋は、ポンポンと彼の頭を撫《な》でた。

「だったら今日はお泊まりする？」

成瀬が目を輝かせる。

レオは行き先を成瀬に聞き、背後から聞こえる楽しげな声をＢＧＭに車を走らせた。


「――まぁまぁ千尋ちゃん、久しぶりね！」

店に着くと、成瀬の両親である俊彦《としひこ》と千穂《ちほ》、兄の辰也《たつや》が待っていた。千穂はゆったりと微笑《ほほえ》み千尋を抱きしめる。

「あら、もしかして千尋ちゃん痩せたんじゃないの？　ご飯をちゃんとしっかり食べてるのかしら？」

「こらこら千穂、話は席に着いてからにしなさい」

俊彦に促《うなが》されシックで落ち着いた雰囲気の個室に入る。窓から都内の美しい夜景が一望できる部屋だった。

「本当は俺達だけで来る予定だったのに」

「だって電話したら声がいつもより明るいんですもの。千尋ちゃんに会うんだわってすぐに気が付いちゃったわよ。酷《ひど》いじゃない、私達だって千尋ちゃんに会いたかったのに」

さりげなく千尋の横に座った千穂に、成瀬は呆れた表情を向ける。そんな彼の態度に千尋は苦笑した。

レオは初めて成瀬家の面々と会ったが、彼らはとても歓迎してくれた。

一人で暮らし、一人で仕事をする千尋をずっと心配していたが、成瀬からレオの人となりを聞きほっとしたのだという。

千尋は会話を楽しみ、運ばれてくる料理を堪能《たんのう》した。

成瀬家の面々は千尋の話に優しく微笑《ほほえ》みながら耳を傾けてくれる。千尋もそれに応《こた》え、心からの笑顔になった。

その光景を見ると、千尋の本当の家族のように思える。本来の千尋の家族は、決してこんな空気にはならないだろう。

テーブルにはデザートが並び、俊彦や辰也の前には食後のワインが運ばれた。

俊彦はゆっくりとそれを味わうと、じっとレオを見る。

「君にはとても感謝してるんだ。私達にはあんなことできなかったからね」

何の話か即座に理解したレオは、千尋の様子を窺《うかが》う。千尋は静かに頷《うなず》いた。

「私達には些《いささ》か刺激が強すぎたからショーは観ていないんだけれどね。千尋君がずっとあの家から解放されればいいと、晃と言っていたから」

「私からも改めてお礼を言わせてほしいわ。千尋ちゃんは私達の家族だもの」

他の二人も千穂に力強く同意する。

しかし、レオにはずっと疑問に思っていたことがあったようだ。

成瀬はずっと家族ぐるみで千尋と仲が良いのだと言っていた。だったら何故《なぜ》無理やりにでもあの家族から千尋を引《ひ》き剥《は》がさなかったのか。

成瀬家は力のある家だ。金をチラつかせれば、あの人達は喜んで千尋を差し出したに違いないのに。

「なんだか納得していない顔だね、レオ」

「そんなに言うなら、大金を渡せば連れ出せたのではないかと思ってな」

「最初は早く自立させて家から出そうとしていたんだ。大人になってから養子縁組すれば良いってね。だけど千尋はほら、誰かに寄りかかって甘える子じゃないだろう？」

「だから私達は千尋君の仕事を色々サポートしたんだが……」

「それが悪いほうに転がっちゃったのよね」

思わずごめんなさいと眉を八の字にした千尋に、成瀬家の人々が苦笑する。

「千尋が優秀すぎてね、すぐに世界中のα《アルファ》と繋がってしまったものだから、養子縁組をしようとした頃には、時既《すで》に遅しさ」

「それで泣く泣く諦めるしかなくなっちゃったのよねぇ。うちにはほら、あんまり喋《しゃべ》らないお兄ちゃんと晃しかいないから、可愛い千尋ちゃんが息子になるのを楽しみにしてたのに」

心底残念そうに言う千穂に、成瀬が「悪かったねこんなのが息子で」、と悪態を吐《つ》く。千穂はそれに対して笑うだけだ。

「私達は千尋ちゃんを本当の家族だと思っているから、偶《たま》には晃抜きで私達と食事しましょうね?」

「はい、おば様。楽しみにしてます」

千尋はその言葉に優しく微笑《ほほえ》んだ。

成瀬家の人達は学生の頃から千尋の本当の家族のように振る舞ってくれた。とても優しい人達で、千尋は成瀬家の面々が好きだ。けれど、彼らへの罪悪感もある。

運命の番《つがい》に成瀬が出会ったことは知っていても、彼らは最悪の運命に出会わせ引き裂いた事実は知らない。寧《むし》ろ最期の時に会えたこともまた運命だったと納得し、千尋は落ち込んでいた成瀬を回復させたんだと、殊更《ことさら》可愛がっているのだ。

だが、千尋も成瀬も真実を言う必要はないと考えている。

成瀬は千尋にとって心地の良い場所があるならそれで良かったし、千尋も優しい人達を態々《わざわざ》悲しませたくない。

罪悪感がチクリと胸を刺すことはあるが、それは自らが負った業の一つで、千尋はそれから逃げようとは思わなかった。

成瀬家の面々と別れた千尋達は、マンションに戻って寛《くつろ》いだ。

暫《しばら》くすると眠気が襲ってきて、千尋は目をとろんとさせ寝室に向かう。

「千尋、一緒に寝てもいいかな？」

「ふふ、なる君どうしたの？」

「これから年末まで忙しくなって会えないことがまた多くなるだろう？　その分補充しておかないと、と思ってね」

慣れた仕草で布団に入り込んでくる成瀬にくすくすと笑った千尋は、少し横にずれて場所を空ける。

「クリスマス直前までは千尋は毎年大忙しだし、その後は休暇だけれど俺は会えないからね。ホリデー争奪戦が起こるんだから、本当に千尋は皆に好かれすぎなんだよ」

「なる君は毎年しれっとうちに来るでしょう？」

「そりゃ俺の特権だからね。忙しすぎて顔を見に来れるかどうかだけど……あぁでも今年はレオがずっと一緒にいるのか。それはそれでムカつくな」

意地悪く笑う成瀬に、千尋はくすくすと笑う。

「でも少しは安心でしょう？」

世間が浮つく期間、千尋は争いが起きないように毎年一人で過ごしていた。

成瀬はそれを心配して、時間を見つけては通っていたのだ。

だが長時間ではないため、かえって寂しくさせているのではないかと悩んでいたのを千尋は知っていた。

「千尋が寂しくないのが一番だから、まぁ彼なら俺も安心だしね。はぁ、早く引退したいよ」

◆　◆　◆

成瀬が千尋を抱き込み頭に顔を埋《うず》めている内に、寝息が聞こえてきた。千尋は相当食べさせられていたので、眠気が強かったのだろう。

すやすやと眠る千尋に優しくキスを落とした成瀬は、完全に眠っていることを確認すると、スルリとベッドを抜け出し、月明かりが差し込むリビングに向かった。

「千尋は？」

「ぐっすり眠っているよ」

ソファに座った成瀬にレオがコーヒーのカップを差し出す。それを受け取ると、レオも斜め横に腰を下ろした。

「それで？　例の動画はあるんだろう？」

「本当に観るのか？」

「前回も結局大丈夫だったからね、観るよ」

成瀬は千尋が起きないようにノートパソコンとイヤホンを繋ぎ、レオから渡されたＵＳＢメモリーから目当ての動画を再生する。

そこに映っていたのは夜会での出来事だ。成瀬は仄暗《ほのぐら》い目で動画を観ながら、時折り口元に歪《いびつ》な笑みを浮かべる。

「満足したか？」

「ああ、とても。やはり君が千尋の傍《そば》にいるのは安心だね」

いつの間にか淹《い》れ直《なお》されたコーヒーを飲みつつ、成瀬は遠くを見て話す。

「青山はほら、千尋の最初の彼氏だろう？　あの日のことは本当に何度思い出しても腹が立つよ。ボロボロになっている千尋を迎えに行った時は本気で殺したくなった。千尋をそんな状態にしてまで手に入れた運命がコレとはねぇ？」

「あれは最悪だったな」

「変な奴まで引き連れて、よくもまぁこんなになるまで放置してたもんだ。ふふ、番《つがい》が目の前で殺されるなんて。俺の時より辛《つら》いのかな？」

パキパキと錠剤を取り出しコーヒーで呑み下した成瀬は空のカップをテーブルに置き、再びパソコンを弄《いじ》って千尋の登場シーンを繰り返し再生する。

「俺には千尋がいたけれど、この有様《ありさま》だろう？　そういう人間がいない人は、どうなるのだろうね？」

「時折り泣き叫んでは、いない番《つがい》を求めて部屋の中を歩き回っているらしいぞ」

「なるほどね」

ソファから立ち上がった成瀬はベランダまで行くと、寒空の下、煙草に火をつけ深く煙を吸い込んだ。そんな成瀬の後ろ姿にレオは悩みを告白する。

「私の目の前に運命の番《つがい》が現れたら、私は番《つがい》を殺せるだろうか」

「へぇ、殺すつもりなのか？　殺さなくても抗えるかもしれないだろう？」

思案するように目を閉じたレオだがしかし、すぐに目を開いて首を左右に振る。

「千尋の仕事で運命が出会う瞬間を何度か見たが、あの衝動に抗う術《すべ》は番《つがい》を殺すしかない気がしてな」

目を細めてレオを見た成瀬は、再び視線を夜景に向けた。

確かに番《つがい》を殺せば抗えるかもしれない。だがあの衝動は理性を全て奪い去り、周りの声はおろか景色すら見えなくさせる。

自分が茜と出会った時にレオが言うような行動を取れたかと問われれば、答えはノーだ。

「お前の覚悟はいいとして、それができるかは運次第じゃないかな？　俺にはできないことだからね」

「成瀬、もし私が抗えなかったら……」

「なんだ、怖気《おじけ》づいたのかい？」

「いいや。ただ、もしもの時は千尋を悲しませるだろう？　それは私の本意ではないからな。その時は私を殺してほしいんだ」

「俺に？」

「まさか、成瀬には無理だ。私が千尋を裏切ったとジュリアーノ達に連絡すればいい。あとは彼らがショーのように私を殺してくれる。勿論《もちろん》これは最悪の事態だがな。そんな顔をするな成瀬」

思いっきり渋面をする成瀬に、レオは苦笑する。最悪の場合を想定しての話ではあるが、千尋を裏切る話をしているのだから彼が良く思わないのも無理はない。

はぁ、と深い深い溜息《ためいき》を吐《つ》いた成瀬がレオに向き直り煙草の煙を吹きかける。

「そんなことにはならないようにしろ。元軍人だろう。腕を吹き飛ばすでも何でもして、抗ってくれよ。千尋が嘆《なげ》く姿は見たくないんだ。考えただけで胸糞が悪いよ」

「しかし最悪を想定して先手を打つのは当たり前だ。千尋にも言ってあるしな。もしもの場合は私を殺せと」

「これだから元軍人様は……千尋にできるわけがないだろう？」

「だから成瀬にも頼んでるんだ」

頭をガシガシと掻きむしった成瀬はリビングに戻った。

「お前の覚悟は分かったよ、もしもの時はそうしてやるが、まずはそうならないように他にも策を考えるんだね」

「腕を吹き飛ばすっていうアイデアは良いかもしれないな」

「千尋の前では絶対やるなよ？」

「極力そうならないように努力しよう」

呆れて顔に手をやった成瀬は、話は終わりだとばかりにしっしっとレオを追い払った。

寝室に戻ると、千尋は薄《うっす》らと目を開けていて、布団に入り込んできた成瀬を見る。

「どこに行ってたの？」

「レオと話をしてたんだよ」

「……良くない話？」

「察しがいいね。彼が抗えなかった時の話さ」

千尋の目が一気に覚醒《かくせい》したのを見て、成瀬は心配は要《い》らないと抱きしめた。

「どうなるかな？」

「それはその時になってみないとね。もうお休み千尋、悪い話は考えないほうがいい」

千尋は続きを話したそうだったが、まだ起きてないことを話しても精神面に良くない。彼は成瀬の言うまま目を閉じ、再び夢の中に落ちていた。

ホリデー

十二月に入った。千尋の忙しさは増し、いつもよりタイトなスケジュールで仕事を熟《こな》す。そうして一段落し、休暇が訪れた。

街中は既《すで》に浮かれた雰囲気で、至る所にカラフルなイルミネーションが飾られ、どこもかしこもクリスマスソングが流れている。

そんな寒い街中を千尋はレオと歩いていた。いつもならば一人で過ごす期間に今年はレオがいることを思い出し、ふふっと小さな笑いを漏らす。

「いきなりどうしたんだ？」

「いえ、いつもこの時期は一人きりで家から殆《ほとん》ど出ずに過ごしていたので、誰かとずっと一緒だなんておかしいなと」

「毎年どうしてたんだ？」

「溜まっている本とか映画を消化してましたね。あぁ、あとはプレゼントが沢山《たくさん》届くので、それの仕分けとか。レオはいつもはどうしてました？」

「私か？　私は……任務期間でなければ千尋と変わらないな」

「じゃあ調べて、どこか行きましょう？」

スマホを取り出した千尋は、さっそく場所を調べながら街中を進む。人混みに注意しているが、休みに入っているので人の流れは多い。時折人とぶつかりそうになり、レオが苦笑しながら人の少ないところまで誘導してくれた。

手を引かれるまま、落ち着いた雰囲気のカフェに行き着く。

外の寒さで冷たくなった顔が暖かい空気に触れ、強張《こわば》りが解れる。千尋はほっと息を吐《つ》いた。

「ここならゆっくり調べられるだろう？ ついでに昼食もとれる」

コーヒーで冷えた体を温めつつ微笑《ほほえ》むと、再びスマホで調べる。検索で出てきた場所を次々に確認しては、レオに見せた。

千尋はいつになくはしゃいでいる自分に驚きながらも、それを受け入れる。

「任務中のクリスマスはどうしてたんですか？」

「仲間とジンジャークッキーとか、ターキーが手に入ればそれも食べたな」

「ジンジャークッキーなら食べられますけど、七面鳥はここでは難しいですね」

「あとは仲間がよくバカ騒ぎをしていた。まぁそれもできる時だけだが。任務がなければ家でひたすら、どうやって時間を潰すかを考えているだけだからな。家族がいる連中には申し訳ないが、任務があるほうが俺は有難かった」

クリスマス前特有のＣＭや番組を見て、千尋も仕事がある日のほうが良かったと思っていたことを思い出す。

街の景色が煌《きら》びやかになるのとは逆に、冬の寒さは心まで冷たくするのだ。幸せそうな親子連れを見ては、かつてはこんな幸せもあったなと思い出すと心が苦しかった。

「今年はお互いそんなに寂しくなさそうですね？」

数日後。短い休暇に入った千尋は、調べてあった場所に繰り出した。どこが良いか分からなかった二人は、ネットに書いてあった場所に来てみたわけだ。人気の場所だけあって人でごった返している。

のろのろとしか進まない道を、二人で進む。人混みであまり見えないこの場所の目玉とも言えるクリスマスのオブジェに、顔を見合わせ笑った。

「次はどこだ？」

「向こう側にも何かあるって書いてありますけど、この人混みで行けますかね？」

きょろきょろと周りの人混みを見ながら道を探す千尋だが、その時ほんの微《かす》かに風に乗り脳の奥に届く匂いを感じとった。その匂いを嗅《か》いだ途端、千尋は吐き気を覚え手で口元を覆《おお》う。ぶわっと噴き出した汗が服の中を伝い、寒さとは別の理由で肌が粟立《あわだ》つ。

千尋の様子がおかしいことに気が付いたレオが、急いでその手を掴んで自身のほうに向き直らせた。

「千尋!?」

千尋はレオに縋《すが》りつき、浅い息を繰り返す。いつの間にか先程感じた匂いはしなくなっていた。

落ち着いてきた千尋はレオから離れ、心配そうに様子を窺《うかが》う彼を見上げる。

「大丈夫か？」

「えぇ、人混みに酔ってしまったみたいで……もう大丈夫です」

人の流れに逆らって、二人は人が疎《まば》らな所にやってきた。レオが千尋に異常はないかと先程より入念に様子を見る。

「もう帰るか？」

「少し休めばいいので、もう少し回りましょう？　折角《せっかく》来たのに勿体《もったい》ないですよ」

「だが……」

レオは深く溜息《ためいき》を吐《つ》いた後、千尋の気分が悪くなったらすぐに帰ると約束を取り付けた。

素直に従ってくれたレオに、千尋は安堵《あんど》する。心配を掛けて悪いとは思うが、久々に楽しんでいたのに、最悪な気分のまま自宅に戻りたくない。

千尋は次に目指す場所を、車で休めるからと、港のある街に決める。レオが運転する車の中でシートに沈み込み、目を閉じた。

海風が強く吹き付ける海の傍《そば》にある街に着くと、日が沈み始め、澄んだ空気に綺麗な夕焼けが広がっていた。どこも彼処《かしこ》もキラキラ光るイルミネーションに彩《いろど》られており、目が眩《くら》む。そんな中、大きな観覧車が一際煌《きら》びやかに輝いている。

長い列に並び、二人が乗り込む頃には既《すで》に辺りは暗くなり、夜景が一層綺麗だった。

対面に座った千尋からラッピングされた小包を渡され、レオは首を傾《かし》げる。

「これは？」

「クリスマスプレゼントですよ」

目を見開いたレオは、千尋に断りを入れた後でラッピングを外し、中のものを取り出す。

重厚なケースの中には、綺麗なオニキスのピアスが入っていた。

「それなら邪魔にならないかと思いまして」

「まさか貰えるとは」

「ほら、以前言ったじゃないですか、首輪でもつけますかって。あの時も言いましたけど、首輪は趣味じゃないので。ピアスにしてみたんですけど、どうですか？」

「クリスマスプレゼントを貰ったのは初めてだ。それが千尋からだなんて凄《すご》く嬉しい。あぁ、しかししまいったな。習慣がなかったから千尋に渡すものがない」

肩を落とし項垂《うなだ》れるレオに、千尋は席を立って彼の額《ひたい》に自身の額《ひたい》をピタリと付け、光が歪《ゆが》んだ瞳で苦しそうに言う。

「レオが欲しいと言ったでしょう？　貴方が本当に私のものになれば、最高のプレゼントですよ」

気が付くとゴンドラは地上付近まで戻っていた。二人は再び夜の街を歩く。

少し外れた場所にあるカフェの臨時に設置されているテラス席に腰を下ろし、ぼうっと人波を眺める。

日中感じたあの香りを千尋は忌々《いまいま》しく思っていた。

あれは間違いなく千尋の運命の番《つがい》の匂いだ。

一瞬の高揚感と多幸感に全身を包まれたが、その直後に襲ってきた強烈な拒否反応は、千尋の脳と体に大きな負担をかけた。

香りが微《かす》かだったから良かったものの、もしアレが近くだったらと思うとゾッとする。

千尋は一度、自身の運命の番《つがい》との出会いに抗った経験があった。だが、何度も抗えるかと言われたら、分からない。

目の前に現れた運命が良いものであるほど強く惹《ひ》かれ、結び付く度合いが強いのだ。

唯一の救いは、千尋がフェロモンを制御していて一切出していないこと。

つまり、相手が気が付くことはないということだ。

相手が察知していなければ、千尋が戦うだけなのである。たとえそれが途方もなく苦しく辛《つら》いものであったとしても。

本能を抑え込む力と嫌悪感は体調を悪くする。だが、それを表に出すわけにはいかない。

レオのように、もしもの時の話をしておくべきかと考えたが、それは最良ではない。

運命の番《つがい》から故意に成瀬を引《ひ》き剥《は》がし、レオをもそうしようとしているのだから、自分だけが逃げ道を作るのは不誠実だ。

これは千尋一人で抗わなければならないものだった。

目の前に運命が現れた時に抗う術《すべ》を身につけておかなければ、と千尋は頭の中で必要なものをリストアップする。

もしかしたら、日中のあの香りの主は今後、千尋の前に現れないかもしれない。それならそれでかまわなかった。

だが他の運命がいつ千尋の前に現れるか分からない。運命の数は人によって異なる。千尋の運命が何人いるか分からないのだ。

α《アルファ》の中で生活する千尋は運命に会う確率は高いはずだが、出会ったのは今日で二人目。少し気が緩んでいたなと反省する。

あの香りを嗅《か》いでからというもの、嫌な予感がして堪《たま》らなかった。

◆◆◆

カップを握りぼうっとイルミネーションを眺めている千尋に、レオもまた言い知れぬ不安に襲われていた。

嫌な気配がザワザワと後頭部を刺激する。

何度も潜《くぐ》り抜《ぬ》けてきた死線での感覚を思い出し、苦々しい気持ちになった。

だが千尋が何も話さない以上、無理に聞き出すことはできない。

レオは貰ったピアスのケースを取り出し、千尋に呼びかけた。

「千尋、つけてくれないか?」

はっとした千尋は差し出されたケースを取ると、中からピアスを取り出してゆっくりとレオの耳につける。

「そろそろ帰りましょうか」

そう言われて握られた手を、レオは力を込めて握り返した。


無事に年が明け、街はすっかり装《よそお》いを変えていた。

千尋とレオは特にすることもなく自宅のリビングで特番を流し観て過ごす。

そんなある日、千尋のスマホが着信を告げた。画面を見ると、新年の一番乗りの連絡はどうやらブライアンのようだ。

『やぁ千尋、休暇を楽しんでるかな？』

「えぇ、いつになくゆったりと過ごしていますよ」

『それは良かった。ところで、近々大掛かりな国際会議があるだろう？　そこに千尋を呼べないかってあちこちからリクエストがあってね。去年は色々あったし、順番待ちしながら千尋を気にかけるより、このほうが効率が良いって言われてしまってね。ほら今回の開催国はうちだからさ。それで悪いんだけど、会議の日程中こっちにいてほしいんだよ』

「分かりました。日程をメールしてもらってもいいですか？」

『あぁ良かった、断られたらどうしようかと思ったよ！　ではまたその時に話そう』

断られるとは思っていないであろうに、本当に安心したようにそう言ったブライアンに、千尋は苦笑してスマホを置く。レオは彼に問いかけた。

「国際会議に出るのか？」

「ええ。今回の規模のものは初めてですけど、小さいものなら何度か参加しています。といっても、私は別室で会議が終わるまで大人しくしているだけですけれどね」

「まったく千尋は規格外だな。普通は警備の関係上、部外者は入れないだろうに」

「私がいるほうが警備が厳重になるそうです。それを目当てに呼ばれることもありますから」

「あぁなるほど、女神様だものな」

話している内に、日程が書かれたメッセージがブライアンから送られてくる。規模が大きいため、会議の日程は長めに取られていた。

「一か月か……成瀬をそんなに放っておいて大丈夫か？」

「今回、なる君は大丈夫だと思いますよ」

くすくす笑う千尋に理由を問うと、成瀬のリクエストでクリスマスプレゼントに指輪を贈ったからだという。虫除《むしよ》けも兼ねてのものだが、レオ同様、オニキスが輝いている指輪を成瀬は甚《いた》く気に入り、常につけていることで精神がだいぶ落ち着いているそうだ。

そういえば、とレオはあの嫌な予感がする度に千尋から貰ったピアスに触れていたなと思い当たる。

成瀬の気持ちが分かった。

あれから千尋は時折り悩む素振りをするものの、特に変化はない。

しかし、安心できるはずがなかった。

レオの直感は警戒しろと未だに言っているのだ。何に警戒すればいいのか見当が付かないまま、時間だけが過ぎていく。

千尋がレオを運命に導こうとしているのかとも考えたが、違う気がする。

では一体この予感は何なのか。

「レオ、どうしました？」

気が付くと、千尋が心配そうに見ていた。

「少しぼうっとしてただけだ」

「そうですか？　体調が悪いとかではなく？」

「元軍人だぞ？　そんな軟《やわ》な鍛え方はしていない。あぁしかし……」

千尋の手を引き抱き寄せると、すっぽりと包み込む。

「なんですかいきなり」

「こうやっていると疲れが取れる」

くすくすと笑いながら千尋は薄《うっす》らと自身のフェロモンを解放する。その香りを脳に焼き付けるように深く深く吸い込む。

次第に落ち着く騒《ざわ》めきに、レオはほっとするのだった。

◇◇◇

「やぁ千尋～！　会いたかったよ～!!」

沢山《たくさん》の護衛に囲まれて現れたブライアンは、部屋に入るなり千尋に熱い抱擁《ほうよう》とチークキスをした。

相変わらずハイテンションな彼に、千尋は笑って久しぶりの再会を喜ぶ。

「お久しぶりです、大統領」

「やぁレオも元気そうだな？　しっかり千尋を守っているようで何より！」

固く握手をしたブライアンは、レオの肩をぽんぽんと労《ねぎら》うように叩く。

促《うなが》されて千尋が席に着くと、レオはその後ろに控えた。そこでふと、護衛の中に見知った顔がいないことに気が付いたようだ。

「あぁアーヴィングは休暇中だよ。会議までには戻ってくるぞ」

「どなたです？」

「レオの元同僚で、今は私の護衛をしてる男だよ。千尋は確か会ったことがなかったね」

「へぇ、レオの同僚ですか。きっと頼もしいのでしょうね」

「そりゃあもう！　彼は今でも現場復帰を望んでいるくらいだからね。……レオはそういうことは言わない？」

優秀で主人に忠実な男だと知っていても、急に前線から外して一人の人間の護衛をさせていることをブライアンはある程度、心配していたのだろう。

千尋はレオと顔を見合わせ、笑う。

「最初は何故《なぜ》私が、と思いましたが、今では女神に引き合わせてくれたことに感謝していますよ、大統領」

「そうか、そうか！　あぁ良かった、もし配置換えしてくれって言われても君ほどの男はいないから困ってしまうところだったよ」

大袈裟《おおげさ》に胸を撫《な》で下《お》ろしたブライアンは、側近に軽食を頼むと千尋達と更に話す。

「あ、いいことを思い付いたぞ！」

ブライアンの言葉に、周りにいた人々がびくりと肩を揺らし一斉に彼を見た。

突拍子もないことを突然言い出すブライアンに、周囲はいつも苦労しているため、また何を言い出すのかとびくついたのだ。

「アーヴィングを今回の千尋の護衛に入れよう！　レオとは昔馴染《むかしなじ》みだから連携を取りやすいだろう？」

「しかし大統領、彼はまだ休暇中ですし、配置は決まっているんですよ？　それを今から変えるんですか？」

側近の一人が一応といった様子でブライアンに進言するが、本人はどこ吹く風でやれやれと頭を左右に振ると、眼光を鋭くして側近を見た。

「君達はプロだろう？　急な事態にも備《そな》えなくてはね。明日までにアーヴィングを呼び戻しておいて」

頭を抱えた側近達はすぐにスマホを取り出すと、大急ぎで各所へ連絡をするために部屋を出ていく。にこにこと笑いながら手を振って見送るブライアンに、レオは遠い目をし、千尋は苦笑するしかなかった。

こうして常に周りを振り回すブライアンだが、その能力と手腕は歴代の大統領の中で最高峰と讃《たた》えられている。

元から高かったブライアンの能力は、運命の番《つがい》を手に入れたことで飛躍し、大統領にまで上《のぼ》り詰《つ》めた。

二人の出会いは千尋が仕事を始めたばかりで、ブライアンもまだ一政治家にすぎなかった頃だ。

千尋があの時のことを鮮明に思い出したのは、クリスマスに忌々《いまいま》しい出来事が起こったからに他ならない。

「千尋はあまり体が強くないのだから、早めに休むんだよ！」

「えぇ、ありがとうございますブライアン。それではまた明日」

ブライアンと別れた千尋とレオは、用意されたホテルに戻ってきた。

千尋が革張りのソファにゆったりと背中を預けていると、レオが何か考え込む。千尋はそれが気に掛かった。

「何か問題でも？」

「いや、アーヴィングが千尋の護衛に加わるのが少し気になってな……今でも充分すぎるのに」

「ブライアンはとりわけ過保護ですからね」

遠い目をした千尋に違和感を覚えた様子のレオが近づいてくる。そして千尋の目を覗き込んだ。

お互い一言も発することなく見つめ合うが、千尋が先に目を逸《そ》らす。

「ブライアンは……私の運命だったんですよ」

「何だって？」

驚愕《きょうがく》するレオの顔を見て苦笑した千尋は、不安に揺れ始めた彼の手を取り横に座るように促《うなが》した。

「そんなに不安そうにしなくても大丈夫ですよ。ブライアンにはもうファビアンという番《つがい》がちゃんといますから。それに運命の番《つがい》を手に入れた人は番《つがい》にしかフェロモンを出しませんしね。私が影響を受けることはありません」

「以前、運命に抗ったことがあると言っていたのは、大統領のことだったのか？」

「ええそうです」

「しかしどうやって？　それに何故《なぜ》、今それを私に話すんだ」

何故《なぜ》かと問われれば、クリスマスに嗅《か》いだ運命の香りが過去を思い出させたせいだとしか言えない。

だが、千尋はそれをレオに話すつもりはなかった。

不安はいつまでもついて回るし、実際ブライアンと会って普段は思い出しもしない過去が蘇《よみがえ》った。

それが千尋の心をざわつかせ、レオに違和感を与えている。

「ブライアンの過保護の理由は、私が彼と初めて会った時に拒否反応が強すぎて倒れてしまったからなんですよ。それで、レオの元同僚を付けようと考えたのでしょうね。勿論《もちろん》ブライアンは私が運命の一つだとは知りません。知られていたらと思うとゾッとします」

嘲《あざけ》るように言った千尋に、レオは片眉を上げながら首を捻《ひね》った。

「運命なのに拒否反応があるのか？」

「普通の人にはありませんよ。運命が巡り合う瞬間を見てきたでしょう？　拒否反応を起こすなんて、世界中で私だけです」

普通なら歓喜の嵐が押し寄せるが、千尋の場合は運命と本能に対する恐怖と嫌悪が全身を包み込む。その負の感情によって体が拒否反応を起こすのだ。

レオは、運命を前にした者達の思考が塗り替わるのを目《ま》の当《あ》たりにした時の気持ちの悪さを思い出したようだ。

一瞬、顔を強張《こわば》らせたもののすぐに、ニヤリと笑う。

「それはいいことを聞いた。私も千尋と同じく運命の番《つがい》に嫌悪感がある。となれば、私の前に運命の番《つがい》が現れたとしても拒否反応が出るということじゃないか？　だとしたら私は運命に抗える」

嬉しそうなレオの髪を撫《な》でた千尋は、そんな単純なことではないのだと呟《つぶや》いた。

「本能は残酷ですよレオ。どんなに拒否しようと運命に縋《すが》りつきたくなってしまう」

「では千尋はどうやって抗ったんだ」

「答えは出ているでしょう。私は仕事でブライアンに会ったんです。その仕事をしただけです」

「あぁ成るほど……抗う術《すべ》は千尋しか持っていないというわけか」

運命に抗うには番《つがい》が死ぬか、別の運命をぶつけるしかない。

だがそれは、簡単なことではないだろう。本能に抗い己の運命を別の人間に差し出すという行為は、身を引き裂かれるほどの衝撃をもたらす。

「しかし、この話を私に教えて良かったのか？　抗う術《すべ》は教えないと言っていただろう」

「ブライアンの過保護の理由を話すには言うしかないですからね。よく考えたら、私のやり方はレオにはできないことですし」

「千尋は酷《ひど》いな」

「そうですよ、今更でしょう？」

くすくすと笑うと、はぁと溜息《ためいき》を吐《つ》いたレオがその存在を確かめるように千尋を抱き寄せた。

「もうブライアンのことはいいのか？」

「いいも何もないですよ。何年も前の話です。私は運命の番《つがい》とだなんて結ばれたくありませんから」

「……もし千尋の前にまた運命の番《つがい》が現れても同じことが言えるか？」

濁《にご》る瞳に至近距離で見つめられ、千尋は薄く笑う。

「もし千尋が目の前からいなくなったら、きっと私は耐えられない」

それに答えるように千尋はレオを強く抱きしめ返した。

今更レオを手放す気などない。レオが抗えなければきっと成瀬と同じようにするだろう。

だが全てを知っているレオは、千尋を憎み恨むかもしれない。

今向けられている執着し依存する目が憎しみに燃えたぎるものに変わったとしても仕方がないことだった。

◆　◆　◆

翌日。頑丈で大きな黒塗りの車に乗り込んだ千尋が、レオの眉間《みけん》に深く刻まれた皺《しわ》に笑いながら手を伸ばした。

ブライアンが千尋の運命だったと聞かされたレオは、二人の関係が気になって仕方がない。

千尋はいつもと変わらない様子でブライアンに接しているのに、何かあるのではと勘ぐってしまう。

千尋のフェロモンを感じなかったとしても、相手は気が付かないものだろうか。

もし過保護である理由が千尋が目の前で倒れたから、女神だから、というわけではなく、運命の番《つがい》だったと気が付いているからだとすれば……そう考えて不安が増すばかりだ。

千尋とブライアンが楽しげに会話する様子を不安に揺れる目で見ていると、レオの異変に気が付いたブライアンがどうかしたのかと尋ねた。

千尋が苦笑しながらフォローするが、ブライアンはあまり納得した様子ではない。

そうこうしている間に移動時間になり、車に乗り込む。すぐに気持ちが切り替わるわけもなく、またしても千尋が眉間《みけん》の皺《しわ》に手を伸ばす。

「そんなに心配することですか？　本当に何もないですよ？」

「そうは言っても気になって仕方ないんだ。それに何故《なぜ》かは分からないが、ずっと嫌な予感がしている」

「軍人の勘というやつですか？」

「そうだな。だから心配だし、不安なんだ」

困ったように言うと、手を握り締めてくれた千尋が、空いた手でレオのピアスを撫《な》でた。

「貴方は私のものでしょう？　何も心配することはありませんよ」

◇　◇　◇

国際会議が開催されるビルに入り、千尋は夥《おびただ》しい数の警備の中を進んでいた。重厚な扉の向こうには大きな円卓があり、奥には各国の国旗が並べられている。

通訳や側近達が座る場所もあって広々としているが、数日後の会議が始まれば連日沢山《たくさん》の人で溢れる場所だ。

会議が開かれている最中、千尋がすることは、休憩時間に要人達と他愛もない話をしたり、レセプションパーティーに参加したりするのみ。

各国とも譲れないことがあるためどうしても雰囲気が悪くなるところに千尋が加わるだけで、険悪さが緩み、会議が滞《とどこお》りなく進むことが多かった。

レオが念のために警備の確認をするというので、千尋は別室で待つよりは退屈しないだろうと、共に会議室や待機室を見て回る。暫《しばら》くしてブライアンの側近から戻ってくるように言われ、別室へ向かった。

部屋に近づくにつれ、微《かす》かに肌が粟立《あわだ》ち始める。心なしか血の気も引いていくようだ。

脈も速くなり、千尋はレオに気付かれないようにピルケースから錠剤を取り出して何食わぬ顔で口に含む。

この感じには覚えがありすぎる。

どこにいるのかと視線だけ動かしても見つからず、進むにつれ香りが強くなっていく。

呼吸が荒くなるのを必死で抑え、吸い込みすぎないように浅く息をしながら、千尋は涼しい顔を作る。

——相手にも、ここにいる誰にも、決してバレてはいけない。

部屋の前に到着すると、中にいた護衛が扉を開けた。途端に溢れ出す香りに、千尋は顔を顰《しか》めそうになる。

「ほらほら、早く入って！　紹介するね、彼がアーヴィング・ロッドだよ」

「初めまして、貴方のお話はよく大統領から聞いています。開催期間だけではありますが、宜《よろ》しくお願いします」

爽《さわ》やかな笑みで千尋に手を差し出したアーヴィングは、紛《まぎ》れもなく千尋の運命の番《つがい》であった。

千尋は差し出された手を握り返す。触れ合った場所からゾワゾワと熱が広がり、本能が歓喜で彩《いろど》られた。

同時に、嫌悪感と拒否反応が千尋の心臓を痛いほどに締め付ける。

「レオの元同僚だとか？　短い期間ですけど宜《よろ》しくお願いしますね」

ふんわりと微笑《ほほえ》んだ千尋に、アーヴィングは目を丸くした後、少し頬を赤らめて恥ずかしそうに首肯した。

「久しぶりだなアーヴィング」

「お久しぶりです、レオ。お互いこんなことになるだなんてびっくりしますね。しかも飛び切りの美人が護衛対象とは羨《うらや》ましい。俺と代わりませんか？」

「ちょっと待てアーヴィング、聞き捨てならないな？　この私の護衛だぞ、普通は泣いて喜ぶものだろう」

「突拍子もない思い付きで動かされるくらいなら、俺は戦場にいたほうがいいって言ってるじゃないですか。それが駄目ならレオと一緒に千尋の護衛をしたいですよ」

「確かに君が加われば安全だけれどね、それは却下だ。レオを一人千尋につけるのに、私がどれだけ頑張ったことか！　今回の会議でもあれこれ言われるんだぞ。君までつけたら今度はどんな交渉の材料にされるか分かったもんじゃない、胃が痛いのはごめんだよ！」

「こちらも貴方に振り回されて胃が痛いんですけどね」

アーヴィングがそう言うと、側近や護衛達が苦笑しながら頷《うなず》く。

そんな終始和《なご》やかなやり取りは、護衛という普段は影のようにブライアンを守るアーヴィングの立場では異質だった。しかし堅苦しい場にアーヴィングのようなムードメーカーがいるのといないのとでは大きく雰囲気が変わる。

席に着いた千尋は、犬のじゃれ合いみたいな光景を微笑《ほほえ》みながら眺めた。だが、内心では今すぐこの部屋から逃げ出したくて仕方がない。その衝動を必死に抑え込む。

少しでも気を抜いたら目が勝手にアーヴィングの姿を捉《とら》えようとするし、耳も彼の声を聞き取ろうと集中してしまう。運命の番《つがい》のフェロモンを吸い込みたくなる衝動も、全てが気持ち悪い。服で覆《おお》われた体に冷や汗が伝い落ち、拒否反応で血の気が引き指先が青白くなっている。それを誤魔化すように、千尋はコーヒーのカップを取り、手を温めながら少しずつ飲んだ。

幸い誰も千尋の異変には気付かない。

千尋は口の内壁を噛んだり手首に爪を立てたりと、痛みで気を紛《まぎ》らわせて会話を続けた。

「少し、席を外しますね」

暫《しばら》くして、席を立ちレオを残して部屋を出ると、他の護衛達に付き添われレストルームに向かう。

「……うっ……うぐっ」

個室に入り気が抜けたのと同時に、吐き気が迫《せ》り上《あ》がる。千尋は胃の中のものを全て吐いた。

体が辛《つら》くて出た涙は次第に、運命の番《つがい》に出会ったことへの歓喜の涙に変わり、口元が自然に笑みを作ろうとする。

それに気が付いた千尋は、ぎりっと歯を噛みしめた。

忌々《いまいま》しいΩ《オメガ》としての本能は、浅ましくも運命の番《つがい》がいる場所へ戻ろうと急《せ》かす。

誰が従ってやるものかと、千尋は袖を捲《まく》った自身の腕に強く噛みついた。

今が冬場で良かったと思う。夏場であれば、いくら長袖のシャツを着ていようと、傷跡がバレる。

念のためにと持ち歩く薬の量を増やしていたのも良い判断だった。

懐《ふところ》から取り出した緊急用の注射薬を自身の太腿《ふともも》に打ち、深呼吸を繰り返し目を閉じる。

性的な衝動がいつ襲ってくるか分からないという恐怖は、先手を打って投薬したことで少しだけ和《やわ》らいだ。

個室から出て洗面台に行くと、疲れた顔をした自身が鏡に映る。

会議中、常にアーヴィングも一緒に行動するとなると、衝動に耐えられるか不安だ。だが、下手に護衛から外すこともできない。

深く溜息《ためいき》を吐《つ》いた千尋は、精神安定剤を数錠呑み下す。再び地獄のような空間に戻るのは躊躇《ためら》われたが、いつまでもこんな所にいるわけにもいかない。

冷水で顔を洗って自身を奮い立たせ、何食わぬ顔で部屋に戻り、平然とした様子でブライアンが満足するまで談笑を続けた。

◆　◆　◆

千尋達と共にホテルに戻ったアーヴィングは、千尋の姿に終始見惚《みと》れてしまいレオに怪訝《けげん》な顔をされていた。

これまで出会った中で、千尋のような人物を見たことがない。

怪我を理由に第一線を外され大統領の護衛をさせられていることが、アーヴィングはずっと気に食わなかった。後遺症もないし充分に動けるのに、ブライアンがアーヴィングを気に入り、何度転属願いを出しても元の部隊へ戻してくれない。

だが、千尋に出会った今日、心の底からブライアンの護衛で良かったと思ったのだ。口調こそ軽かったが、本当にレオと代わるか、もしくは一緒に千尋の護衛になりたい。

ブライアンから嫌と言うほど話を聞いていたが、そんな女神みたいな人間がこの世にいるわけがないし、ブライアンが大げさに言っているのだと思っていた。

「大丈夫か千尋、疲れているようだが」

「ふふ、レオにはバレてしまいますね。今日は早めに休むことにします。あぁ、明日からは少し忙しくなりますから、よければ二人とも飲んできたらどうです？」

「しかし千尋を残すのは……」

「セキュリティに問題ないのは確認済みでしょう。部屋からは出ませんから大丈夫ですよ」

千尋の提案に顔を見合わせた二人は、結局、千尋の気遣いに感謝し部屋をあとにする。念のために外には出ず、ホテルにあるバーラウンジに向かった。

◇◇◇

一人になった途端、千尋はその場にへたり込んだ。

本能を抑えつける行為は並大抵の精神力でできるはずがなく、体力の消耗も激しい。

体に纏《まと》わりついているアーヴィングのフェロモンが不快で、震える足をなんとか動かしてバスルームへ向かう。

浴槽いっぱいに湯を張り、備《そな》え付《つ》けられていた入浴剤を放り込む。すぐに強い香りがバスルームを満たした。

決して好きな臭いではないが、少しでもあの匂いから遠ざかれるなら何でもいい。

冷や汗と脂汗《あぶらあせ》で冷え切った体を熱い湯船に沈めて温め、深呼吸を繰り返す。

しかし器用なことに、千尋の体は熱い湯の中でも肌を粟立《あわだ》たせていた。

膝を抱え込むようにして座る千尋は、歯形が残っている腕をさする。匂いの元凶がいなくなり落ち着いてきた本能に、ほっと息を吐《つ》いた。

会議はまだ始まってもいない。

これから一か月、アーヴィングと常に行動を共にし、同じ空間にい続けなければならないだろう。今日ですらこれなのだ。連日ともなれば、どうなるかなど考えたくない。

ブライアンと出会った時は、すぐに他の運命を宛《あて》がうことで難を逃れた。だがアーヴィングはただの護衛で、ブライアンに使った手が使えない。

フェロモンを嗅《か》いでいるため、アーヴィングの運命の番《つがい》の場所は既《すで》に把握している。ロニーのように別の運命に導くことは可能ではある……だが会議が開かれている最中に遠出は無理だ。加えて、もしも千尋という状態でアーヴィングが運命の番《つがい》と出会えば、千尋が導いたことは明白だった。

温まった体で自身のベッドルームにある鞄《かばん》を漁《あさ》り、千尋は忍ばせている薬の量を確認した。念のために所持する数を増やしたが、流石《さすが》にこんな事態は想定していないので薬の数に限度がある。下手に乱用すれば途端に底をつく。そうなれば自身の力だけで本能を抑え込めるかどうか。

周りに悟られるリスクを考えると、この国で薬を調達するのも避けたいところだ。

「乗り切れる、きっと大丈夫」

千尋は自身に暗示をかけるように呟《つぶや》くと、ベッドに潜《もぐ》り込んで目を閉じた。

◆　◆　◆

ホテルの最上階にあるゆったりとしたジャズが流れるバーラウンジに着いたレオ達は、軽めのアルコールで喉を潤《うるお》し再会を喜んだ。

「まさか護衛として再会するとは思わなかったな」

「びっくりしますよね、レオはどうして千尋の護衛に？」

レオは休暇中に突然呼び出され、着の身着のまま千尋のもとへ行くよう命じられたことを話す。

アーヴィングはブライアンならやるであろう突拍子もない命令に、笑いが止まらないようだ。

「アーヴィングはいずれ前線に戻ると思っていたが……」

「それこそブライアンが大統領の座から降りるまでは無理でしょうね」

はぁ、と溜息《ためいき》を吐《つ》いて肩を落とすアーヴィングを元気づけようと、レオはその肩を叩く。

「それにしても本当に羨《うらや》ましい。千尋は女神様なんでしょう？　そんな人と常に一緒だなんて」

「いいだろう？　千尋といる日々は戦場とは違う刺激で溢れていて、退屈しなくてありがたいよ」

千尋との毎日を思い出し柔らかく微笑《ほほえ》んだレオに、アーヴィングは驚く。険しい表情で共に任務を熟《こな》していた時には見たことがないものだったのだろう。レオは千尋がもたらしたものの大きさを改めて知る。

「変わりましたね」

「そうか？」

「そうですとも。いいなぁ俺も会議中だけじゃなくて、その後も一緒についていきたいなぁ」

子供のように言うアーヴィングを横目に、レオはたとえブライアンが許可したとしても千尋の護衛は無理だろうなと思った。

千尋はごく少数の者しか懐《ふところ》に入れようとしない。

常に微笑《ほほえ》み誰にでも優しい彼のもとには沢山《たくさん》の人が集まるが、彼が引く線の内側に入ることを許されているのは成瀬とレオだけだ。

アーヴィングに入ってきてほしくない。

アーヴィングだけでなく、誰に対してもそう思う。謂《い》わばレオの独占欲だ。

千尋の内側を知って初めて得た歪《いびつ》な光を、これ以上誰かと共有するなど考えたくない。

千尋の性格上、内側に招き入れる人間が増えることはないだろうが、やはり考えたくもないことだった。

アーヴィングと別れ部屋に戻ったレオは、千尋が既《すで》に寝ていることに気が付き、静かに彼の寝室に足を踏み入れた。

小さな寝息を立て眠る千尋に、自然と笑みがこぼれる。

こうして千尋の無防備な姿を見られることは、レオにとって些細《ささい》な幸せの一つだ。

さらさらと流れる艶《つや》やかな千尋の髪を撫《な》でながら、いつまでもこの幸せが続いてほしいとレオは月夜に願った。

◇　◇　◇

会議は滞《とどこお》りなく進み、折り返し地点に差し掛かった。

あれから千尋は日中はレオに加えて、アーヴィングとも行動を共にしている。

日に日に精神力と体力が削られ、服用する薬の量が増えてきた。一回の量での効き目があからさまに落ちていることに焦《あせ》りを感じる。

幸い、ホテルの部屋は元々レオ以外の立ち入りを禁じていた。部屋にいる時だけは、心から安心し落ち着ける……はずだった。

しかし長時間に亘《わた》って吸い込む運命の番《つがい》の香りに本能が引きずられ、安心でき精神が休まるはずの空間で、千尋はアーヴィングから離れることへの寂寥感《せきりょうかん》に苛《さいな》まれるようになっている。

「千尋、千尋、大丈夫か？」

「……れお？」

「酷《ひど》く魘《うな》されていたぞ？」

強く揺り起こされ、心配そうに顔を覗き込んでいるレオと目が合う。千尋はぼんやりとベッドの中から見つめ返した。

ここ数日眠りがどんどん浅くなり、悪夢に魘《うな》され飛び起きる夜を繰り返している。

「最近は顔色がよくないし、体調でも悪いのか？　体も酷《ひど》く冷えてるぞ」

手の甲で千尋の顔に触れたレオは、その顔色と体温の低さに顔を顰《しか》める。その手の温かさにすり寄った千尋は、安堵《あんど》して力なく微笑《ほほえ》んだ。

「最近、悪夢ばかり見てしまって……寝不足が酷《ひど》いんですよ」

「大統領に言って日程を調整するか？　少しくらい休んでも大丈夫だろう」

「いえ、これも仕事ですから。たかが寝不足くらいで休めません」

「しかし……はぁ、無理だと判断したら強制的に休ませるからな？」

「心配性ですね、大丈夫ですよ」

そう呟《つぶや》いた千尋は、レオの手を引いてベッドに引き込むとそのまま眠る。

フェロモンの香りが一切しない安心感と、レオの心地いい体温は、千尋に束の間の安息を与えた。


会食は連日人を変え行われていた。千尋は昼夜問わず会食に参加する。体調の悪さは増すばかりだが、それを理由に一度でも休めば、そのまま仕事を放棄しそうだ。

千尋が体調不良だと言えばすぐに休めと言ってくる人達ばかりである。

しかし受けた仕事を私情で放り出すことはできない。千尋は誰にも気付かれないように細心の注意を払いながら行動していた。

だが、日を追うごとにアーヴィングの気配を探り、耳をそばだてている自身に嫌悪感が募《つの》る。

拒否反応で吐いてしまい、千尋は殆《ほとん》ど食べられていない。

「危ないっ！」

スッと意識が飛びかけ体勢を崩した千尋は、後ろを歩いていたアーヴィングにすんでのところで抱きとめられた。その瞬間、全身が歓喜に沸き立ち一気に体が熱を持つ。

——ずっとこの腕の中にいたい。

そう頭をよぎったのと同時に、千尋は目を見開き勢い良くアーヴィングを突き飛ばした。

「あっごめんなさい、助けてくださったのに、驚いてしまって」

「あ、あぁ大丈夫ですよ、咄嗟《とっさ》に触れてしまったので仕方ないかと」

ははは と申し訳なさそうに笑うアーヴィングに、千尋は胸が締め付けられる。

「大丈夫か、千尋」

「えぇ、日差しで少し眩暈《めまい》がしたのですが、もう大丈夫です」

レオが差し出してきた手を取り、何ともないふうを装《よそお》って笑う。レオはその言葉を信じていないようで、顔を顰《しか》めたままだった。

「この後の昼食会はキャンセルしよう」

「その必要は……」

「今日の昼食会のメンバーとは一回ディナーを共にしているし、欠席しても大丈夫だろう。夜の晩《ばん》餐会《さんかい》のほうが重要なのだから一度休んでは？」

「そうですよ、千尋。ちゃんと休んで晩餐会《ばんさんかい》に行きましょう。また眩暈《めまい》でも起こしたら大変です」

気を使い提案するレオよりも、眉を下げ心配するアーヴィングに嬉しさが込み上げ口角を上げそうになる。千尋は口元を押さえてそれを隠した。

「ではそうします。レオ、連絡は任せてもいいですか？」

「勿論《もちろん》、すぐに部屋に戻ろう」

車に乗り込んで会議場からホテルに戻った千尋は、レストルームに入り震える手でピルケースを開けて抑制剤と精神安定剤を呑み込んだ。

もう薬が効いていないことは十分すぎるほど理解しているが、呑まずにはいられない。

アーヴィングに抱きとめられた時に感じた幸福感を何度も繰り返し思い出し、それに浸《ひた》りそうになる。

顔を上げ鏡を見ると、涙が止めどなく流れていた。

これは果たしてどんな意味の涙なのだろうか。

運命に出会えたことへの歓喜か、それとも絶望か。

それすら、千尋は分からなくなっていた。


一休みし、幾分か顔色が戻った千尋は、予定通りに晩餐会《ばんさんかい》に参加した。その間、レオは千尋の変化を逃すまいと注意して千尋を見る。

一見普段と変わりがない千尋だが、カトラリーを持つ手が僅《わず》かに震えている。食事の量も普段より格段に減っていて、その代わりに水分を取っていた。

やはり体調が悪いのだろうと考えたらしいレオは、スケジュールを思い出しながら省いても問題がなさそうな予定をリストアップしていく。本当は全ての予定をキャンセルして帰国させたいが、千尋の性格を考慮して最低限のものだけを挙げる。

そうして晩餐会《ばんさんかい》後、朝一の予定をキャンセルしたことを伝えてきた。渋る千尋を説得し無理やり寝かせる。

その後、翌日の打ち合わせのために他の護衛達がいる部屋に去った。

◆　◆　◆

千尋を心配していたアーヴィングは、ふと日中に起きた出来事を思い出して顔を緩ませた。

ふいに抱きとめた千尋からはΩ《オメガ》特有のフェロモンこそ感じなかったが、何故《なぜ》だか体の奥底から揺き立てられるような感覚が僅《わず》かにあったのだ。

覗き込んだ瞳は潤《うる》んでいて、開いた唇に貪《むさぼ》りつきたい衝動が湧き上がる。ごくりと息を呑んだが、千尋に押され我に返ったのだった。

あれから気が付けば千尋のことばかり考えている自身に驚く。けれど、あの美貌《びぼう》では誰でもそうなるに違いない。現に堅物だと思っていたレオですら、柔らかい雰囲気に変えたのだ。各国の要人達も千尋を丁寧に扱っている。

番《つがい》のいないΩ《オメガ》がα《アルファ》からそんな対応を受けるのは、千尋の人の好さ故《ゆえ》だろう。

「千尋はさぞやモテるのでしょうね？　その対処もレオが？」

護衛の控え室でレオにポツリと漏らす。

「確かに羽虫は多いな。しかしいくら懸想しようと、千尋には手を出せないさ。出せばどうなるか分からない者達ではない」

アーヴィングはガッカリした。その表情を見逃さなかったレオが、苛立《いらだ》った雰囲気になる。

「アーヴィング一つ忠告しておこう。千尋はただのΩ《オメガ》ではない。彼はこの世界の至宝だ。手を出せば処罰だけでは済まないぞ」

怒気を孕《はら》んだ冷たい声と鋭い眼光に、アーヴィングは射貫かれる。途端に室内は戦場のような緊張感に包まれた。

レオは一言でも言葉を違えればこの場で撃ち殺しかねない雰囲気を纏《まと》っている。部屋にいる者達が何事かと動きを止め、静かに様子を窺《うかが》う。

「ま、まさか、そんなことするはず……ないでしょう？」

じっと真偽を確かめるようにアーヴィングを見ていたレオは、その答えに満足しなかったが、一旦視線を外した。

「そうか？　ならいいんだ」

レオの視線から逃れられたことで、アーヴィングは詰《つ》まっていた息を静かに吐き出す。全身から噴き出した冷や汗でジャケットの中が湿り不快感が増している。

レオは何事もなかったように、翌日の打ち合わせを始めた。そんな彼を横目に、ただの護衛が、護衛対象にあそこまで牽制《けんせい》するだろうかとアーヴィングは頭を捻《ひね》る。

千尋がただのΩ《オメガ》ではないということは知っているが、詳しいことは知らされていなかった。レオがつけられているのだから、それなりの理由があることは想像できる。だがそうだとしても、レオがあんな牽制《けんせい》をする理由が分からない。

——まさかレオは千尋に懸想しているのか？

だがそんな人物をあのブライアンが起用するとは考えられない。

今は考えても仕方がないと軽く頭を振ったアーヴィングは、姿勢を正して打ち合わせを続けたのだった。

◆
◆
◆

苛立《いらだ》つ神経を宥めながらなんとか打ち合わせを終え、レオは千尋が待つ部屋に戻った。バスルームから微《かす》かに水音が聞こえてくる。どうやらシャワーの栓が緩んでおり、そこから水が落ちているようだ。

浴槽の縁に手をついたまま、溜息《ためいき》を吐《つ》く。

アーヴィングが千尋に興味を示したあの時、今までにないほど苛立《いらだ》ち、思わず牽制《けんせい》してしまった。

今まで千尋に興味を示したり懸想したりする者を沢山《たくさん》見てきたのに、一体何が癪《しゃく》に障《さわ》ったのか、レオ自身よく分からない。

ただただアーヴィングの反応に不快感が募《つの》り、ムカムカとしたのだ。

頭を冷やそうとシャワーの栓に再び手を伸ばすが、ふとレオは視界の端に気になるものを捉《とら》えた。

眉根を寄せてしゃがみ、冷たい大理石の床に落ちている小さな錠剤を見つけ、更に眉間《みけん》の皺《しわ》を深くする。

その錠剤には見覚えがあった。普段は使わない強い精神安定剤を呑むほど、千尋が何かを我慢している。更にそれを隠しているのだ。先程までの苛立《いらだ》ちは四散し、今度は言い知れぬ不安に襲われた。

ドクドクと脈打つ鼓動が速くなる。だがその時、千尋の部屋から微《かす》かに叫び声が聞こえ、ハッとしたレオは足早にシャワールームを出た。

◇　◇　◇

「……ひっやめ!!」

自身の声でバチンと目が覚め、千尋は跳ね起きた。

先程まで見ていた光景が夢であることが分かって安堵《あんど》する。荒い呼吸のまま、ぼすんと再びベッドに体を倒した。

毎夜見る悪夢はより鮮明になり、今日はあと一歩で項《うなじ》を噛まれるところで飛び起きた。

全身が汗で濡れ、不快感を深める。

枕の下に置いていたピルケースから薬を取ろうとしたその時、ベッドルームの扉が開いた。

「どうした千尋！」

焦《あせ》ったように飛び込んできたレオに驚いた千尋は、びくりと肩を揺らす。手からピルケースが離れ、カシャンと小さな音を立てて柔らかな布団の上に落ちた。

「それは……」

落ちたピルケースにレオが視線を向ける。千尋は咄嗟《とっさ》に隠そうとした。レオはそれを許さず、千尋の手首を握って阻止する。

「どういうことだ千尋、これは抑制剤だろう？　何故《なぜ》ヒートを起こしているわけでもないのに呑む必要がある？」

「……夢見が悪かったんです。それに引《ひ》き摺《ず》られただけですよ」

千尋はレオと視線を合わせられず、目を逸《そ》らした。

「千尋、何か隠しているだろう？」

千尋は目を見開く。それをレオは見逃さなかった。

「千尋をそこまで追い込んでいるのは何だ？　何故《なぜ》私に言えない」

小さく口を開いては閉じ、千尋は悩む。けれど結局、何でもないのだと口にした。

レオが酷《ひど》く傷ついた顔をする。

「それ以外に、精神安定剤も呑んでいるだろう？　一体、何があるというんだ千尋」

縋《すが》るように千尋を見続ける彼に、千尋はふるふると頭を左右に振る。

「千尋……」

泣きそうな声に、心が痛んだ。今すぐ全てを話し、レオに泣いて縋《すが》りたい気持ちを必死に抑え込む。

「ごめんなさい、レオ」

黙り込むレオに謝るが、彼は千尋の手を握ったまま動かない。

不安なのは分かるが、それでも黙っているしかないのだ。

体を起こしレオの頭に触れようとすると、下から暗く濁《にご》った目が千尋を見上げてきた。次の瞬間、手を取られ、ベッドに押し倒される。

レオは無言で千尋を見下ろした。

「原因は大統領か？　それは、運命に対しての拒否反応ではないのか？」

その言葉に、千尋は目を見開く。

「たとえ他の運命を宛《あて》がったとしても、千尋には何かしらのダメージがあるのではないか？　未だに本能は、運命を求めているんじゃないのか」

「違います、ブライアンは関係ありません」

「では何故《なぜ》そんな状態になる？」

「それは……」

言い淀《よど》む千尋に、もどかしさからかレオは歯を噛みしめた。

「運命を忌《い》み嫌《きら》いながら、それに耐えるのは千尋が本心では求めているからではないのか？」

「……ッ！　そんなわけがないでしょう⁉」

「では何故《なぜ》だ？　何故《なぜ》千尋はそこまでして彼の傍《そば》にいようとするんだ？　いくら仕事だとしても、そこまでする理由はないはずだ」

番《つがい》を得たブライアンに対し、千尋の本能が刺激されることはない。だがまさか違う運命が現れるなど思いもよらないであろうレオが、ブライアンに原因があると考えるのは当然のことだった。

勘違いを正すなら、自《おの》ずとアーヴィングのことを話さなければならない。そうなればレオは何か理由をつけ、アーヴィングを千尋から遠ざけようとするだろう。

――しかしそれでは……と千尋は考える。わざと良くない運命に一人で向かわせた成瀬にも、これから向かわせようとするレオにも不誠実でしかない。

他人には究極の選択を迫るのに、自分だけ逃げるなど卑怯者だ。

「千尋の憂《うれ》いが大統領であるならば、私はいつでも排除しよう」

「何を言って……」

「千尋の家族や青山達のように、彼がいなくなれば全てが丸く収まる。そうだろう？　成瀬がそうだったように、運命が死を迎えれば千尋はその運命から解放される」

そう言ったレオの目は冗談を言っているようには見えない。

「ダメですよレオ、ダメです」

「千尋が運命に抗えないなら、私は運命を殺してでも千尋を手に入れる」

「ブライアンは本当に……関係ないいんです。それにそんなことをしたら、どうなるか分かるでしょう？」

「甘いな千尋、やはり相手が運命だとそうなってしまうのか？　千尋に捨てられるくらいなら、たとえそれが誰であろうと、私は相手を殺すことを選ぶ」

ギラつき淀《よど》むレオの瞳と言葉に、ここまで堕《お》ちてくれたのかと喜悦の情が湧く。自然と流れた涙は、紛《まぎ》れもなく歓喜の涙だ。

一人で耐えていた本能への苦しみが少しずつ解けていくようで、千尋は体から力を抜いてレオの顔に手を伸ばす。

「ブライアンは本当に関係ないんです、でも……少しだけ時間をください、レオ。私は、貴方を捨てる気はありませんから……だって貴方は私のものでしょう？」

自らが贈ったピアスに触れ、懇願《こんがん》するようにレオを見る。

「……千尋が、待てと言うのなら」

「ありがとう」

レオの額《ひたい》に優しく唇を落とした千尋は、柔らかく微笑《ほほえ》んだ。

◆　◆　◆

翌日。長い眠りから目を覚ました千尋に、レオはいつもと変わらない笑みを向けた。

「少しは寝れたか？」

「ええ、お陰様で」

目の下の僅《わず》かに薄くなった隈《くま》をそっと撫《な》でると、千尋が目を細める。

千尋は結局アーヴィングのことを黙したまま、レオは勘違いしたまま、二人は以前と変わらぬ朝を迎えた。

「昼の集まりもキャンセルした。千尋は夜までゆっくりしてくれ」

昨夜の状況から少しでも休ませなければと、レオは千尋に了承を得る前に予定をキャンセルしていた。

同時に、少しでもブライアンとの接触を断てば千尋の拒否反応が多少は落ち着くだろうとの狙いもある。

千尋から時間をくれと言われたが、納得したわけではない。運命に千尋を奪われるくらいなら、先に奪えばいいとすら考えている。

ブライアンが大統領でなければ、千尋が眠る間にレオはブライアンを始末していただろう。

昼の予定までキャンセルしたことに千尋は困った顔をするが、昨夜の状態を考えれば丁度いい休みだ。

「平日ですけど、久しぶりに二人でゆっくりできますね」

そう言って、諦めたように千尋は笑った。

朝食をとった二人は、ソファに腰かけ寄り添いながら会話をすることもなくテレビを眺める。時折レオは千尋の首筋に顔を埋《うず》めるが、警戒心を強めている彼が自身のフェロモンを出すことはなかった。

「――そんなに睨《にら》まれると困るんだけどなぁ？」

困ったように言うブライアンに対し、レオは無言で目を細めた。

千尋の状態が心配で仕方がないというのに、夜の集まりに必要な書類を渡したいとブライアンから突然呼び出されたのだ、不機嫌にもなる。

革張りの椅子に背を預けてコツコツと机を叩き、ブライアンが溜息《ためいき》を吐《つ》く。

「千尋に入れ込むのは仕方がないけどね、公私はちゃんと分けてくれないと。見てみろ、周りが怯《おび》えてる」

レオが周りを見ると、視線がさっと外された。

気が付けば、ブライアンの側近達がいつもより離れた位置にいる。平常心を求められる元軍人としては、確かにこの状態はよろしくない。

一度深呼吸をしたレオはブライアンに頭を下げた。

「失礼しました大統領」

「まったく君らしくもないね。千尋はそんなに体調が良くないのか？」

「最近はあまり眠れないようで、余計に体調を崩しています。ですので、残りの予定も調整したいのですが」

「かまわないよ……っと、こんなにキャンセルするのかい？」

「いけませんか？　千尋がいなくても大丈夫そうなものを選びましたが」

「いやここと、ここはいてもらわないとまずいし……あぁできればここの辺りも」

二人が話し合っていると突如、大きな爆音が聞こえ、レオは咄嗟《とっさ》にブライアンを引き倒し覆《おお》いかぶさった。

大統領執務室の中は静まり返り、何人かの護衛が窓の傍《そば》で外を警戒する。レオも身を屈め、神経を尖《とが》らせた。

暫《しばら》くすると連続していた爆音は鳴り止み、執務室の向こう側から慌ただしい音が聞こえるだけになる。コンコンと扉をノックする音が聞こえ、護衛の一人が扉を開けると、ブライアンの側近の一人が顔を青くして部屋の中へ入ってきた。

「大変です大統領、マックイートセントラルホテルが爆破されました……!!」

「なんだって!?」

叫び声に近い声を上げたブライアンがレオを見る。その顔は歪《ゆが》んでいた。

千尋がいるホテルが爆破されたと聞いたレオは、全身から血の気が引く。まさかあの嫌な予感は運命に対してではなく、コレのことだったのではないか。

めったにしない別行動を取っている時に限ってこんな事態になるとは。

レオはキツく歯を食いしばる。

バタバタと忙《せわ》しなく人々が行き交い、次々に情報が集まってきた。先程の爆発の後も数か所で同じような爆発が起きているらしい。これはどう考えてもテロであると誰もが思った。

一気に緊張状態に陥《おちい》った大統領執務室の中で、レオはすぐさま部屋を飛び出したい衝動を必死に抑える。この非常事態に勝手に動くことはできない。

ブライアンに話しかけるタイミングを見計らっていると、タイミング良く彼がレオの前に来た。

「レオ、千尋の所へ急げ。あのホテルには他の要人達も数人滞在しているが、千尋が最優先だ。私はこれから地下へ潜《もぐ》らなければならないから、千尋を確保したら軍施設へ」

「了解しました、では失礼します」

「我らの女神を任せたぞ」

ブライアンに肩を叩かれたレオは敬礼した後、人波に逆らうように建物の外に向かった。

◇　◇　◇

一方、千尋はレオがブライアンのもとへ行っている間、ベッドに横になり浅い睡眠を繰り返していた。そんな中で爆音と共にホテル全体が大きく揺れ、微睡《まどろみ》から強制的に覚醒《かくせい》する。

「なに……地震？」

千尋は寝巻の上に素早くジャケットを羽織《はお》る。

靴を履いていると、またもや爆音と揺れに襲われた。

明らかに地震ではないそれに、千尋は言い知れぬ不安を抱く。今この場にレオがいないという事実が、更に深い不安の渦《うず》へ引き込んだ。

ジリリリとけたたましく鳴り始めた火災報知器に、不安が恐怖に塗り替わる。

この建物から出なければとベッドルームを出ると、部屋のドアノブがガチャガチャと回されていた。次の瞬間、銃声が聞こえ、ドアが蹴破られる。

「大丈夫ですか、千尋！」

蹴破られたドアからアーヴィングと他の護衛達が姿を現し、千尋は思わず体を強張《こわば》らせた。

「緊急事態です。早くここから離れなければ！」

アーヴィングと護衛達は動揺している千尋を連れ廊下へ出ると、外を目指して非常階段を下り始める。

地上を目指す間も、建物が度々起こる爆発で揺れた。次第に煙が充満し始める。

鼻と口を袖口で押さえながら進むと、非常階段はホテルの客でごった返していた。

「一体、何があったんですか？」

屈強な護衛達に囲まれてゆっくりと進みながら、千尋はアーヴィングに問いかける。

「最初の爆発だけならガス爆発の可能性も考えられますが、それにしてはガスの臭いがしませんし……こう何度も爆発音が聞こえるとなると……テロの可能性が高いです」

他の客達には聞こえないように声を潜《ひそ》め、彼は千尋の耳元で囁《ささや》くように言う。それにぞくりと本能と体が反応した。だが同時にそのとんでもない答えに、千尋は目を見開く。

「そんな……厳戒態勢が敷かれているはずでしょう？　そんなことできるはずが……」

「甘いですね千尋は。やろうと思えばいくらでもできてしまうんですよ。戦場ではこんな状態は日常茶飯事《にちじょうさはんじ》でしたし、知っての通り俺も元軍人ですからね。これくらい乗り切れますよ！　必ず守りますので大船に乗ったつもりでいてくださいね」

殊更《ことさら》明るい声を出すアーヴィングに千尋はほっとするが、別の意味での心配ごとがある。それはどれだけの時間、アーヴィングと共に行動しなければならないか分からないということだ。

周囲を警戒していつも以上に近すぎるアーヴィングとの距離に、千尋の理性がどれほど耐えてくれるか予想がつかない。

ポケットから取り出した精神安定剤と抑制剤を周囲に気が付かれないように呑み込みながら、千尋は早くレオが来てくれることを祈る。

周囲では、不安と恐怖で苛立《いらだ》ちを隠せない者が出始めていた。

極度の緊張状態になれば人の理性は簡単に崩壊する。時計を見たアーヴィングには、そろそろ限界が近いことが分かっているようだ。

回線がパンクしているらしく外部との連絡が取れず、外の状況が把握できない。

爆破対象はこのホテルだけなのか同時多発的なものなのか、犯人達はどう動いているのか。

「俺を誰だと思ってるんだ！　早くそこを通せ、邪魔だ！」

「お偉いさんだろうが順番は守れよ！　この状況で動けるわけがないだろう!?」

始まったか、とアーヴィングが階段の下をそっと覗き込む。千尋も下を覗き込んだ。すると、怒鳴り散らしている男が見える。

「あの人は……」

「会議に参加していた人ですね……千尋は下がってください。見つかれば碌《ろく》なことになりません」

他の護衛にそっと目配せして千尋を下がらせたアーヴィングは、非常口にそっと寄り退路を確認しようとした。その時、下で争う声が激しさを増す。そして、数発の銃声と悲鳴が聞こえた。

眉根を寄せたアーヴィングは護衛達に合図を出し、他の客達に気付かれないように静かに千尋をつれて非常階段から抜け出す。

警報器の音が鳴り響く廊下を進み非常階段から離れると、顔色の悪い千尋を椅子に座らせた。

「大丈夫ですか？」

気遣わしげに見てくるアーヴィングに、千尋は小さく頷《うなず》く。

いつもより強く出ている拒否反応は千尋を更に追い込んだ。

命が掛かっているこの非常事態だからこそ、本能は更に激しく目の前の運命を求める。

あの胸に泣いて縋《すが》れば不安も恐怖も、そして拒否反応も全てがなくなる。

そう考えてしまう自身の思考にぞわりとし、千尋は薬を呑み下す。

苦しみからの解放を求め荒ぶる本能は、千尋の理性を揺さぶり続けていた。

流れる脂汗《あぶらあせ》と薬の呑みすぎからくる頭痛に耐えていると、スマホから着信音が聞こえてくる。画面を見た千尋の陰る心に光が差した。

「レオっ……！」

鳴らないはずのスマホの着信音にアーヴィングが振り向く。

青い顔で震えていた千尋が、安堵《あんど》の表情で話していて、アーヴィングの顔が僅《わず》かに歪《ゆが》む。

『大丈夫か、千尋？』

「大丈夫……です、大丈夫ですよ」

涙が出そうになるのを堪えながら、千尋は少しでもレオの声が聞こえるようにと、スマホを耳に押し当てた。

『アーヴィングは一緒か？』

「はい、他の護衛の方達も一緒に」

『アーヴィングは私の元同僚だ。きっとそこから無事に千尋を連れ出してくれる。だから安心してほしい』

「レオは、レオは今どこです？」

『千尋と合流できるようにそっちに向かってる』

それを聞いた千尋は、更なる安堵感《あんどかん》にとうとう目から涙を零す。レオが来てくれるという、これほど心強いことはない。

レオの励ましの言葉は拒否反応と不安を和《やわ》らげた。

そんな千尋から目を逸《そ》らし、アーヴィングは周りの警戒に努めている。

千尋はレオに頼まれ、彼にスマホを手渡した。

『アーヴィングか？　大統領命令だ、千尋を最優先でそこから避難させろ。他の者の生死は問わない。私もじきに着くがそれまではお前が頼りだ』

「了解しました。外はどうなってますか？」

『敵が何人かうろついてるが、ゴミ処理はこちらでやろう』

「合流は」

『千尋のネックガードにはＧＰＳが組み込まれている。それを辿《たど》るからアーヴィングは気にせず脱出すればいい』

「分かりました、ではまた後で」

通話を終えたアーヴィングは千尋にスマホを戻すと、これからのことを説明する。

まだ煙が充満していない階ではあるが、長時間留まることはできない。千尋の顔色はレオと話せたことで幾分かマシになっているものの、まだまだ青かった。

動く前に千尋の体調をチェックしようとアーヴィングが手を伸ばす。千尋はその手をぱしんと弾いた。体が勝手に動いたことに唖然《あぜん》とする。暫《しばら》く二人は無言で固まった。

「予告なく触れてすみません、ビックリしましたよね？　動く前に体調の確認をしたかっただけなんですが……いいですか？」

一瞬、躊躇《ためら》った千尋だが、すぐに小さく頷《うなず》く。アーヴィングはそっと千尋の手を取り脈を計った。

するりと指の腹で手首を撫《な》でられ、千尋は盛大に体をびくつかせる。

その反応のせいか千尋から目を逸《そ》らしたアーヴィングは、緊急事態だというのに一体何をしているのかと頭をガシガシと掻き、気合を入れるように自身の顔を叩いた。

「そういえばよくスマホが繋がりましたね。俺のも他の人達のも、回線がパンクしているのか繋がらないのに」

「……外見はどこにでもあるものと同じですけど、中身は特別仕様ですからね」

「そろそろ行きましょうか」

そう言って差し出されたアーヴィングの手を見つめ、千尋は逡巡《しゅんじゅん》する。

命がかかっているこんな時にすら、千尋は運命の手を取ることに抵抗を覚えた。

アーヴィングとその手を交互に見ては、肌を舐《な》めるゾワリとした嫌悪感に耐える。

だがその手を取らなければ千尋はここから脱出するなど不可能に近く、選択肢は初めから一つしかない。

迫《せ》り上《あ》がる胃液でえづきそうになるのを抑えつけ、千尋は意を決してアーヴィングを見返し、その手を取った。

◆　◆　◆

話は少し前に遡《さかのぼ》る。

ブライアンのもとから離れたレオは、装備を整えたバイクに跨《また》がり、千尋がいるホテルへ急いだ。

しかしホテルの近くでは逃げまどう人が溢れ、道路は車がひしめき合っていて、バイクであろうとも先に進める状態ではない。

レオは路肩にバイクを停め、アサルトライフルが入ったガンケースを背負い直すと、人混みをかき分けてホテルを目指す。

レオはアーヴィングが千尋の護衛に加わっていたことに感謝していた。元軍人でありレオと共に特殊任務に就《つ》いていた彼ならば、この非常事態にも上手《うま》く対処してくれるだろう。

他の護衛達だけではこの緊急時にどれだけ動けるか分からない。

勿論《もちろん》、彼らも要人を守るプロフェッショナルではある。だが実戦を数多く経験し、死線を何度も潜《くぐ》り抜《ぬ》けてきたレオ達に適うわけがない。

アーヴィングが千尋に懸想していようが、この際どうでもいいことだ。むしろ、千尋を身を挺《てい》して守るだろう。

レオはスマホを手に取ると、千尋の位置をＧＰＳで確認し先を急ぐ。

その後、千尋に電話が繋がり、その声が聞けたことでレオもまた安堵《あんど》した。

千尋が着けている特殊なネックガードによって安否の確認は取れているが、やはり実際に声を聞くと安心感が違う。

ホテル前には既《すで》に軍が出動しており、爆破テロをしでかした者達との戦闘が始まっていた。

そこかしこで聞こえる銃声の中、少し離れた位置にある司令部に向かう。そして、用意されていたプレートキャリアを装着し装備を整えると、バタバタと銃弾に倒れていく敵の横を抜けてホテルに入り、千尋がいる場所を目指した。

◇　◇　◇

アーヴィングに手を引かれながら、千尋は外を目指して階を下っていた。

広いホテルの中で火災が起きているのは爆破された部分のみのようで、まだ燃え広がっていない建物へ繋がる通路になんとか辿《たど》り着《つ》く。

「少し、止まってもいいですか？」

アーヴィングに手を引かれていたことで、千尋の拒否反応は激しくなっていた。立ち止まると、その場にへたり込む。

アーヴィングに繋がれていた手は冷え切り、血の気がない。だが内側に燃えるように広がる熱もあり、相反する反応が千尋を苦しめていた。

気休めにもならない薬は残り僅《わず》かで、それがなくなる恐怖を残りの薬と共に呑み込む。

空になったピルケースを握る千尋の手を、大きな手が上から握り込んできた。

「歩くのが辛《つら》かったら、俺が背負いますからね」

直後から千尋の手の震えが大きくなる。

「——そこにいるのは誰だ！　止まれ！」

その時、周囲を警戒していた護衛が声を上げ、一斉に銃を構えた。アーヴィングが千尋を背に隠し、素早く警戒態勢をとる。

「あれ、千尋じゃないか？」

両手を上げて敵意がないことを示しながら、男がゆっくりと歩み寄ってきた。

千尋はその男を確認して、なるほどと頷《うなず》く。

国際会議に出席していた要人の一人だ。しかし、男の周りには護衛や秘書が一人もおらず、その不審さにアーヴィングが顔を顰《しか》める。

「他の人達はどうしたんですか？」

「途中で逸《はぐ》れてしまってね、私も一緒に連れていってくれ」

アーヴィングの最優先事項は千尋であり、他の要人の保護は仕事に含まれない。一瞬渋る素振りを見せた彼に、男は目を剥《む》き出《だ》して怒鳴る。

「私を誰だと思っている!?　保護するのは当たり前だろう!?」

「すみません、俺は千尋の救助が最優先ですので」

「そいつはただのΩ《オメガ》だ。私のほうが価値がある、そいつより私を保護しろ！　国際問題になってもいいのか!!」

国際会議に出る者でも、千尋という稀《け》有《う》な存在の価値を知る者はその半数にも満たない。

真実を知らない者からすれば、千尋の存在は首を傾《かし》げるものだ。だが、疎《うと》ましく思っても、力ある者達が後ろ盾になっているので、表立って非難できない。

アーヴィングは溜息《ためいき》を吐《つ》いて銃のセーフティを外すと、躊躇《ためら》いなく男の腕を撃ち抜く。

「大統領からは〝千尋以外の生死は問わない〟と言われています。邪魔をするなら、排除するだけです」

スッと目を細め冷えた空気を纏《まと》ったアーヴィングには、先程まで千尋へ向けていた温かみのある雰囲気はなかった。

容赦のない銃弾で、周囲に血の海ができあがる。

眉を顰《ひそ》める護衛もいたが、アーヴィングは気にする素振りすらない。非情だろうが、命令は最優先で絶対だ。

千尋は目を閉じて男を見ないようにした。

アーヴィングが内心で舌打ちしたいのを隠し、立てそうにない千尋を背負う。もう千尋には拒否する気力がなく、アーヴィングは再び出口を目指して進み始めた。

◆　◆　◆

ホテルに入ったレオは、ＧＰＳを頼りに千尋のもとへ走った。

途中で出くわすテロ犯達を次々に始末しながら進む。そしてふと、不穏な空気を感じた。

異様に静まりかえる建物を見回し、先程倒したテロ犯のもとに戻る。彼らが着けていたインカムを取って、自身の耳につけた。

ザラザラと酷《ひど》いノイズ音の中から途切れ途切れに会話が聞こえる。集中して聞き取っていたレオは、焦《あせ》りを滲《にじ》ませた。

「時間がないな」

舌打ちをして再び走り出し、千尋へ電話をかける。

「千尋、緊急事態だ、アーヴィングに代わってくれ」

焦《あせ》って言うと、すぐにアーヴィングが出た。次の瞬間、轟音《ごうおん》と共に建物全体が揺れ始める。

「千尋、千尋!!」

爆音と共に電話はブツリと切れ、焦《あせ》りと不安が募《つの》った。だが立ち止まることはできない。

頭上から落ちてくる瓦礫《がれき》を避けながら、安全そうな場所を目指して走る。

千尋がもし、という考えが頭を過《よぎ》り、血の気が引く。

戦場で仲間の死は嫌と言うほど見てきたし、敵を屠《ほふ》ることには何の感慨もない。こんな爆発の中を駆け抜けたことも一度や二度ではなかった。

ただ一人、千尋がこの世から消えるかもしれないと考えると、一度として感じたことのない恐怖が襲ってくるのだ。

きっと大丈夫だと自身に言い聞かせながらレオは身を屈め、爆発で崩れ落ちてくる瓦礫《がれき》をやり過ごした。

◆　◆　◆

強い衝撃で意識が途切れたアーヴィングは、ふっと意識が浮上したと同時に全身に痛みが走り、くぐもった声を上げた。はっとして腕の中の千尋を確認する。彼はまだ意識を失っているようで、目を閉じて浅い呼吸を繰り返していた。

ほっと胸を撫《な》で下《お》ろし、辺りを確認する。目の前には、助かったことが奇跡のような光景が広がっていた。

目を閉じて、体が動くか確認していく。足や腕が瓦礫《がれき》で切れた程度で折れてもいない。咄嗟《とっさ》に抱き込んだ千尋の傷も確認する。

千尋の本来の護衛はレオで、約一年、共に生活しているのだから、新参者の自分などよりレオに安堵感《あんどかん》を覚えるのは仕方がない。けれどもやはり自分ではダメなのかと考えずにはいられなかった。レオが千尋の恋人ではないことは分かっているが、昨夜の様子を考えるとレオも千尋に懸想しているように思えた。

世間には吊り橋効果というものがある。今の状態はまさしくそれで、無事に脱出できたら千尋はこちらを見てくれるだろうか。アーヴィングはそう考えてしまう。

そんな感情が刻一刻と募《つの》ることに戸惑いつつも、それが当然であるかのように心に馴染《なじ》む。一目《ひとめ》惚《ぼ》れとは全く異なるその感覚は、アーヴィングを混乱させた。

フェロモンを感じないΩ《オメガ》にここまで心を揺さぶられることなどありうるのだろうか。

抱きとめた時も、手を取った時も、千尋はいつだって思いがけない反応をする。

それは決して喜ばしい反応ではなく、嫌われているかのような反応だ。だが千尋に嫌われるようなことをした覚えがないアーヴィングには、何故《なぜ》自分だけがそんな反応をされるのか分からない。

しかも千尋がアーヴィングを見る目には喜悦がある。まるで千尋の中に別々の感情があるようで、それは一体どんな感情なのかと問《と》い詰《つ》めたい衝動に駆られるのだ。

額《ひたい》から流れる汗で張り付いた髪を優しく払うと、千尋が薄《うっす》らと目を開けた。

彼はびくりとして震え出す。アーヴィングから距離を取ろうとしているのか腕の中で藻掻《もが》くが、消耗しきっている千尋の抵抗など子猫が暴れるよりも弱々しい。

「はな……して、はなして、ひっ……ひぅ……！」

「千尋!?　落ち着いてゆっくり息を吸ってください、千尋！」

パニック状態から過呼吸を起こした千尋を押さえ込み、落ち着かせようとする。けれど彼はじたばたと抵抗するばかりだ。

くそっと呟《つぶや》いたアーヴィングは、無理やり千尋の顔を自身に向けると、勢いのまま唇を塞《ふさ》ぐ。思い切り目を見開いた千尋は、抵抗も忘れ固まった。

千尋の動きが止まったことに安堵《あんど》したアーヴィングだが、自身の口を離すことはしない。体の冷たさとはうらはらに千尋の口内は温かく、無意識の内に舌を伸ばして中を舐《な》め回《まわ》す。

目が合うと、カチリと歯車が合わさる感覚が襲い、全身が火のついたように熱を持って、本能が幸せだと歓喜する。

このまま溺《おぼ》れてしまえとばかりに、アーヴィングのフェロモンが千尋の体を包んだ。

「千尋？」

熱に浮かされたようにぼうっとしていた千尋は、そこで一気に青ざめる。

視線を彷徨《さまよ》わせ、傍《そば》にあるハンドガンを見つめた。

アーヴィングは体を離し、千尋を覗き込む。そこにあったのは、アーヴィングを射殺さんばかりに睨《にら》みつける瞳だ。その目に戸惑っていると、千尋は素早くハンドガンを取り、躊躇《ためら》いなく銃口をアーヴィングに向けた。

「千尋、何を……」

照準を定めながらじりじりと後ずさる千尋に、アーヴィングは手を伸ばす。

「……っ!!　近づかないで！」

「危ないですから、それをこちらに渡してください」

千尋の顔はひきつっている。

「いやだ、そんなのは……」

刺激しないように優しく声を掛けているのに、千尋は悪魔を見たように怯《おび》えていた。じりじりと逃げ、ついに壁に背がつく。

アーヴィングは千尋からハンドガンを奪う機会を窺《うかが》う。けれど同時に、千尋にこれほど拒絶されたことで心の中に嵐が吹き荒れていた。

唇を合わせた瞬間に湧き上がった激しく温かい歓喜の渦《うず》にもっと浸《ひた》っていたかった。目が合った瞬間、千尋も同じだと確信したのに。

繋ぎ留めなければと心が叫ぶ。

ここで間違えば永遠に千尋を失ってしまう、そんな恐怖心がアーヴィングを襲う。

無意識にアーヴィングのフェロモンが強まった。

すると、口の端を上げた千尋が銃口をアーヴィングから外す。

「たすけて、レオ」

そう口の中で呟《つぶや》き、自身の顎《あご》下へ銃口を向ける。

「ちひろ……」

アーヴィングは絶望感に包まれた。どうして自分以外の名を呼び、助けを求めるのか。目の前に、すぐ触れられる距離に、自分がいるというのに。

切り刻まれるような絶望感と共に、激しい嫉妬《しっと》が襲う。その二つが混ざり合う猛烈な感情の渦《うず》はアーヴィングを混乱させた。

「これ以上、近づかないでください……！　近づくなら死にます！」

「なんで……なんで俺を拒絶するんですか」

泣きそうな顔でアーヴィングは千尋に縋《すが》る。こんなに体の奥底から本能が求めているというのに。

何故《なぜ》、千尋は難色を示すのか。

「なんで拒絶するんですか千尋、だって俺達は――」

その先は聞きたくないとばかりに千尋が体を震わせ頭を振るが、アーヴィングは止まらない。

「俺達は、運命の番《つがい》なのに……！」

◆　◆　◆

連続していた爆発が収まり、瓦礫《がれき》の中からなんとか這《は》い出したレオは、千尋の位置を素早く確認した。幸い近くにいるようで、レオは痛む体を動かしGPSが示す場所に向かう。

スマホは壊れたのか、何度コールしても繋がらない。

GPSが生きているなら千尋も生存しているはずだが、胸騒ぎが収まらなかった。

瓦礫《がれき》を乗り越えると、扉の向こうから千尋の声が微《かす》かに聞こえてくる。安堵《あんど》したのも束の間、銃声がしてレオは一気に血の気が引いた。

目の前の扉を勢い良く開ける。アーヴィングに押し倒されている千尋が目に入り、堪《たま》らずレオはアサルトライフルをアーヴィングに向けた。

「何をしているアーヴィング」

地を這《は》うような声で威嚇《いかく》するレオの登場に、アーヴィングはハッとしたように千尋の拘束を解く。

「れお……れおっ！」

千尋は足を縺《もつ》れさせながらも、一目散にレオのもとへ走ってくる。その姿を苦々しげに見るアーヴィングに銃口を向けたまま、レオは千尋を背に隠した。

「答えろアーヴィング、千尋に何をした？」

「ごっ誤解です！　千尋が自害しようとしたのを止めたんです！」

「何故《なぜ》、千尋が自害する？　お前が何かしたんじゃないのか？」

「知りませんよ、なんで千尋が俺を拒絶するのかこっちが聞きたいくらいです！　俺達は……運命の番《つがい》なのに！」

アーヴィングの叫びに、レオは勢い良く千尋を振り返る。千尋はレオの服を掴み、ボロボロと涙を流していた。

レオはあぁと天を仰《あお》ぐ。

千尋が薬を呑んでいたのも、夜中に何度も飛び起きていたのも、ブライアンが原因だと思い込んでいた。

まさかアーヴィングが千尋の運命だとは考えもしなかった。

こんなに近くに二つの運命が現れるなど、一体誰が予想できようか。

護衛としてついていたアーヴィングにずっと拒否反応が出ていたのだとすれば、千尋の体調不良にも納得がいく。どれだけ苦しかっただろう。レオはそれに気付けなかった自分に腹立たしさを覚える。

気が付いていればブライアンに相談し護衛から外すことも、千尋が望めば消すことだってできたのに。

「千尋、アーヴィングの言っていることは……真実か？」

ぶるぶると震え強く噛みしめる唇からは、血が流れていた。何も言わないが、ここまで拒否反応が出ているということは、アーヴィングが運命の番《つがい》であることは確定だ。

「違う、貴方は、私の運命なんかじゃないっ！」

「どうして！　千尋もあの時、確かに感じたはずです！」

悲痛な叫び声に、千尋は耳を押さえて必死で抵抗している。

これまでレオが見てきた運命の番達《つがい》は出会った瞬間に互いを求め、お互いを離すまいとしていた。

しかし千尋は今、レオに縋《すが》りあの衝動に耐えている。これほど嬉しいことがあるだろうか。

運命の番《つがい》を拒絶し、選ばれた優越感は計り知れない。

上がりそうになる口角を抑えながら、レオは千尋に問いかける。

「千尋はどうしたい」

「私は……」

見つめ合う二人に、アーヴィングの本能は脳内で警告音をけたたましく鳴らしているに違いない。

あれは己の運命の番《つがい》なのにと、焦燥感を怒りに塗り替えているだろう。

何故《なぜ》千尋はレオのもとにいるのか、隣にいるべきは自分なのに、と。アーヴィングは先程千尋から取り上げたハンドガンをレオに向けた。

「千尋をこちらに渡してください」

怒りに燃える目で銃口を向けるアーヴィングに、レオは動こうともしない。余裕ぶったその態度に、アーヴィングは煮えたぎる殺意をレオに向ける。

千尋がこちらを選ばないなら選ばせるだけだ。レオが死ねば、千尋は己を選ぶはず。

一方、千尋の冷たい手を握ったレオは、彼の目を見て再び問う。目の前の運命をどうしたいのか、と。

千尋に酷な選択を強《し》いていることは分かっているが、レオは確信が欲しかった。

千尋は覚悟を決めたようにレオの目を見つめ返す。

自分自身で幕を引けない弱さを許してほしい――と呟《つぶや》く声に頷《うなず》き返し、レオは千尋を再び背に隠した。

「残念だアーヴィング」

「……っ!! 千尋、千尋!」

アーヴィングの叫びを聞いてそちらへ走り寄ろうとする疼《うず》きを、千尋はレオの服を掴んで耐えている。

それを見たアーヴィングは引き金を引こうとしたが、トリガーに掛かる指に力を入れることを諦めた。

きっとどう足掻《あが》いても千尋がこちらを見ることはない。

レオの言葉が理解できないわけがなかった。千尋が何故《なぜ》そう判断したのか分からないが、レオの隣にいることが千尋の、番《つがい》の幸せならそれでいい。

悲しそうに笑うアーヴィングに、レオは眉間《みけん》に皺《しわ》を寄せ、全ての感情を心の片隅に押しやった。

「恨んでくれてかまわない、さらばだ友よ」

静かに告げたレオは、躊躇《ためら》いなくアーヴィングに銃弾を撃ち込む。たちまち辺りは銃声と床に落ちる薬莢《やっきょう》の甲高《かんだか》い音で満たされた。

◇　◇　◇

千尋はその音を聞きながら、アーヴィングのフェロモンが消えていくことへの安堵感《あんどかん》と喪失感に苛《さいな》まれた。

こんな状況になるはずではなかった。会議が終わり、帰国する前にさりげなくアーヴィングに運命の場所を教え、次に会っても問題ないようにするはずだったのだ。

こんな事件が起きなければ、アーヴィングが死ぬ必要はなかったのに。

ぼたぼたと止めどなく流れる涙に視界が塞《ふさ》がる。銃声が止んでも千尋は顔を上げられなかった。

宙を舞い床に落ちた薬莢《やっきょう》が傾く床を転がり千尋の足にこつんと当たる。

自身が選択しアーヴィングを屠《ほふ》ったのだと嫌でも実感した。

「あぁぁ……ああ゛ぁぁあ!!」

堰《せき》を切ったように叫び声を上げた千尋を、レオが強く抱きしめてくれる。千尋が伸ばした手の先には、無残に転がるアーヴィングの体があった。

それに近づこうとレオの腕から必死に逃れようとする千尋は、運命の番《つがい》が死んだことによって押し込めていた本能が噴出している。その姿は、いつかレオが見た青山の姿と重なった。

レオは千尋にも恨まれるのだろうかとふと頭を過《よぎ》ったそうだ。

だが千尋は悲痛な叫び声を上げるばかりで、青山のようにレオを非難することはない。

「私を恨むか、千尋」

心が少し落ち着いても、千尋は涙を流していた。ゆっくりと伏せた顔を、レオが手を添えて上を向かせる。

レオの顔には痛みが走っていた。

その表情に選ばれた優越感は既《すで》にない。

アーヴィングの手を取れば楽になれることは分かっていた。しかしそれは、成瀬やレオを捨てるのと同義だ。

そんなことが許されるわけがない。理性を捨て本能に従った自分自身も許せないだろう。死ぬまで幸福と嫌悪と罪悪感に苛《さいな》まれながら生きていくなど、耐えられない。

不安に揺れるレオと視線が合い、荒ぶっていた千尋の本能は波が引くように収まっていく。

温かいレオの手が、千尋には酷《ひど》く心地が良い。その手に自身の手を添えて微笑《ほほえ》む。

「ありがとう、レオ」

そう言って、意識を手放す。千尋の幸福は、全て成瀬とレオのもとにある。それがどれだけ安心できるか。

叫びすぎて掠《かす》れたその言葉は、しっかりとレオの耳に届いていた。現金なもので、レオの口角は上がっている。

外の司令部に千尋を保護したことを伝えたレオは、彼を大事そうに抱え直した。

If

「――ちょっと早くご飯食べちゃって！　バスに間に合わないよ！」

「まだ大丈夫だよぉ」

「そんなこと言って、一昨日《おととい》乗り過ごしたのはどこのお姫様だったかなぁ？」

「んー、わたし！」

「もうほら時間がないからこれ持って、バスで食べて！」

マイペースに準備する子供に手早くジャケットを着せ、朝食の残りのパンを紙袋に入れて持たせる。千尋自身もコートを羽織《はお》り、子供のリュックを掴んでバタバタと玄関に向かった。

「君達、忘れ物があるでしょう」

ニコニコしながら言った夫に、千尋と子供は顔を見合わせる。先に子供が「あ！」と声を上げ、夫のもとに走っていき飛びついた。

夫に抱き上げられた子供はキャッキャと楽しそうに笑うと、その頬にキスをする。お返しとばかりに夫もキスを返して、二人はとても楽しそうだ。

窓から入り込む朝日の中、愛《いと》おしい二人が笑っている。

あぁ幸せだと千尋は目を細めて微笑《ほほえ》んだ。

朝の忙しさはあるが、騒がしいながらも穏やかで幸せな時間でもあった。その光景に見惚《みほ》れているところに、二人が手招きする。

くすくす笑いながら近づくと、先程までしっかり見えていたはずの夫の顔も子供の顔も、黒く塗り潰されていた。

「……え？」

訳が分からず、千尋は固まる。

夫が声を掛けるが、ぱくぱくと口が動くだけで声が出ない。そして気が付く。

「どうしたの千尋」

「まま？」

——子供の名前は何だった？

唖然《あぜん》とする千尋に、二人は首を傾《かし》げる。

目の前の男は誰で、いつ出会ったのか、いつ結婚し子供をもうけたのか、何一つ思い出せない。

あるはずの幸せな記憶はいくら辿《たど》っても出てこなかった。

足元が崩れていくような感覚が恐ろしく、助けてほしいと夫だと思い込んでいた男を見る。

「——？」

夫の声すら聞き取れなくなっていた。

自分は病気になってしまったのだろうか？　と更なる不安が襲ってくる。

夫が気づかわしげに手を伸ばすが、千尋はそれをぱしんと弾く。自身の行動に驚き、手を見た後に夫を見た。

しかしその夫の存在に酷《ひど》く嫌悪感を覚える。

ふわりと香ってきたフェロモンの気持ち悪さに吐き気がして、千尋はその場に蹲《うずくま》った。呼吸が荒くなり、この場から逃げたくて仕方がない。

以前もこんな感覚を味わったことがあった。

床に手をついて記憶を探ると、走馬灯のように溢れ出し、千尋は涙を流す。

運命を憎んでいなければ、α《アルファ》を嫌いでなければ、いずれは訪れただろう幸せは、こんなふうなのだろうか。そう自嘲《じちょう》する。

しかしこれは紛《まぎ》れもなく幻想で、千尋が心からこの光景と生活を望むことはない。

羨《うらや》ましいと思うけれど、自分には不釣り合いだし、この幸せがあるということは成瀬とレオを捨てたということだ。そんな現実は千尋には耐えられない。

幸せなどくそくらえと強く思うと、目の前の光景は徐々に消え始めた。夫だと思っていた誰かも、指先から煙になっていく。

早く消えてしまえとばかりに千尋はその煙に息を吹きかける。

真っ暗になった空間は居心地が良かった。慣れ親しんだ黒く淀《よど》むこの場所が、本来の千尋に相応《ふさわ》しい。

『千尋』

そう呼ばれた気がして振り向くと、鈍《にぶ》い光がある。あれが一番心地の良い場所、あれこそが求めているものだと歓喜する。

早く目を覚ませと心が騒ぎ立てるのに任せ、千尋は静かに目を閉じた。


薄《うっす》らと意識が浮上していく。

目を開けた千尋はぼんやりとしたまま、ブラインドから漏れる日の光の眩《まぶ》しさに目を細める。

視線だけを動かし観察すると、ここは病院の一室のようだ。顔には酸素マスクが取り付けられ、腕にはあらゆる管が繋がっている。

体が鉛《なまり》のように重く、腕を上げ酸素マスクを外すのも一苦労だ。

テレビからはテロがどうの、国際会議がどうのと言うキャスターの声が聞こえる。あれからどれだけ寝ていたかは分からないが、だいぶ日数が経過しているようだ。

頭はなかなかクリアにならず、再び千尋は眠りに落ちていく。


「――千尋、千尋」

肩を強く揺さぶられ再び目を開けると、心配そうに顔を覗き込むレオの姿があった。あぁ戻って来られたのだと、千尋はふわりと微笑《ほほえ》む。レオも安心したようで、顔が和《やわ》らいだ。

千尋が目覚めたことを確認したレオはすぐに医師を呼ぶ。どうやらあの事件の日から三日間は昏《こん》睡《すい》状態に陥《おちい》っていたらしく、その後も錯乱しては鎮静剤を打たれ再び眠ることを繰り返していたらしい。

千尋にはその間の記憶はまったくない。

これが運命の番《つがい》を失った反動なのか。

千尋はそれを成瀬に強《し》いたことを今になって後悔する。

だが、今更、遅い上、もし時間が巻き戻ったとしてもきっと同じ選択をする確信がある。千尋は自分自身に呆れ果てた。

「千尋が目覚めなかったらどうしようかと気が気じゃなかった。千尋の望みではあったが、私の選択は間違っていたのかと……」

ベッドの横にある椅子に腰かけたレオがそう呟《つぶや》く。その姿は最後に見た時より痩せて見えた。

「間違ってませんよ。ありがとうございます、レオ。あの決断をしなければ、私は運命に屈していたでしょうから」

「何故《なぜ》……アーヴィングが運命だと教えてくれなかったんだ？　それが分かっていれば、千尋がここまで苦しむことはなかったはずだ」

「なる君を苦しめて、レオにもそれを強《し》いろうとしているのに私だけが苦しまないのは……不公平でしょう？　本当は一人で乗り越えるつもりだったんですが……結局レオを頼ってしまいましたね」

「何も知らないまま、気が付いたら運命に千尋を連れ去られていたなんてことにならなくて良かった。だがそうだな、もしそうなっても、私が運命を殺しただろうから結局は変わらない」

事《こと》もなげに言ってのけるレオに、千尋は思わず苦笑する。同類の傍《そば》はやはり居心地がいい。夢の中の光り溢れる幻想よりもずっと馴染《なじ》んだ。

極限状態の中でレオが姿を現したあの時、どれほど安堵《あんど》したことか。そして、千尋の残酷な願いを叶えてくれてどれだけ心が軽くなったことか。

友を殺せと命じたにもかかわらず、変わらずに接してくれるレオ。その手にすり寄り、千尋は目を細めた。

「レオがいてくれて良かった」

体力が落ちている千尋は、再び眠りに落ちる。

安心しきった顔で眠る千尋の頭を愛《いと》おしげに撫《な》で、レオは他の護衛達に後を任せ、ブライアンのもとに向かった。

◆　◆　◆

「千尋が漸《ようや》く目覚めたんだってね、これで一安心だ」

人払いがされた大統領執務室でコーヒーを飲みながら、ブライアンは深く息を吐いて革張りの椅子に背中を預けた。

「それではレオ。アーヴィングの最期について聞こうか」

眼光鋭い彼の視線に、レオの背筋がいつも以上に伸びる。

「……アーヴィングは千尋の運命の番《つがい》でしたので、私がこの手で殺しました」

「何だって？」

勢い良く立ち上がったブライアンは、レオを凝視した。嘘ではないことを見てとり、再び椅子に腰を下ろす。

「だが……己の運命が目の前にいたら、普通ではいられないだろう？　千尋は見る限りいつもと変わりなかった」

「千尋は自分の仕事に誇りを持っています。千尋は番《つがい》を作れない、たとえ運命だったとしても彼が番《つが》えば、あの能力がどうなるか分からない。それ故《ゆえ》、千尋は自ら運命を手放しました。運命に惹《ひ》かれる衝動を私には隠し、精神安定剤と抑制剤を呑んで耐えていたようです」

難しい顔で話を聞くブライアンを見ながら、レオは真実と嘘を織り交ぜて説明していく。

運命の番《つがい》が複数いるという事実は、知られてはいけない。それが知られれば、世界のバランスが崩れる。

しかしアーヴィングの死は偽《いつわ》れない。レオが使った銃は軍で使用しているもので、今回のテロ犯達が持っていたものとは違う。

アーヴィングの遺体は瓦礫《がれき》の中から運び出されていて、検死の際に摘出された弾を見れば誰が撃ち殺したのかすぐにバレる。

「我々は酷なことを千尋に強《し》いているのだろうね……なかなか目覚めなかったのはそれが原因かな？」

「運命の番《つがい》と死別した場合、残された側の精神状態が酷《ひど》く悪くなることが分かっています。しかし千尋の場合は、特殊な状況下でずっと無理を続けていた上での番《つがい》の死ですから、あのようになったかと」

顎《あご》に手を当て机を指先でトントンと叩くブライアンは、パトロン達への対処を考える。ただでさえ国際会議中にテロ事件が起きたのに、千尋が番《つがい》を作ってもおかしくない状態になっていたとなれば誰も黙ってはいないだろう。

「千尋の目の前に運命がいたと知られるのは得策ではない……か。テロに巻き込まれPTSDを発症したと伝えておこうかな」

「それで宜《よろ》しいかと」

溜息《ためいき》を吐《つ》いたブライアンは、窓の外で優雅に靡《なび》く国旗を見ながらアーヴィングの姿を思い出しているようだ。

「彼のことは気に入っていたんだ」

ぽつりと呟《つぶや》いた言葉に、レオはグッと眉根に皺《しわ》を寄せる。

「私がもう少し早く到着すれば、或《ある》いは殺さずに済んだかもしれません。……私も友を失いたくありませんでした」

目を瞑《つむ》りはぁ、と深く息を吐《つ》いたブライアンは、ゆっくりとコーヒーのカップを目の高さまで上げ、レオもそれに倣《なら》った。

「「アーヴィングに」」

献杯をした後、カップの中身を全て飲み干したレオとブライアンは、もう一度目を瞑《つむ》る。再び開いた時には、既《すで》に先程までの憂《うれ》い顔は消えていた。

「アーヴィングのことはとても残念だったが、よくやってくれた」

にこりと微笑《ほほえ》むブライアンの顔は、流石《さすが》大国の長たる冷酷さが溢れている。

「千尋の能力が消えるのは宜《よろ》しくないからね。本当に君を千尋につけて良かった。こういう時に冷静な判断ができる君には期待しているよ、レオ。これからも千尋を害そうとする者に容赦は不要だ」

ブライアンが話し終えた直後コンコンと扉が叩かれ、側近達が入ってきた。レオは席を立ってブライアンに一礼し、執務室をあとにする。

お気に入りの護衛を許可なく殺したことを咎《とが》められるかと身構えていたが、逆にこれからも同様の動きをしていいとお墨付きを得た。そのことに苦笑する。

ブライアンの冷酷さに感謝と軽い畏怖《いふ》を覚えつつ、千尋が待つ病院に戻った。

◇◇◇

体調が回復した後もすぐの帰国は叶わず、千尋は退院後、ホテルに滞在することになった。

国際会議は中止になり、その間にも世界情勢は忙《せわ》しなく動く。

テロでの死亡者数は数百人に上り、追悼式典が行われることになった。体調が回復して間もない千尋も、心配するレオを説得して式典に参加した。

昼間だというのに空は薄暗く曇っていて、冷たい風が集まった人々の間を通り抜けていく。カサカサと音を立てる枯葉を踏み締めながら、千尋とレオは献花する人々の中に混ざり花を手向《たむ》ける。

命を落とした兵士や警察官などの写真が飾られ、そこにはアーヴィングの写真もあった。それを無言で眺める千尋にレオが寄り添うように立つ。千尋はレオの手を握った。

「後悔してるのか？」

「後悔というより自己嫌悪ですね。こんな能力がなければと思ってしまう。だってそうでしょう？　彼らとは住む世界が違いますから、この能力がなければ私はブライアンとも彼とも出会っていないはずです。そうしたら……彼は死なずにすんだ」

「だが千尋にその能力があったおかげで救われた者達も大勢いるだろう？　それにその能力がなければ私達は出会ってない。私はまだ軍人だっただろうし、千尋は国から出ることはなかったんじゃないのか？　だから悪いことばかりではないだろう？」

「それに関しては感謝していますよ。家族のことも運命のことも、きっとレオがいなければ決断できなかった」

目を細め遠くを見る千尋の目には憂《うれ》いの色が浮かぶ。

寒空の下、静寂の中で鐘が鳴り、式典の出席者達は黙祷《もくとう》を捧《ささ》げた。風が吹きさわさわと木々の囁《ささや》きが聞こえる中で、千尋は自身の運命に謝罪と別れを告げる。

長い式典が終わっても二人はすぐには動かなかった。既《すで》に日は傾き始め、式典に参加していた人達が蝋燭《ろうそく》に火をつけて、献花台の周りに置いていく。

揺らめく蝋燭《ろうそく》の火を見ながら、千尋はレオにぽつりと不安を漏らす。

「……私はあとどれだけ業を背負えばいいのでしょうね」

小さく苦しげに笑った千尋は、レオの手を握る手に力を込める。この手が離れることがあれば、きっと立ち直れない。

それほど千尋の中でのレオという人間の存在は大きくなっていた。

日々積み重なる業を自身で増やすなど、とんでもなく愚かな行為であることは百も承知。そんな自分自身に嫌気がさすが、これればかりはどうにもできない。

どうしてもそうしなければ千尋は安心できないのだ。

手を握ったままレオの胸元に額《ひたい》を付ける。レオは慣れたように千尋の頭をゆっくりと撫《な》でた。

「私もその業を一緒に背負おう」

ゆっくりと見上げた先には優しく微笑《ほほえ》むレオの顔がある。

「千尋だけじゃない。私が直接手を下してるのだから当然だろう？」

レオの優しさが、頭を撫《な》でる手から、その声音から、全身に染み渡る。自分はそれを受け取るに値する人間ではないのに。

しかし、嬉しくなる。レオがこの仄暗《ほのぐら》い優しさを向けるのは世界でただ一人、千尋だけだ。

だからこそ、答えが分かっていても聞かずにはいられない。

「それは……今後私がしようとしていることも含めてですか？」

「勿論《もちろん》。言っただろう、早く堕《お》としてくれと」

囁《ささや》くように耳元で言われ、逞《たくま》しい腕で抱きしめられる。千尋はその腕の中で静かに脈打つ心臓の音に耳を澄ませ、レオの服を握り締めた。

揺らめく蝋燭《ろうそく》の火のように、運命の前ではどれだけ強固な繋がりがあったとしても吹けば消える。

千尋は身をもってその危《あや》うさを体験した。

あれほどの衝動に耐えるには深く確実に、レオに楔《くさび》を打ち込む必要がある。

それは堕《お》とした後にするはずだったが、不安に押し潰されそうで、どうしようもない。

「……レオ」

耳元で囁《ささや》く千尋の言葉に一瞬目を見開いたレオだが、理解できただろう。レオもまた、楔《くさび》を望んでいた。

Ω《オメガ》の性質上、好んだα《アルファ》を体を使って手に入れるのはよくあることだ。千尋はその性質に内心、眉を顰《ひそ》めていた。

しかし今、レオを彼の運命の前に放つという状況で、少しでも彼を繋ぎ留めておけるならば、それに賭けてみたい。

体を繋げることでレオの楔《くさび》の一つになるのなら、と。

自嘲《じちょう》する千尋に、レオは握る手に力を込める。

「後悔しないのか」

「レオこそどうなんですか」

「千尋が受け入れてくれるのならば……少しでも抗う糧《かて》になるのなら、私は後悔しない」

「同じ気持ちですよ、レオ」

ホテルに戻った二人は、長く深く口付けした。

それは決して早急なものではなく、お互いの存在を確かめ合うものだ。

いつもは完璧に制御しているフェロモンを、お互いに纏《まと》う。

運命の番《つがい》達のように溶け合い一つにならない香りにもどかしさを覚える。それを埋めるように更に深く口付けた。

スルリとシャツの裾から這《は》い上がってくる手に、千尋は敏感に反応する。その様子をゆっくりと観察するレオは慎重に手を進め、太い指で千尋の胸の飾りを弄《いじ》った。

ジリジリと湧き上がる疼《うず》きに、重なる唇の隙間から声が漏れ、息が荒くなっていく。

与えられる刺激は千尋には些《いささ》か強い。

自力で立っていられず、レオが腰を支えた。

更に密着したことで互いの下半身の昂《たかぶ》りが触れ合い、千尋はびくりと体を揺らす。

その刺激に甘さを乗せた声を上げると、レオは更に刺激を強めた。

布地の上から丁寧に撫《な》で上《あ》げて形を確かめたレオは、千尋が嫌悪感を抱かないようにゆっくりとズボンの前を寛《くつろ》げ、中から緩く立ち上がるものを取り出す。

千尋はレオに縋《すが》り付《つ》くことしかできなくなり、あっという間に彼の手の中に吐精する。

欲の一部を解放し、ぼんやりとした快楽の波が脳を包んだ。レオが力の抜けた千尋を抱え上げて優しくベッドの上に寝かせ、自身の服を脱いでいく。

鍛え上げられた裸体が薄暗い部屋の中で晒《さら》され、均整の取れた体に千尋は手を伸ばす。

その体には大小様々な傷跡があり、その一つ一つに唇を落とした。擽《くすぐ》ったいようで、レオが身をよじる。千尋は気にせず、レオの体のあちこちにある傷跡を見つけては唇を落としひと舐《な》めする。

そして、再び深く口付けた。

レオの手が千尋の体を這《は》い回り始めると、再び千尋のものは立ち上がり主張し始める。

冷えたローションを手で温めたレオは、ゆっくりと千尋の後孔へ丁寧に塗り込んだ。千尋の様子を窺《うかが》いながら指を進めていく。

レオの頭を抱きしめた千尋は甘い声を上げる。

レオはゆっくりと抜き差しを繰り返し、徐々に指を増やして中を広げた。

万が一にも傷つかないようにと時間をかけて解された千尋は、懇願《こんがん》するようにレオを見つめる。

「力を抜け千尋」

レオのものを後孔に充てがわれた。自然に力が入るが、大丈夫だと言うようにレオが頬を撫《な》でる。

目を合わせたままゆっくりと進入してくるレオのものに、息が詰《つ》まりそうになった。短く息を吐き出して呼吸を抑え、できる限り力を抜いて受け入れる。

レオのものが進むにつれ、ビリビリとした快楽が走り抜け、それを追うように千尋の肌が粟立《あわだ》ち、ビクビクと体が揺れた。

レオは大きなものを千尋の中に全て埋《うず》めると、馴染《なじ》ませるために暫《しばら》く動きを止める。

千尋のしっとりとした質感の太腿《ふともも》がレオの手に馴染《なじ》む。

額《ひたい》を突き合わせて、互いに息が整うのを待つ。

緩い律動は苦しさを与えると共に、ゆっくりと快楽に変わっていく。互いの肌がぶつかる音と、卑猥《ひわい》な水音が部屋に響いた。

決して激しくない交わりはしかし濃厚で、心の奥底から互いを求め合うものだ。

一度果てても二人は離れることなく再度交わり、それが何度となく繰り返される。

気が付くと、暗かった外には日が昇り始め、朝焼けが広がっていた。

千尋はレオの上で一分の隙間もないように密着し、お互いの乱れた息を整える。汗で濡れたレオの顔に掛かる髪を手ぐしで整え、じっとその瞳を見つめた。

「忘れないでレオ」

掠《かす》れた声で懇願《こんがん》するように呟《つぶや》く。

「貴方は私のものですよ」

額《ひたい》に口付けられると、幸福感が湧く。

ある意味儀式的な行為が終わりを告げ、二人は同じ未来を思い描いて共に眠りに落ちた。


ゆっくりと意識が浮上し目を開けると、既《すで》に目覚めていたレオと目が合った。

「おはようございます」

嗄《か》れた声に眉を寄せた彼は、拘束していた腕を緩め水を持ってこようと動く。千尋は腕を伸ばし、それを阻止した。

「もう少しこのままで」

弱い力で引き寄せると、レオは再びベッドに横たわり、千尋の望むように抱き込んでくれる。

千尋が意識を失った後、レオが後処理をしたらしく、体は清められベッドは綺麗に整っていた。

それを申し訳なく思いながらも、千尋は与えられる温《ぬく》もりを享受する。

お互いのフェロモンは既《すで》に香ってはおらず、残り香だけが微《かす》かに漂《ただよ》っていた。

二人の香りはやはりどうやっても混ざり合わないようだが、不快ではない。バランスが取れていて心地良いものだ。

ふとレオの首元に噛み跡を見つけた千尋は、ゆっくりとそれを撫《な》で満足して微笑《ほほえ》む。

「消えないくらい噛めればいいんですけどね」

「千尋じゃ力が足りないだろ」

くすくすと笑い合いながら束の間の幸せに浸《ひた》る。この幸福がこの先続くかどうかは、レオがどれだけ運命に抗えるかにかかっている。

運命なんてものがなければ、千尋とレオはお互いを求めたまま執着と依存の中で生きていくことができただろう。

けれども運命はいつだってあちらこちらに散らばり、人を引き寄せようとする。

昨夜香っていたフェロモンから感じ取ったレオの運命を忌々《いまいま》しく思い、千尋は堪《たま》らず眉を顰《ひそ》めた。

行為の最中はレオに心から身を預けられたが、先程からジワリジワリと湧き上がっている運命の番《つがい》がいるであろう場所に頭が痛くなる。

全てこの手で排除できたらと思わずにはいられない。

だが、何も知らず日常を過ごす彼らに「レオの運命だから死んでくれ」というのは、余りにも残酷で傲慢《ごうまん》だ。レオが運命を殺すことなく抗うのが一番望ましい。

陰りを見せた千尋の額《ひたい》に、レオが触れるだけの口付けを落とす。

いくら楔《くさび》を打ち込み互いを求める熱量を確かめ合ったとしても、不安がなくなることは決してないと分かっていた。

いっそ無人島や人里離れた場所で暮らせばいいのかもしれないが、千尋の仕事がある以上そんなことはできない。二人にそんな選択肢はなかった。

戦わずして逃げるのをレオ自身がよしとしないのは勿論《もちろん》だが、千尋が心から安心するのは運命に抗えた者だけだ。

「やはりいつかは教えてくれないのか？」

肩口に埋《うず》めていた顔を上げレオと視線を合わせた千尋は、寂しさを含んだ笑顔を見せる。

「私の決心がついたらその時は……教えますね」

予告しても、どう転ぶかはその時にならなければ分からない。千尋は予告なしにレオを運命と引き合わせるつもりだ。

祈りを乗せるように、レオにしがみ付く腕に力を込めた。レオもそれに応《こた》える。

「きっと大丈夫だ、きっと」

これで終わらせるつもりは、お互いに微塵《みじん》もない。

最後まで抗い続け、それを見届ける。

だが抗えなかった場合の未来を考えれば考えるほど、二人の心は沈む。

運命でも番《つがい》でもない二人に残された時間はどれほどなのか、誰にも分からなかった。


暫《しばら》くして帰国した千尋は、自国の地を踏み安堵《あんど》を覚えた。あまりに様々な出来事が重なり、ずっと緊張状態が続いていたが、やっと肩から力が抜ける。

まだ冷える空気の中で、日差しの暖かさを微《かす》かに感じた。少しばかり早い春の気配がして、ふっと千尋の顔が綻《ほころ》ぶ。

「一月ぶりくらいですけど、数年ぶりに帰ってきたような感じがしますね」

「今回の仕事は濃い内容だったからな……ところで成瀬は？」

「まだみたいですね」

事前に成瀬から連絡を貰っていた千尋は、レオと共にラウンジで彼の到着を待つ。

元々予定していた期間で帰国したものの、成瀬の精神状態が良いとはとても思えない。国際会議で起きたテロ事件は世界的なニュースになっている。それを成瀬が知らないはずがない。

いつかの事件同様に、千尋に何かあると、成瀬の精神状態は簡単に崩れる。

レオがメールを出した後、千尋はあえて成瀬と連絡を取らなかった。連絡したのは、帰国する前日だ。

ゆったりとしたクラシックが流れるラウンジでレオと二人コーヒーを飲みながら、千尋は成瀬が来るのを待った。

数十分後、酷《ひど》く顔色の悪い成瀬がやってくる。

「ちひろ……」

ふらふらと吸い寄せられるように近づき、無言のまま千尋を抱き締めた成瀬は、途端にぼろぼろと涙を流す。

精神的に落ちている時も変わらないふうを装《よそお》っていた成瀬が、体裁を取《と》り繕《つくろ》えない状態になっている。それだけで彼の精神がどれだけ限界だったかを物語っていた。

「心配かけてごめんね……お家でゆっくりしよう？」


移動中も千尋にしがみ付いていた成瀬は、千尋の家に戻ってからも離れず抱き込んだままだった。

千尋は緩くフェロモンを香らせ、背や頭を撫《な》で続《つづ》ける。

千尋が少しでも離れれば途端に落ち着きがなくなり、風呂もトイレもドアの前で千尋が常に声を掛けていなければいけないほどに成瀬はボロボロになっていた。

運命の番《つがい》をなくし、千尋までいなくなれば、成瀬はきっと自ら死を選ぶだろう。

あの時、運命に屈したら、成瀬はそうなっていた。そう思うと、千尋は本当に運命から逃れられて良かったと安堵《あんど》する。

出会ったばかりの運命の番《つがい》より、学生時代から支えてくれた成瀬のほうが何倍も大切だ。

本能に突き動かされ、大事な人を切り捨てるなんてことが簡単に起こってしまうことにゾッとした。やはりどうあっても、千尋にとって運命の番《つがい》は恐ろしいと同時に憎むべきものだ。

ベッドの中で成瀬から香るフェロモンに、千尋の精神も穏やかになっていた。

レオのフェロモンの香りも落ち着くが、やはり兄のようにずっと傍《そば》にいてくれる成瀬のフェロモンは千尋にとっては特別だ。

「俺が落ち着いたら、話を聞かせてくれるかい？」

「話？」

「テロに巻き込まれた以外にも、何かあったんだろう？」

心配そうに見てくる成瀬にころころと笑った千尋は、彼にすり寄りポンポンと背中を叩く。

「なる君には昔から隠し事ができないね」

「隠さなきゃいけないことだった？」

「そんなことないよ。なる君が落ち着いたら全部話すつもりだったから」

そうかと満足そうに呟《つぶや》いた成瀬は、千尋に促《うなが》されるまま眠った。顔色が悪く、目の下を縁取《ふちど》る隈《くま》の色は濃い。

成瀬がゆっくり休めるようにと瞼《まぶた》に唇を落とした千尋は、成瀬の体温を感じながら目を瞑《つむ》った。


千尋の家に暫《しばら》く滞在させている間に、成瀬の状態は徐々に落ち着いていった。

一週間後には、夜はまだ不安定になる時があるが、朝、仕事へ行く時にはいつもの成瀬になる。

家を出る前に千尋にネクタイを結んでもらい、成瀬は満足そうに微笑《ほほえ》む。千尋も一緒になって微《ほほ》笑《え》んだ。

「なる君が落ち着いてきて良かった」

玄関で成瀬を見送った千尋にレオが尋ねる。

「千尋が刺された時も酷《ひど》かったからな……今回はどうなるかと思った。あのことはいつ話すんだ？」

「なる君が大丈夫そうなら……今夜にでも」

「また荒れなければいいんだが」

「それはないと思いますよ。私は今ここにいますし……あぁでも」

千尋はレオを見上げると悪戯《いたずら》っぽく笑んだ。

「レオは少し覚悟したほうがいいかもしれませんね？」


成瀬はその日、大量の食料品を買い込んで帰宅すると、ニコニコとそれをテーブルに並べていった。

「うわぁ流石《さすが》なる君！　僕が好きなのばっかり！」

「暫《しばら》くまともに食べなかったからね、回復したなら沢山《たくさん》食べないと」

「食べきれるのか？」

「残ったら冷蔵庫に入れておけばいいさ。レオの好みを知らないから、食べられないものがあっても文句を言わないでくれよ」

三人でテーブルを囲み他愛もない話をしながら食事を進める。デザートまで食べ終える頃には、千尋のお腹《なか》ははち切れそうになった。

「千尋、口の端に付いてるぞ」

そう言って伸びて来たレオの手は、千尋に届く前にぱしりと叩き落とされる。固まるレオをよそに、成瀬が千尋の口をティッシュで拭《ぬぐ》って満足そうに微笑《ほほえ》む。

「ところで千尋、俺に言ってない話をしてくれるかい？」

一瞬、躊躇《ちゅうちょ》した千尋だが、成瀬に向き直ると手を握り締め意を決して口を開いた。

「ブライアンの護衛に僕の……運命がいたんだよ」

成瀬は物凄《ものすご》く驚いた顔をしたが千尋の話を遮《さえぎ》ることはせず、眉根に深い皺《しわ》を寄せて静かに話を聞く。

運命に出会ったのをレオにすら言わずに耐えていたこと、その後テロが起きて運命と共に閉じ込められ屈しそうになったこと、ギリギリのところでレオが到着し運命を殺すことで難を逃れたこと。

千尋はぽつりぽつりと話す。

「耐えるのは辛《つら》かっただろう？　それに運命の番《つがい》が死んだことも、耐えがたかったはずだよ」

辛《つら》そうな顔で千尋の手をきつく握り返し目線を合わせてそう言う成瀬は、自身の過去を思い出しているようだ。そう仕向けたのは千尋なのに、変わらず優しくしてくれる彼をどうして切り捨てられようか。

「なる君とレオを失うくらいなら、僕は運命から逃れられて良かったと思ってるんだよ」

「本当に？」

「本当に」

千尋は成瀬の手を自身の頬に当てて柔らかく微笑《ほほえ》む。

「本来は喜んだらいけないのだろうけれど、俺は千尋が運命に屈しなくて嬉しいよ」

先程までの辛《つら》そうな表情を消し去り、ニコニコしながらも芯が冷えた目をした成瀬を見て、レオはやはりこの男も冷酷な部分を持っているなと再認識したようだ。

「さて、事情はよく分かった……レオ」

スッと目を細めた成瀬は、ツカツカとレオの前に行くと口元だけで笑みを作った。

「よけるなよ？」

そう言うとガツンとレオを殴る。レオは反射的に避けそうになったが堪えて、頬を思い切り殴られた。切れた口の端から血を流す。

「なる君！」

慌てて成瀬を止めた千尋は、困惑して二人を見た。思い切りレオを殴った手をさすりながら、成瀬がはぁ、と深く溜息《ためいき》を吐《つ》く。

「合意の上なのは分かっているけれどね、大事な弟に手を出されてそれだけで済ませてやるんだから、ありがたく思ってほしいよ」

「あぁ、分かっている」

「それと暫《しばら》く、少なくとも俺がこの家にいる間は千尋に近づくな、腹の虫が収まらない。さぁ千尋、後片付けは奴に任せて一緒に寝ようか」

千尋は成瀬と共に寝室に行く。レオは苦笑をこぼしつつ、二人を好きにさせていた。

「なにも殴らなくても良かったでしょう？」

膨れ面をした千尋は、赤くなった成瀬の手をゆっくりと撫《な》でた。成瀬に悪びれた様子はまったくない。

「ごめんね千尋、分かっていても腹が立つんだから仕方がないよ」

成瀬がレオとのことに気が付いていることは分かっていたが、まさか手まで出すとは思わず、千尋は少しばかりばつが悪かった。

「分からなくはないけれどね。レオはまだ最後まで堕《お》ちてないから、不安になったんだろう？」

こくりと頷《うなず》く千尋の手を引いて横抱きにし、成瀬は記憶を辿《たど》るように遠い目をする。

自らの運命が突如目の前に現れ、それに抗った千尋が、その衝撃にレオが耐えられるのか不安になるのは理解できた。そして千尋に堕《お》ちたいと願うレオが運命に抗う術《すべ》を欲するのは致し方ないことだ。

「抗う術《すべ》が欲しかったのは分かるよ。ただの絆《きずな》だけで抗うなんて無理な話だからね。レオには過去の俺みたいになって千尋を傷つけてほしくないから、その判断に否やはないんだ」

「ありがとう、なる君」

千尋が微笑《ほほえ》むと、成瀬はにこりと意地悪く笑った。

「あぁでも、もう一発くらい食らわせとけば良かったかなぁ？　可愛い弟があんな男に食べられるなんて……」

「なる君やめて！　流石《さすが》に恥ずかしいからね⁉」

顔を赤らめた千尋はぼすんと枕で成瀬を叩き、布団に潜《もぐ》って背を向ける。成瀬も布団に入り込むと、一緒に夢の中へ落ちていった。

◆◆◆

数時間後。目が覚めた成瀬は、ガウンを羽織《はお》り千尋が眠っているのを確認してから肌寒いリビングに足を向けた。

薄明りの中、冷蔵庫から取り出したミネラルウォーターで喉を潤《うるお》していると、いつの間にかレオがいる。びくりと体を揺らした成瀬は呆れたように溜息《ためいき》を吐《つ》いた。

「……音もなく現れるのは心臓に悪いからやめてくれないかな？」

「つい癖でな」

「それで？　君は俺にまた殴られにでも来たのかな？」

成瀬が冗談めかしてそう言うと、どうぞとばかりにレオが頬を差し出す。成瀬は渋面を作った。

「軍人には冗談も通じないのかい？」

成瀬はベランダに出る。夜が明ける前の寒さに身震いしながら煙草に火をつけた。煙を肺いっぱいに吸い込み、チラリとレオを見やる。

「何か話があるんじゃないのかい？　あぁ謝罪は聞かないよ。さっき千尋にも言ったけれど、お互い不安だったんだろう？」

レオは成瀬の隣に立ってキラキラと光る都会の夜景に目を細め、ぽつりとこぼす。

「これで多少は抵抗できると思うか？」

「さぁ、それはどうだろうね。その時になってみないと分からないよ。……ただ千尋にあそこまでさせておいて、お前が抗えずに運命に搦《から》め捕《と》られでもしたら……」

吸い込んでいた煙をゆっくりとレオに吹きかけ、成瀬が冷酷な顔で言い放つ。

「その時は、お前が一番幸せな時に殺してやる。前にすぐに殺せと頼んだだろう？　そんな甘いこと、許さない。千尋より運命を選んだことを嘆《なげ》きながら死ねばいいさ。俺は千尋が全てだから、正直、お前なんてどうでもいい。千尋が気に入っているし優秀な護衛だから傍《そば》にいるのを許しているだけだからね。千尋を裏切る奴に容赦はしないよ」

ゾッとする笑顔で言い放った成瀬に、レオは無言で頷《うなず》く。

「それで、千尋の運命の番《つがい》はどんな奴だったんだい？」

「……私の同僚で友人で……いい奴だった」

「へぇ、それを殺したのか。そこは評価してあげよう」

片眉を上げながら薄《うっす》らと笑んだ成瀬は、煙草を吸い終えると話は済んだとばかりにリビングへ戻る。レオもそれに続くと、成瀬が振り返った。ポケットから取り出したものをレオに投げ渡す。

反射的にキャッチすると、それはピルケースだった。

「餞別《せんべつ》だよ。どうせ自分の運命を殺すつもりだろう？　千尋と青山の状態を見たなら分かると思うけど、運命の番《つがい》が死ねば残った側は相当キツいからね。せいぜい自殺しないようにそれでも呑むんだね」

そう言い残しひらひらと手を振って、成瀬は再び千尋が寝ている寝室に戻っていく。レオは一人リビングで、ピルケースの中身を確認した。

入っていたのは大量の強い精神安定剤だ。

レオのために用意したであろうそれに成瀬の優しさが垣間見《かいまみ》え、思わずレオは苦笑した。

◇　◇　◇

季節は進み桜の季節がいつの間にか終わりを告げ、雨がしとしとと降る季節がやってきた。空は連日どんよりとした雲で覆《おお》われ、二人の心を表しているようだ。

傘を差しながらの雨の中、千尋が濡れないようにとレオはさりげなく腰に手を回し誘導する。

そんななんてことのない日が続けばいいのにと願う一方で、千尋はいつか壊れるそれに恐怖していた。

国際会議から暫《しばら》くは国内だけで仕事をしていたが、情勢が落ち着いて以降、再び海外を飛び回っている。

千尋はレオに何か言うことはなかったし、レオも何も言わなかった。

このままでも問題はない。

しかしそれでは、千尋は心からの安寧《あんねい》を得られない。

分かっているが、運命の前にレオを差し出し連れ去られることに千尋は尻込みしているのだ。

早くと急《せ》かす気持ちと、まだこのままでと望む感情が、右へ左へとさ迷っていた。

触れ合う手から感じるお互いの体温を噛みしめて過ごす日々は決して悪くない。だが、不安はある。

近いうちに訪れるその日を思い、胃がキリキリと痛んで堪《たま》らない。

その状況に先に音《ね》を上げたのはレオのほうだった。

「千尋、もう逃げるのはよさないか」

並んで座ったソファでポツリと漏らされた言葉に、千尋は眉を下げてレオを見た。

日常を切り離すのは苦痛だ。それと同時に早く終わらせて安心したいと願う気持ちもある。

「このままではお互いに辛《つら》いだけだ。やるなら早く終わらせよう」

レオの目に意思の強さを見た千尋は、もう逃げてはいけないと感じた。自身が望んでいることなのに、己の臆病さに嫌気がさす。

レオと向き合うように座り直し、ゆっくりとレオの首に腕を回して抱きしめた。レオが自身のフェロモンを解放する。

いつか見たレオの運命の居場所が次々に浮かぶ。千尋はそれをゆっくり吟味《ぎんみ》するように目を閉じた。

良い運命も、悪い運命も、可も不可もない運命も、複数存在するレオの運命の中から最適な者を選び取る。

何も言わず数分間じっと抱き合った二人は、名残《なごり》を惜《お》しんで体を離す。

「決めたか？」

こくりと下唇を噛んで頷《うなず》く千尋に、レオも覚悟をしたのだった。

『――レオに運命の番《つがい》をぶつけるだって？』

千尋から連絡を貰ったブライアンは、告げられた内容に驚きの声を上げた。だがすぐさま、笑い声を出す。

「レオが護衛中に彼の運命が目の前に現れたら……私の護衛ができない可能性があるでしょう。この前みたいなこともありましたし、少し不安で」

『確かに千尋の言う通りだね。その可能性は考えてなかった。レオが運命に吸い寄せられてしまったら大変だ』

「だったらさっさと運命に引き合わせてしまったほうがいいのではないかと、レオと話したんです」

『なるほどねぇ、レオを運命に引き合わせた後はどうするんだい？』

ブライアンに挑発的な声音で問われ、千尋は出かかった言葉を呑み込む。

「あまり意地の悪いことを千尋に言わないでください大統領、嫌われますよ？」

レオが呆れたように声を掛け、ブライアンは冗談だと笑った。

『私に連絡してきたってことは、レオの運命はこっちの国にいるんだろう？　勿論《もちろん》、協力してあげるよ』

「感謝します大統領」

通話を切った後、二人は暫《しばら》く何も言わず、ただ手を握り合うだけだった。


それから一週間後。千尋とレオは飛行機に乗り込み、レオの運命の番《つがい》がいる場所にやってきた。

現地に着いたはいいものの、やはりすぐには行動する気にならず、街へ繰り出し普段通りに振る舞う。

その日の夜。千尋は思い出作りをしようとレオに提案した。彼はそれもまた楔《くさび》になればと了承し、翌日二人は巨大なテーマパークへ足を運ぶ。

エントランスには陽気な音楽が流れ、大勢の人が開園と同時に中へ吸い込まれる。門を潜《くぐ》った先ではテーマパークのキャラクター達が待ち構えており、入場者達を出迎えていた。

その様子を興味深そうに見回すレオに、千尋はくすくすと笑う。

「レオはこういう場所に来たことは？」

「一度もないな」

「一度もですか？　じゃあ今日は思い切り楽しみましょうね？」

広大な敷地に点在するアトラクションに乗るために、二人はスマホのアプリに表示されている地図を見ながら歩いた。

すれ違う家族連れやカップル達も皆ニコニコと笑い合っており、幸せな空気が辺りに充満している。レオの手を引いた千尋は、その人混みの中に混ざっていった。

お互いが運命のことを極力考えないように努め、テーマパークを楽しむ。

普段は買わないようなキャラクターのカチューシャを買って着けてみたり、キャラクターを模したぬいぐるみやグッズを買ってみたりと、随分と柄ではない行動をする。そうすることで二人は少しでも現実から目を逸《そ》らそうとしていた。

夕方近くになり、辺りがイルミネーションで彩《いろど》られる。近くのスピーカーからパレードの開始を告げる放送が流れ、二人は足を止めてパレードを待った。

近づいてくる軽快な曲とダンスとは裏腹に、千尋の心は陰っていく。それに気付かれないように、レオに寄りかかり腕を絡める。

レオの運命を見た時から、相手がこのテーマパークにいることが分かっていた。なんてついてないのだろう、と千尋は思わずにはいられない。

違う運命の前にレオを連れていくことも考えたが、結局千尋はそうしなかった。

レオのために選んだ運命は、彼にとって一番いいものだ。それに抗うことができたなら、それ以外の運命に出会ったとしても、抗いやすくなるだろうと千尋は考えていた。

そしてそれとは別に——もしレオが運命に屈した場合、最良の運命であればレオが不幸になることはない。

きっとブライアン辺りが手を回し、レオか、その運命を殺すだろうが、束の間の幸せは味わえる。勿論《もちろん》それを止めることだって千尋にはできる。

レオが自分のもとを去っても幸せでいてほしいと願う気持ちもまた本心だ。

それはある意味残酷で、とても偽善的だった。なんとも煮え切らない感情が千尋の中にある。

暫《しばら》くして長いパレードが終わりを告げ、人々が疎《まば》らに立ち去っていく。それを眺めながら千尋はレオの手を取り、自身のほうへ向き直らせた。

「レオ」

夕日に周りが染まる中、千尋の表情にレオはハッとし、幸せな時間が終わりを告げたことを悟る。目を見開いたまま手を強く握り締めてきたレオに、千尋は背伸びをしてその頬に唇で触れた。

「貴方は私のものですよ、忘れないで」

「忘れないさ」

レオもお返しに千尋の頬に唇を落とす。

千尋はレオの後ろに回り込み、そっとその背に額《ひたい》を押し付けた。深く深呼吸をした後、レオにフェロモンを出すように告げる。レオは千尋の言う通りにした。

レオのフェロモンは風に乗って人々の間を通り抜け、運命の番《つがい》のもとへ届く。運命の番《つがい》のフェロモンもまた、レオに届いた。

その瞬間、電流が流れたようにレオの全身が硬直する。ぶるぶると拳《こぶし》を握り締め歯を食いしばっているが、それだけで抗えるようなものではない。

「大丈夫、レオならきっと」

レオを励ますように、自身を励ますように呟《つぶや》く千尋の声ももう聞こえないだろう。

レオと彼の運命は見えない糸が絡み合うように見つめ合い固まったままだ。

「レオ……もう聞こえないかな……一週間、一週間だけあげるから、だから……運命を振り解いたら僕の所に、戻ってきて」

今にも泣きそうな声で言う千尋の声に、レオは振り向かなかった。

やはりと言うべきか、既《すで》に千尋の声は届いてないのだろう。だが、握りしめたレオの拳《こぶし》は爪が食い込み血がしたたっている。

レオが懸命に抗っていることが分かり、もしやこのまま運命を振りほどいてくれるのではないかと、そんな期待が千尋の胸を掠《かす》めた。

しかし運命はいつだって残酷だ。

「ぼくの……運命……！」

その声に反応したように、体をビクリと揺らしたレオの目から涙が溢れ、その頬を伝い落ちる。

流れる涙が歓喜の涙か、それとも絶望の涙なのか。千尋にはそれを知る術《すべ》はない。

すっとレオの足が踏み出し、千尋から離れる。

唇を噛み締め、千尋も一歩後ずさると、遠ざかっていくレオの背中を祈るような気持ちで見つめた。

そして自分のもとへ帰ってきてほしいという願いを込めて、呟《つぶや》いた。

「いってらっしゃい」

静かな部屋

千尋が遠ざかった後、少し遅れて大歓声が巻き起こった。パレードをしていたキャスト達がレオと運命の番《つがい》を取り囲み、客達は盛大な拍手を送っている。

人々が二人に祝福を送る中、千尋は涙が溢れそうになるのをぐっと堪えた。

青山に捨て置かれた時の再現みたいに、息ができなくなる。何事かと集まる人々の波に逆らい、千尋はその場をあとにした。

ホテルに戻り、ブライアンに電話を掛ける。

『レオは？』

「今は運命のもとにいますよ」

『その場では抗えなかったか……期限は前に話していた通りで良いんだね？　車を手配してあるから準備が終わったらすぐ、エントランスに下りるといいよ、空港まで送ってあげよう』

手早く荷物をまとめた千尋は、レオの荷物を残して部屋を出た。

既《すで》に外は夜の帳《とばり》を下ろしている。

千尋は街の光を眺めながら、ブライアンが用意した車で空港に向かう。

そうして慌ただしく帰国した千尋は、自身の家に辿《たど》り着《つ》くと違和感を覚えた。

部屋があまりにも静かすぎるのだ。

千尋もレオも騒がしいタイプではないし、仕事がない日は家で過ごす。二人とも無言で読書をしたり仕事の準備をしたりと、静まり返っていることは珍しくなかったのだが。

それなのに、戻ってきた家は静かすぎた。

静寂に耐え切れず、千尋はテレビを付け家中の電気を灯す。それで何かが変わるわけではないが、そうしないと落ち着かないのだ。

そうして荷物を片付け始め、テーマパークで買ったカチューシャやぬいぐるみをテーブルの端に並べた。

自分の家には不釣り合いなそれらを見ながら、深い溜息《ためいき》を吐《つ》きテーブルに突っ伏す。

運命を前にし千尋のもとから去っていくα《アルファ》を見たのは、何度目だろうか。

自身が持つ能力に確信を持った頃には諦めていたので、今までこんな思いはしなかった。

ぽたぽたと流れる涙を、流れるままに任せる。

約束の期日はまだまだ先だ。諦めるのはまだ早い。

そう思っていても、何度も頭の中であの場面が繰り返される。

祝福される運命達が憎らしい。

こんな能力さえなければ、Ω《オメガ》でなければ、運命の番《つがい》が存在しなければ。

そして何より、千尋は自身の歪《ゆが》んだ感情にも腹が立っていた。

レオの幸せを望む偽善も、彼の運命を殺してでも手に入れたいと願う残酷さも本心で、荒ぶる心は止まらない。

千尋がすんなりとレオを信用できれば良かったのだ。けれども今までの人生がそれを妨《さまた》げる。こんな人生でなければ……

千尋はザラザラとピルケースから薬を取り出し口に含む。久々に口に入れるそれは、苦さが増したようだ。

泣き疲れてそのままリビングで寝てしまい、起きた直後、自嘲《じちょう》する。

いつもならば、机で寝てもブランケットがかけてあって、長時間になるとレオがベッドへ運んでくれる。

だが今はそのどちらもない。

今この家にレオはいないのだった。

◆　◆　◆

見えるもの全てが輝いて見え、全ての音が弾んで聞こえる――そんな不思議な感覚に浸《ひた》りながら、レオは自身の運命と共に彼の家に辿《たど》り着《つ》いた。

握った手から感じる運命の体温に、体も脳も歓喜に震える。

お互いがお互いしか視界に入らない。思考は全てお互いにのみ向いていた。

他愛のない会話も、軽いスキンシップも、なんの変哲もないもの全てが輝き踊り、最上だ。

こんな幸せがあるのかと、レオは神に感謝した。

最良の運命は、相手を求める本能を刺激し、レオの思考を溶かす。

大切な人も、大切な約束も、今のレオの頭の中には見当たらない。

ただ時折、運命の相手が触れる場所が粟立《あわだ》ち、ほんの一瞬だけ嫌悪感が顔を覗かせる。それが一体何なのか、今のレオには見当が付かなかった。

何故《なぜ》ならその違和感は、運命の相手が声を掛けた途端に四散してしまうからだ。

二人はすぐに体を重ねることなく、ゆっくりと距離を縮めていった。

そのおかげか、まるで夢の中にいるような感覚が少しずつ薄れ始める。

一時的に出たままになっていたフェロモンも、それに合わせてゆっくりと制御できるようになった。そのことに相手は不満そうだが、事情を話して納得してもらう。

そんなふうに一日を終え、夜中に起きたレオは静かな月明かりの中、ベッドで眠る相手を眺める。

運命の番《つがい》という存在がここまで素晴らしいものだとは思わなかった。出会った瞬間お互いのフェロモンが隙間なく混ざり合い、唯一無二の香りとなる。

けれど……と、レオはふと思う。

一体何をしにあのテーマパークに行ったのか思い出せない。

手を口に当て、何か大事なことがなかったか、霞《かす》みがかった頭の中を探る。

あんな場所に一人でいることなどあるだろうか？　きっと誰かといたはずで、それは親しい人に違いない。その人は一体どうしたのか？

本能が思い出すのを嫌がるように、頭が鈍《にぶ》く痛み、不快感が迫《せ》り上《あ》がる。

この感情は一体何だと思考を探るが、頭痛が酷《ひど》くなるだけだ。

「大丈夫ですか？」

突然声をかけられたレオは、ガタリと椅子から立ち上がり、反射的に彼と距離を取った。そんなレオの反応に相手は驚き固まる。

「すまない、驚かせたな」

「ぼくもいきなりすみませんでした、具合が悪そうだったから心配で」

そう言って彼の手がレオの頬をゆっくりと撫《な》でる。先程までの頭が割れそうなほどの頭痛は、いつの間にか消えていた。

「そういえばこのピアス、色も黒で格好いいデザインですよね」

頬に触れていた手がピアスに伸びた瞬間、レオは相手の手首を掴んで遠ざける。ギリギリと締め上げられる手首に相手が声を上げ、ハッと我に返ったレオは自身の行動に狼狽《うろた》えた。

いくら軍人でも敵意がない相手に手を出すことはないのに、不可解すぎる反射行動に、言い知れぬ気持ち悪さを覚える。

それだけではない。声を掛けられただけで距離を取るなんて。

それも知らない相手ではない。この世界で唯一の己の運命だ。

何故《なぜ》ここまで過剰反応をしてしまうのか。

急激に襲ってくる気持ち悪さに視界が歪《ゆが》み、足《あし》の力が抜けてよろける。

咄嗟《とっさ》に相手が支えてくれた。それすら突き飛ばしたい衝動に駆られ、レオはそれを悟られないように必死で押し止める。

愛《いと》おしいはずで、嬉しいはずで、幸福なはずなのに。

レオの体の中では今、歓喜と嫌悪が渦巻《うずま》いていた。

具合が良くないからとベッドを共にすることを避けたレオは、一人になると壁に寄りかかる。

眩暈《めまい》は収まったが、今度は手の震えが止まらなくなっていた。

一体これは何なのだ。不安に襲われ、無意識にピアスに触れる。そうすることで落ち着くことを体が覚えているのだ。

言い知れぬ恐怖を抱えたレオは、夜が明けるまで眠りにつくことができなかった。

◇◇◇

ざぁざぁと窓を激しく打ちつける雨の音に、千尋は本から顔を上げて窓の外を見た。激しく降る雨で窓の外の視界はほぼなく、陰鬱《いんうつ》な顔をした自身が窓に映る。

部屋には激しい雨音とテレビの音が聞こえ、本は数時間前から同じページのまま。淹《い》れ立《た》てだった熱いコーヒーはすっかり冷えていた。

誰かと一緒に生活するのに慣れ、いつの間にかそれが日常になっていたのだ。今や日常がまた非日常に戻り、以前は家で一人どうやって過ごしていたか、思い出せない。

気分転換に外に出ようにも、一人で長時間外出するのはまずいだろう。千尋は外に出ることを諦めた。

レオが来る前と同じ日常、今ではその寂しさと窮屈さが応《こた》える。

起きた直後にメールを機械的に返し、それが終わると何もやることがなく、時間だけが無駄に過ぎていく。そして夜は暗い部屋で眠れずに過ごすのだ。

食欲が湧くこともなく、無気力に過ごす日々はどれくらいになるだろうか。

一日かもしれないし、数日だったかもしれない。

日数の感覚がなくなり、いつの間にか涙も流れなくなっていた。

ベッドの上で一瞬、意識が落ちていた千尋は、パチリと目を開けると、何かに駆り立てられるようにレオの部屋へ向かう。

きっちりと整理整頓されたなんともレオらしい部屋に入り、ウォークインクローゼットの扉を開けて目に付いた服を取り出していった。

あれでもない、これでもないと引っぱり出しては足元に落としていく。掛かっていた服がなくなると次は棚の引き出しを開け、同じように足元に落としていった。

フローリングの床に無数の衣類が散らばって、最後の服を取り出してもとうとう探していたものはなく、千尋はよろよろと服の上に座り込んだ。

暫《しばら》くして周りを見回すと、物取りでも入ったかのような惨状だった。

「何やってるんだろう……本当に嫌になる」

二人ともフェロモン制御は常に完璧で、それ故《ゆえ》に、この家のどこを探してもレオのフェロモンの香りはない。

そのことに気が付いた千尋は乾いた笑いを零す。

いつもなら感謝する能力も、今ばかりは憎らしい。

どさりと衣服の中に横たわった千尋は、レオのジャケットに包《くる》まりそのまま目を閉じた。

◆◆◆

その頃レオは、ふわりと香る相手のフェロモンに違和感を覚えていた。

数日前まではその香りに溺《おぼ》れたいと願っていたのに、鼻の奥にこびり付くようなねっとりとした香りが気持ち悪い。

自身のフェロモンと混ざっていることにも不快感を持った。

こんな香りではなかった。決して混ざり合うことはないが、とても軽やかで、レオを包み込むような、そんな香りだったはずだ。

だが、今一緒にいる相手からそんな香りは一切しない。

二人のフェロモンはしっかりと一つになっている。

では、あの香りの記憶は一体なんなのか。

コツコツとテーブルを叩きながら思考を巡らせていると、ガシャンと食器が割れる音が聞こえた。

レオが慌てて部屋を出ると、ブワリと先程より強烈に香るフェロモンに襲われる。

「レオさん……ヒートが……たすけてっ！」

瞳を潤《うる》ませてカタカタと震える相手は、救いを求めるようにレオに手を伸ばしてきた。理性を食い殺そうと襲ってくるそのフェロモンにレオは酷《ひど》く狼狽《うろた》える。

α《アルファ》とΩ《オメガ》が真の番《つがい》になるには、Ω《オメガ》がヒートを起こしている間に項《うなじ》を噛む必要がある。そのためにヒート中に発せられるΩ《オメガ》のフェロモンは通常時よりも濃い。

その香りはレオにとって気持ちの良いものではなかった。噎《む》せ返《かえ》るほどの香りに鼻が曲がりそうになる。

訓練で強制的にヒート状態にされたΩ《オメガ》達と過ごすことに耐えた経験はあるが、ここまでのものではなかった。確かに理性を食い尽くさんばかりにフェロモンが襲い掛かってきたが、どれも蠱惑的《こわくてき》な香りで、嫌悪感はなかったのだ。

レオの体は反応するが正常な意識を保っている。

知っている中で最悪な感覚を、何故《なぜ》運命の番《つがい》のフェロモンに感じるのか。

レオは記憶にあるもっとも素晴らしい香りを思い出していた。

あれはいつのことで、誰の香りだったか。あれほど刺激的で蠱惑的《こわくてき》なものは他にはない。至高のものだ。耐性があるレオですら衝動を抑えるのが困難なもの。

――何故《なぜ》、運命の香りがあれではないのだろうか。

「れお……」

呼ばれて思考の底から引き揚げられたレオは、相手に視線を向ける。全身を赤くして息を荒らげ蕩《とろ》けた瞳になった運命の相手が床に横たわり助けを求めていた。

先程までの考えがぼやけ、運命に求められている事実に本能が歓喜する。

香りが何だというのだ、目の前にいる運命が求めているのだから、関係ない。

ネックガードからチラリと覗く頸《うなじ》に無意識に喉が鳴る。早く噛んで自分のものにしなければと本能が叫び、レオの思考を蝕《むしば》み始《はじ》めた。

苦しがる相手を抱え上げる。その刺激でヒート中の彼の体が反応し、甘ったるい声を上げた。

彼の声が耳の奥に入り込み、直接レオの脳を揺らす。

ゆっくりと思考を融解させようとする艶《なまめ》かしい声と吐息は、フェロモン同様、不快だ。

しかしそれすら忘れさせようと、本能が激しく理性を揺さぶる。

ベッドに倒れ込んだ二人は、忙《せわ》しなく服を脱ぎ捨てた。

理性はまだかろうじて残っているがきっとそれも時間の問題だ。レオの目も耳も、どんどん相手だけに向くようになる。

だが、フェロモンを求めるようにすり寄ってきた相手に、レオの体は反射的に後退《あとずさ》った。

それを逃すまいと手が伸びレオを捕らえる。鼻が触れ合うほど近くなり、二人は唇を深く合わせた。

絡まる舌先からブワリと広がる嫌悪感に、レオは思い切り眉間《みけん》に皺《しわ》を寄せる。相手はそんなふうに感じている様子はなく、必死にレオの口内を貪《むさぼ》り下半身の昂《たかぶ》りを押し付けた。

――こんな口付けではない。彼との口付けはもっと体の奥から興奮と共に切なさが湧き上がるものだったはずだ。

嫌悪感と共にそう頭をよぎり、彼とは一体誰だったか記憶を呼び起こそうと必死になる。

どうしても今この瞬間、思い出さなければならないと、レオの理性が必死に訴えた。

その間にも自身と同じ熱を返さないレオをラット状態に誘い込もうと、相手は体を撫《な》で回し甘ったるい声で鳴く。

その全てが不快で仕方がない。

襲いかかってくるフェロモンに従おうとする本能を理性が押し止めようとし、攻防を繰り広げる。

「頼む、待ってくれっ……」

懇願《こんがん》するが、勿論《もちろん》相手が止まるはずがない。彼は見せつけるように唇をペロリと舐《な》めるとネックガードをゆっくりと外し、ベッドに落とした。

「ぼくを番《つがい》にしてください」

再びねっとりと絡みついてくる腕を振り解きたい衝動が体中を駆け巡る。レオは相手を抱きしめようとした腕を止めた。

『……レオ』

耳元で囁《ささや》く声は、脳内で別の声に変わる。

レオは目を見開いた。

求めてやまなかった声は、香りは……目の前のこれではない。

レオは相手を突き飛ばし、腰に装備していたナイフを躊躇《ためら》いなく自身の腕に突き刺した。激痛が本能に支配された自身に覚醒《かくせい》を促《うなが》す。

あれほど大切な人を、何故《なぜ》今この瞬間まで忘れていたのか。

痛みと共に細い記憶の糸を掴む。散り散りになっていた理性が集まってきた。

理性を確かなものにするべく、レオは再びナイフを突き刺す。痛みはどんどん広がって、ぱたぱたと白いシーツに赤い斑点を作った。

そう、彼はこんな浅ましい目の前の男とは違う。

その姿も、声も、フェロモンも。

そして何よりレオのすべてを理解し受け入れてくれる。運命などよりも掛け替えのない唯一無二の存在が、こんな男と一緒のはずがない。

「ちひろ……」

その名を呟《つぶや》くと、涙が零れた。

こんなギリギリの状態で思い出せたことに、胸を撫《な》で下《お》ろす。もしあのまま本能に呑まれていたらと思うと、ゾッとする。

レオに突き飛ばされた体勢で固まった相手は、向けられる冷たい視線に混乱しているようだ。

レオは相手から離れたベッドの端に腰かける。部屋に充満し体に絡みつくフェロモンに吐き気が込み上げ、手で口を覆《おお》った。

口の中の感覚も、体中を触られた感覚も、今のレオには全てが気持ち悪い。あまりに不快で体を掻きむしりたい。

レオの行動に怯《おび》えてはいても、ヒート中の相手はそれどころではないらしく、未だにレオを求めて手を伸ばす。

「レオ……どうしたの？　ねぇ早く番《つがい》になろう……？」

ヒートで相当辛《つら》いのだろう、ボロボロと涙を流しながら縋《すが》りついてくる相手は、他のα《アルファ》であればすぐさま襲い掛かるくらい艶《なま》めかしかった。

だが全てを思い出したレオには嫌悪の対象でしかない。

どれだけ縋《すが》ろうとも、フェロモンを嗅《か》いでも、理性が勝った今の状態では、突き動かされるような衝動は襲ってはこない。

だが、レオにはまだ不安が残っていた。

理性を取り戻してもなお、体の奥底に本能が燻《くすぶ》っている。

千尋のもとに戻るには、運命に対して完璧な耐性をつけてからでなければならない。今後、複数存在する運命に遭遇しないとも限らないのだ。

この試練を乗り越えたレオを再び千尋が運命の前に連れていくことはないと思うが、不完全な状態よりも、完璧な状態で帰還するほうが良い。

レオが完全な耐性をつけたと知れば、千尋も安心するだろう。

それにレオ自身もあんな不快な思いをする前に排除に動ける。謂《い》わば一石二鳥だ。

縋《すが》る相手を振り払う。相手はただでさえヒートで思う通りに動かない体でベシャリとベッドの上に崩れ落ちた。

目の前に運命の番《つがい》がいるのに相手にされないことに傷つき、疼《うず》く体を抱えている。

そんな相手にレオは目をくれず、脱ぎ散らかした服の中からスマホを取り出し日付を確認した。

千尋とテーマパークに足を運んでから既《すで》に四日が経っている。

すぐさま千尋へ連絡したい。だが、未だ不完全なレオはその感情を抑えた。

千尋のもとから離れる時に彼は何と言っていたか。必死に記憶を辿《たど》る。

――一週間だけ。

そう確かに言っていた。

まだ時間があることにニヤリとレオはほくそ笑む。

これで完全な状態で千尋のもとへ戻れる、と。

ヒートに震えて自慰を始めた運命を冷たく見やった後、レオは自身の荷物を探す。しかし、当然この家にレオの私物はない。

着の身着のままこの場所に来たことを思い出し、深く溜息《ためいき》を吐《つ》く。

同時に、運命と出会った瞬間の理性が塗り潰された悍《おぞ》ましい感覚が蘇《よみがえ》り、レオはキッチンで盛大に吐いた。

あの時、千尋はどれほど絶望しただろうか。一体どんな気持ちでレオを送り出したのか。

それを思うと、身が引き裂かれそうだ。

早く帰って千尋の香りに包まれたい、そう思いながらピアスに触れる。

気持ち悪さを拭《ぬぐ》い去《さ》るために頭から水を被ったレオは、濡れた頭のままで手早く手持ちの装備を確認していく。テーマパークに行っていたので、最低限の装備しかなかった。

ごとりと鈍《にぶ》い音を立てハンドガンとナイフをテーブルに置くと、レオはベッドが見える位置に椅子を移動させて腰を下ろす。

運命の相手が絶えず艶《なまめ》かしい声を上げ、卑猥《ひわい》な水音をさせていた。ヒート中のフェロモンが相変わらずレオに絡み付き、本能を引《ひ》き摺《ず》り出そうと躍起《やっき》になっている。

だが、千尋の特殊なヒート時のものに比べればなんてことのない、陳腐《ちんぷ》なフェロモンだ。レオは目を細め口の端を歪《ゆが》める。

最上級のΩ《オメガ》と言っても過言ではない千尋の全てに慣れてしまったレオだ。運命と出会い、本能に一瞬支配されても、理性で踏みとどまった。

千尋の特殊なヒートの耐性をつけていた自身の判断に、レオは感謝する。スマホを手に取り、ブライアンに連絡した。

『おや、レオじゃないか。連絡が来たってことは無事に抗えたのかな？』

「まだ完全ではありませんが、理性は取り戻しました」

『あぁ後ろの五月蝿《うるさ》さはそのせいか。それで？』

「後の処理をお願いしようかと」

『既《すで》に待機させてあるから、安心していいよ』

その言葉にレオは苦笑する。

「感謝します、では後ほど」

レオは成瀬に貰ったピルケースを開け、既《すで》に下火になっている本能を更に無力化するために抑制剤を飲み下した。

傷付けた腕から流れていた血は止まり、もう乾き始めている。その痛みに感謝しながら、レオは静かに呼吸をし運命のフェロモンに体を慣らす。

相手の声もフェロモンも全てが不快で気持ちが悪い。

レオはそれを追い出すべく目を閉じ、千尋との日々に浸《ひた》った。


静かになった室内で、レオは意識を浮上させる。外は既《すで》に暗い。相手は疲れたのだろう、かなり乱れベッドの上で眠っていた。

レオは大きく空気を吸い込み、自身の本能が相手のフェロモンに反応しないことを確かめてニヤリと笑う。

——これで千尋のもとに帰れる。

再び抑制剤と安定剤を呑んだレオは、アーヴィングを殺した時の千尋や、三春を殺した時の青山を思い出した。何度もその衝動に耐えるイメージを描く。

フェロモンには既《すで》に反応を示さない本能だが、これから起こることに反応しないとも限らない。これをやらねば終われないのだ。

レオはハンドガンを取る。その手は冷や汗で濡れ、震えていた。

最後まで忌々《いまいま》しい運命だ。レオは自身を落ち着かせるようにピアスに触れ、ハンドガンを握る手に力を込めて震えを抑えつける。

再び本能が騒《ざわ》めき、それが本格的になる前にレオは動いた。

「恨んでくれてかまわない、君を殺すのは完全に私個人のためだ」

相手が眠るベッドに静かに近づき、落ちていた枕をその頭に被せる。その上から銃口を押し付け、一気に引き金を引いた。

冷や汗が大量に流れ出し、何度もトリガーにかけている指の力が緩みそうになるが、歯を食いしばり堪える。流れている涙にレオは気が付かない。

時間にすれば一分もかからないが、レオにはとても長く感じた。

フルオートで全弾撃ち込み終わる頃には、シーツが吸いきれない血で赤くなっている。

急激に冷えていく体にレオは恐怖した。自身の手で殺した番《つがい》の温《ぬく》もりと香りが薄れていき、本能が激しく揺さぶられる。

「かった……かったぞ、ちひろ」

涙が止めどなく溢れ、体は運命の番《つがい》を失ったことで叫びを上げていた。運命の番《つがい》を殺したことへの罪悪感と後悔、そして喪失感が頭を占め、折角《せっかく》取り戻した理性を再び殺し始める。

ダメだダメだと思うのに、勝手に体が動く。ガタガタと震える体と手に恐怖するのと同時に、これで番《つがい》のもとに行けると歓喜する。

全ての感情が綯交《ないま》ぜになり鈍《にぶ》った思考のまま、レオはハンドガンの銃口を自身の蟀谷《こめかみ》に押し当て引き金を引いた。

何度も引き金を引くが、レオに死が訪れることはない。

運命を殺した後に備《そな》え、全弾を撃ち切っていたのだから当然だ。

しかし、今のレオにはそれが分からず、死ねないことに呆然とする。

その時、けたたましい音が外から聞こえ、扉が破壊された。突入してきた特殊部隊の面々によって、レオはハンドガンを奪われて無力化され、素早く拘束される。

「レオ、レーオー？　聞こえるか？」

ゆっくりと室内に入ってきたブライアンは、目の焦点が合っていないレオの目の前で指を鳴らし呼びかけるが、反応はない。

溜息《ためいき》を吐《つ》いた後やれやれと首を振り、隊員達に指示してレオを運ばせた。

「早く戻ってこいレオ」

上機嫌に笑うブライアンと無表情のレオを乗せた車は、軍の施設へ向かって走る。

空が薄《うっす》らと色づき始めた頃に漸《よう》く辿《たど》り着《つ》き、レオは拘束された状態で部屋に押し込められた。鎮静剤を打たれ腕の傷を縫われるその間も、レオはぼんやりとしていた。

「彼はどれくらいで戻ってくるかな」

隣接した部屋からマジックミラー越しにその様子を見ているブライアンが軍医に問いかける。

「戻ってくるか分かりませんよ。彼は運命の番《つがい》を自分の手で殺したのでしょう？　そんな人間、聞いたことがありませんからね」

「そうなんだよねぇ、困ったなぁ」

そう言いながらもにこにこしているブライアンを、軍医は訝《いぶか》しげに見た。

「多分レオは暫《しばら》くしたら戻ってくると思うんだけれどね、それがあと三日以内じゃないとちょっと困るって話なんだよね」

「タイムリミットですか？」

「そういうこと。とりあえず壊れない程度であれば鎮静剤でも安定剤でも何でも使っていいから、死なせちゃダメだよ」

ブライアンは軍医の肩を軽く叩き部屋を去った。マジックミラーの向こうにいるレオは未だ虚《うつ》ろな目をしている。

軍医には彼が三日以内に覚醒《かくせい》するとは到底思えなかった。


レオはそれから時折自死の衝動に掻き立てられた。拘束されているのに叫び暴れては、その度に鎮静剤を打たれる。

頭の中に何度となく運命の番《つがい》が死んだ瞬間の映像が蘇《よみがえ》った。

あの不快なフェロモンの香りは、今のレオが求めてやまないものになる。

暗闇の中でレオはひたすら藻掻《もが》いていた。

サラサラと消えていく自身の運命の相手をひたすらに求め、「消えてしまえば一緒に彼方《かなた》へ行けるのに」と本能が甘く囁《ささや》く。

けれども足はがっちりと固定されていた。絶対に行ってはいけないと警告音が鳴り響く。

どうすればいいのか分からず、レオはただ懸命に藻掻《もが》く。

そんな状態が変わったのは三日目の朝だ。

暗闇の中に鈍《にぶ》く暗い光がさす。それは運命が持つ光よりもずっと美しく、レオは堪《たま》らずに手を伸ばした。あの暗い光から伸びる手は、間違いなく千尋のものだ。

その手を取ると、優しく微笑《ほほえ》む千尋が「レオは私のものだ」と言う。

レオは目を覚まし、吐き気と様々な衝動を必死に抑え、ブライアンを今すぐに呼ぶように軍医に頼んだ。


「戻ってこられたようだね、おめでとうレオ」

「大統領……あれから何日経ちましたか」

「今日が最終日だよ」

ブライアンはにんまりと意地悪く笑う。レオの顔色は更に悪くなり、血の気が引く。

「……千尋のもとに、戻れない」

折角《せっかく》抗えたと思ったが、運命の番《つがい》の死の衝撃は想像を絶するものだった。あのまま抗えていたら今頃は千尋の傍《そば》にいられたのにと、悔しくて堪《たま》らない。

噛みしめる口の端からパタパタと血を流すレオを見ても、ブライアンは笑顔を崩さなかった。

「戻ってこられたのは喜ばしいけど、安定しない状態では、千尋のもとへは戻せないよ」

「……分かっています、それに約束の期間の最終日です。どう頑張っても、今からでは千尋のもとには……」

「だが私は君に戻ってもらわないと困るんだ。分かるだろう？」

冷たい表情でそう言うブライアンに、レオは目を見開いた。

「これで千尋を縛り付ける楔《くさび》が深く打ち込める。我々は彼が使い物にならなくなったら困るからね」

◇　◇　◇

千尋はテレビをぼうっと眺めていた。あれから何日経ったのか。意識的に気にしないようにしていたために日付がまったく分からない。

レオはどうしただろうか、やはり運命に抗えなかったかと、千尋の不安は広がっていく。

抗えなかったとしたら、どうすればいい？　ブライアンに今すぐ連絡し、相手を殺すように頼めばいいのか。それともレオの幸せを願い解放すればいいのか。

ここ数日、千尋はどちらがいいのかずっと考えている。

だが最後に辿《たど》り着《つ》く答えは、どう足掻《あが》いても一つしかない。あとは覚悟を決めるだけだ。

本をぱたんと閉じて立ち上がった千尋は、気合を入れるために顔を洗い、鏡に映る顔を見る。随分と酷《ひど》い顔だと苦笑しながら、ブライアンに連絡した。

『やぁ千尋、丁度連絡をするところだったんだよ。そろそろ迎えが到着するはずだから、彼らと一緒にこちらに来てもらえるかな？　大事な話があるんだ』

「丁度良かったです、私も大事なお話があったので」

通話を切った直後、インターホンが鳴る。手早く身支度を済ませた千尋は車に乗り、基地に着く。

大統領専用機が既《すで》に待機しており、中でブライアンが待っていた。

「随分とやつれたようだね」

すぐに離陸した機内で向かいに座ったブライアンは、食事をするように促《うなが》す。久しぶりのまともな食事だ。千尋はブライアンの気遣いに感謝しながらゆっくりと口に運んだ。

一通り食べ終え、ゆっくりとした時間が流れる中、意を決してブライアンを見る。

「約束の期日を過ぎてもレオは戻りませんでした」

「そのようだね」

「ですので、ブライアン。彼の運命を殺してください」

ブライアンはコーヒーに口を付けて目を細め、見定めるように千尋を眺めた。

「慈悲深い女神様が本心からそんなことを願っているとは思わないけれど？」

「元々慈悲深くなんてありませんよ。そう見えるように仕向けているのは貴方がたでしょう？　それに、こういう状況も二回目ですから」

「どういうことだい？」

「私の兄代わりの人の運命を引き裂いたのは私です。詳しくは話せませんが、これで少しは信用してくれましたか？」

千尋はくすくすと笑っていても、目が笑っていない。ブライアンは満足そうに頷《うなず》く。

「千尋にそんな面があったなんて驚きだね」

「私は自分のものに手を出されるのが嫌いなんです。分かるでしょう？　レオが戻るならそれで充分です、たとえどんな状態であろうとも」

「レオはちゃんと千尋にあげるから心配しなくていいよ。まったく千尋は、これだから目が離せない」

ケラケラと笑うブライアンに千尋はゆったりと微笑《ほほえ》みを返す。これでどんな状態だろうとレオは自分のもとに戻ってくる。

上機嫌の二人は残りのフライトを楽しく過ごした。


無機質で冷たい廊下を兵士達に先導され、千尋はブライアンと共に歩いていた。どこに連れていかれるのか不安だが、ついていくことしかできない。

先導していた兵士がドアを開く。

中へ入ると、白衣を着た人物がちらりと千尋を見てからブライアンに耳打ちした。少し悩んだ様子を見せたブライアンが千尋に振り向き、にこりと笑う。

「どんな状態のレオでもいいんだよね？」

千尋が頷《うなず》くと、ブライアンは軍医以外の者を退室させた。三人になったのを確認した軍医は、マジックミラーを操作して隣の部屋が見えるようにする。

その時、レオの叫び声が響いた。

「ずっとあんな状態でね、本当は完璧な状態に戻してから千尋に返すつもりだったんだけど、ほら、期限のこともあったし……それに千尋がどんな状態でもいいって言うからさ」

そう言ってチラリと千尋の反応を窺《うかが》ったブライアンは、目を見張った。

殺してくれと叫ぶレオを、千尋はまるで宝箱を見つけた子供のようにキラキラとした目で見ていたのだ。

「……抗えたんだ」

ぽつりと呟《つぶや》いた千尋はゆったりと微笑《ほほえ》んだ。

「いつからレオはここに？」

「四日前かな、ここに連れてきた時はまだ意識すら戻ってなくてね。最終日にやっと覚醒《かくせい》したんだけど、まだ引っ張られる時間のほうが長いんだ」

「そんなに前に？　すぐに連絡してくれればいいのに、ブライアンは酷《ひど》いですね」

「言っただろう？　完璧な状態で千尋の所に戻したかったって」

「それこそ早く私を呼ぶべきでしたね」

千尋はくすくすと笑う。成瀬との真の関係を知らないブライアンには分からないのだ。

「今すぐ中に入れてください」

その言葉にぎょっとした軍医は、鎮静剤を打つからそれが効くまでは待ってくれと言う。けれど千尋は譲らなかった。

ただでさえ元軍人であるレオは体格が良く力もある。我を忘れ暴れている今、一般人である千尋を中に入れたらどうなるかなど考えるまでもない。

それでも大丈夫だと主張する千尋に、ブライアンは許可を出す。

「あぁ、そのマジックミラーはそのままでいいですけど、部屋には私以外、誰も入らないでくださいね？」

「何故《なぜ》？」

「それは秘密ですよ」

理由を聞き出すことを諦めたブライアンは、千尋が部屋に入るのを見守った。

千尋は扉がしっかりと閉まったのを確認すると、緩く自身のフェロモンを解放する。叫び続けるレオは千尋が部屋に入ってきたことに気が付いていなかった。

成瀬の時もこうだった。

運命の番《つがい》を亡くし残った者はその後を追いかけようとする。それをフェロモンによって阻止できることを、千尋は実体験として知っていた。

漸《ようや》く手に入れた幸せは目の前にある。

扉の前から動かず千尋は少しずつフェロモンの濃度を上げていく。すると、レオがピタリと動きを止めた。

それを確認した千尋はゆっくりとレオに近づく。柔らかい笑みを湛《たた》えて、レオの髪を撫《な》でた。

「レオ、お帰りなさい」

途方もない暗闇の中で彷徨《さまよ》い、浮上しては再び虚無の空間に引《ひ》き摺《ず》られる。そこに突如として現れた愛しい声と香りに、レオの意識は一気に覚醒《かくせい》した。千尋の姿を捉《とら》えると、歓喜の涙を流す。

「ちひ……ろ……！」

「ふふ、叫びすぎて声が嗄《か》れてますね」

レオが安心するように更にフェロモンの濃度を上げた千尋は、成瀬の時と同じように静かに頭を撫《な》で続《つづ》ける。

その様子を眺めていたブライアンと軍医は目を見開いた。鎮静剤を打ってもいないのに、レオは安定している。

「これは驚いたな、流石《さすが》は女神さまだ！」

数十分後。千尋はレオが完全に覚醒《かくせい》したと確信し、拘束を解く。備《そな》え付《つ》けられているスピーカーから軍医に止められたが、千尋は無視して全ての拘束を解いた。

レオは千尋の香りと声に完全に正気を取り戻している。

「すまない千尋、もっと早くに抗えていたら……」

「謝るのはなしですよ。レオはちゃんと帰ってきてくれたじゃないですか」

「……ただいま千尋」

「ふふ、お帰りなさいレオ。強めますか？」

「頼めるか？　相手の匂いがまだこびり付いてる気がして吐き気がするんだ」

不愉快そうに顰《しか》められたレオの表情に応《こた》え、千尋はフェロモンを強めた。

やはりこれに勝るものはどこにもないのだ。脳と本能に刷り込むように吸い込むと、心が安らぐ。

レオと千尋は無意識に互いの手を握り締めていた。

これでもうお互いに離れることはない。

千尋は探し求めていたものを見付け、手に入れた。それがどれほどの犠牲の上にある幸せだろうとも、二人にとっては掛け替えがない。

完全に堕《お》ちたレオが、愛《いと》おしすぎる。

レオもこの上なく幸福そうだ。

今すぐ互いに抱き合いその温《ぬく》もりを感じたかったが、二人はそうはしなかった。

ここは軍の施設で、この部屋での出来事は全て監視され記録されている。そんな所で素を曝《さら》け出《だ》したくない。

あくまで千尋は女神であり、レオはその護衛だ。その関係が変わることは決してない。

そして、二人の奥底で絡み合う複雑な感情を敢《あ》えて他人に見せる必要はなかった。

「レオ、早く帰りましょうね」

「そうだな、早く帰ろう」

エピローグ

季節は何度となく廻《めぐ》り、千尋とレオは変わらない生活を続けていた。

千尋の仕事は相変わらずの忙しさで、休む暇がほとんどない。

千尋とレオが番《つがい》を持てないことを哀れむ人は多い。しかし、それが何だと言うのだろう。

愛だの恋だのとは程遠い感情で強く結びついた二人は、与えられた運命を拒否して自らの力で己の幸せを勝ち取った。

それがどれほど尊いか。

穢《けが》れなく見える女神の中身に揺蕩《たゆた》う仄暗《ほのぐら》い感情も、それに光を見出すレオの感情も、どれだけ残酷であろうと互いを求めてやまない依存も。

きっと二人の感情が理解されることはない。そして理解されたくもない。

二人は、女神とその護衛として生きていく。

「レオ」

まだ日が昇り切らない時間に目を覚ました千尋は、自身を抱きしめて眠るレオにそっと呼びかける。深く眠っているようで、レオは反応しなかった。

部屋にはお互いのフェロモンが漂《ただよ》っていて、千尋はその香りを堪能《たんのう》しながらレオにすり寄る。聞こえてくる寝息と鼓動に千尋はいつも満足感を覚えた。

あれからレオは、千尋から聞き出した自身の残りの運命を全て葬《ほうむ》ってしまった。なんてことをするのだと思う一方で、喜悦に湧く自分を抑えられない。

レオがどれだけ残酷なことをしても、それは全て千尋への歪《ゆが》んだ忠誠と愛情の証《あかし》だ。

誰に咎《とが》められたとしても、千尋は嬉しくて仕方がない。口に出せずに求めていたものを、レオが全て叶えてくれた。

「なんて幸せなんだろう」

「……それなら良かった」

寝起きの掠《かす》れたレオの声が頭の上から降ってくる。千尋は彼に口付けると、蕩《とろ》けるような笑みを向ける。

「レオが私のもので良かった」

「私も千尋のもので良かった」

混ざることのないお互いの香りはそのままに、全ての運命に抗いながら、二人は一つに溶け合うのだった。

ハッピーエンドのその先へ ―
ファンタジックなボーイズラブ小説レーベル

&arche NOVELS
アンダルシュノベルズ

淫靡な血が開花する――

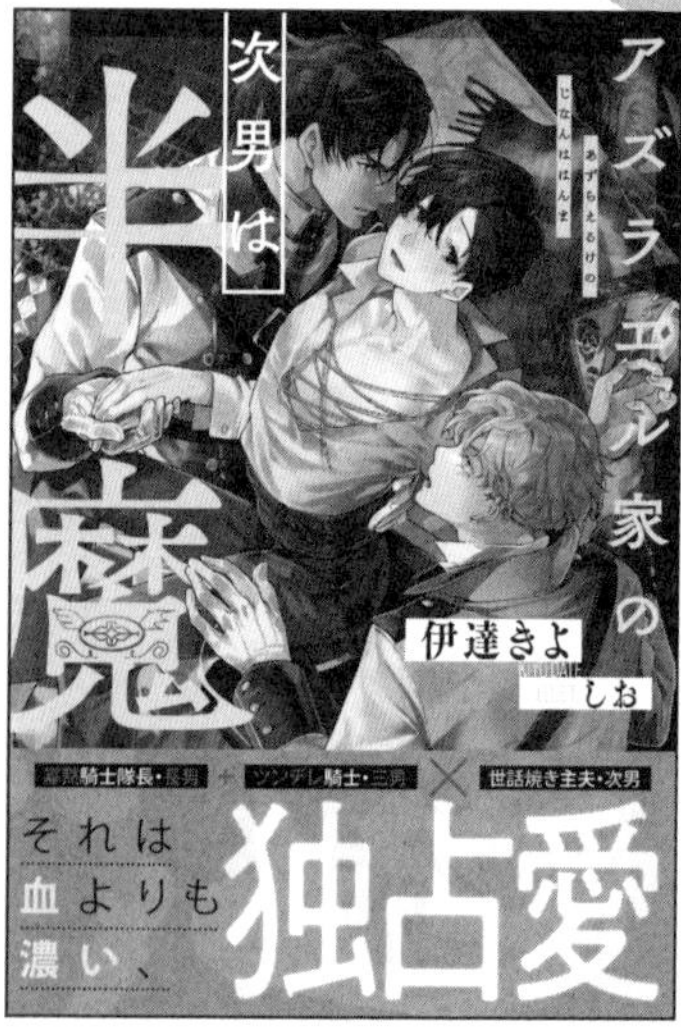

アズラエル家の次男は半魔1～2

伊達きよ ／著
しお ／イラスト

魔力持ちが多く生まれ、聖騎士を輩出する名門一家、アズラエル家。その次男であるリンダもまた聖騎士に憧れていたが、彼には魔力がなく、その道は閉ざされた。さらに両親を亡くしたことで、リンダは幼い弟たちの親代わりとして、家事に追われる日々を送っている。そんなある日、リンダの身に異変が起きた。尖った牙に角、そして小さな羽と尻尾……まるで魔族のような姿に変化した自分に困惑した彼は、聖騎士として一人暮らす長兄・ファングを頼ることにする。そこでリンダは、自らの衝撃的な秘密を知り――

詳しくは公式サイトにてご確認ください。
https://andarche.alphapolis.co.jp

異世界BLサイト“アンダルシュ”
新刊、既刊情報、投稿漫画、ツイッターなど、BL情報が満載!

&arche COMICS
アンダルシュコミックス

毎週
木曜
大好評
連載中!!

今井みう

加賀丘那

きむら紫

小嵜

坂崎春

砂糖と塩

しもくら

水花-suika-

槻木あめ

戸帳さわ

森永あぐり …and more

ビューティフル・ライフ／
原作:柿家猫緒　漫画:坂崎春

忘却ノスタルジー／砂糖と塩

スパダリホストと溺愛子育て始めます
愛されリーマンの明るい家族計画／
原作:餡玉　漫画:今井みう

彗星とマーマレード／小嵜

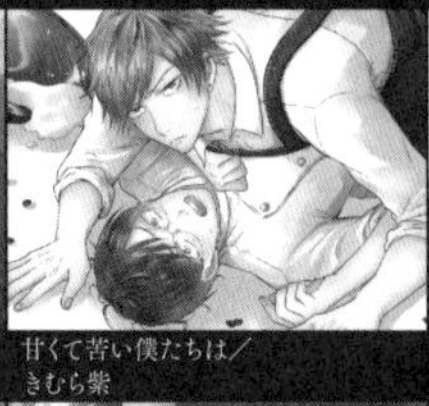
甘くて苦い僕たちは／
きむら紫

巻き添えで異世界召喚されたおれは、
最強騎士団に拾われる／
原作:滝こざかな　漫画:しもくら

半魔の竜騎士は、辺境伯に執着される／
原作:矢城慧兎　漫画:森永あぐり

砂漠の夜は眠らない／
戸帳さわ

モフモフ異世界のモブ当主になったら
側近騎士からの愛がすごい／
原作:柿家猫緒　漫画:加賀丘那

欲しがりΩは空に啼く／
水花-suika-

異世界で傭兵になった俺ですが／
原作:一戸ミヅ　漫画:槻木あめ

BLサイト
「アンダルシュ」で読める
選りすぐりのWebコミック!

BL webサイト
&arche アンダルシュ

無料で読み放題!
今すぐアクセス!

アンダルシュ漫画　検索

この作品に対する皆様のご意見・ご感想をお待ちしております。
おハガキ・お手紙は以下の宛先にお送りください。

【宛先】
〒150-6008 東京都渋谷区恵比寿4-20-3 恵比寿ガーデンプレイスタワー8F
（株）アルファポリス　書籍感想係

メールフォームでのご意見・ご感想は右のQRコードから、
あるいは以下のワードで検索をかけてください。

アルファポリス　書籍の感想　検索

ご感想はこちらから

本書は、「アルファポリス」（https://www.alphapolis.co.jp/）に掲載されていたものを、改稿、加筆のうえ、書籍化したものです。

運命《うんめい》に抗《あらが》え

関鷹親（せき たかちか）

2023年 3月 20日初版発行

編集ー黒倉あゆ子
編集長ー倉持真理
発行者ー梶本雄介
発行所ー株式会社アルファポリス
〒150-6008 東京都渋谷区恵比寿4-20-3 恵比寿ガーデンプレイスタワー8F
TEL 03-6277-1601（営業） 03-6277-1602（編集）
URL https://www.alphapolis.co.jp/
発売元ー株式会社星雲社（共同出版社・流通責任出版社）
〒112-0005 東京都文京区水道1-3-30
TEL 03-3868-3275
装丁・本文イラストーyoco
装丁デザインーナルティス（井上愛理）
（レーベルフォーマットデザインー円と球）
印刷ー図書印刷株式会社

価格はカバーに表示されてあります。
落丁乱丁の場合はアルファポリスまでご連絡ください。
送料は小社負担でお取り替えします。

ISBN978-4-434-31734-7 C0093